Raimon Weber

Adam – Die letzte Chance der Menschheit

Raimon Weber

ADAM

Die letzte Chance der Menschheit

BAUMHAUS

Dieser Titel ist auch als E-Book erschienen

Originalausgabe

Lektorat: Katharina Jacobi, Leipzig
Umschlaggestaltung: Maximilian Meinzold, München
Satz: Schaffer Grafik + Satz, Hofheim a. Ts.
Gesetzt aus der Chaparral Pro
Druck und Einband: CPI books Ebner & Spiegel, Ulm

Printed in Germany
ISBN 978-3-8339-0247-5

5 4 3 2 1

Sie finden uns im Internet unter www.baumhaus-verlag.de
Bitte beachten Sie auch www.luebbe.de

Zeittafel

1815

Auf der indonesischen Insel Sumbawa bricht im April der Vulkan Tambora aus. Vor der Explosion war der Tambora mit etwa 4.300 Metern Höhe einer der höchsten Gipfel in der indonesischen Inselwelt. Nach der Explosion beträgt seine Höhe nur noch 2.851 Meter. Die Druckwellen sind bis in 15.000 Kilometer Entfernung spürbar.

Asche und Staubteilchen werden durch Luftströmungen um den gesamten Erdball verteilt und beeinträchtigen die Sonneneinstrahlung. In Europa und Nordamerika sind Missernten und Hungersnöte die Folge. Das folgende Jahr 1816 geht als das berüchtigte »Jahr ohne Sommer« in die Geschichte ein.

Die Schriftstellerin Mary Shelley schreibt unter dem Eindruck des düsteren Wetterphänomens ihren Roman *Frankenstein*.

1994

Nelson Mandela wird zum ersten schwarzen Präsidenten Südafrikas gewählt.

Die Zeit der Apartheid ist überwunden.

2010

Adam van Dyke wird in Kapstadt geboren.

Zehn Monate nach der Geburt kommen seine Eltern bei einem Autounfall ums Leben.

2016

Januar

Im Nahen Osten kommt es zu einem begrenzten Atomkrieg. Mehrere Länder werden dabei nahezu völlig zerstört.
Die weltweite Ölversorgung steht vor einem Kollaps.

März

In Moskau werden die ersten Fälle einer bisher unbekannten Form von Lungenpest gemeldet. Zwischen der Ansteckung und dem Auftreten der ersten Krankheitssymptome vergehen maximal zehn Stunden. Die Sterblichkeitsrate liegt bei 99 %.
Die Seuche breitet sich im Baltikum, Skandinavien, Polen und Deutschland aus.

April

Die Staaten Mittel- und Südamerikas weigern sich, den USA stark erhöhte und gleichzeitig günstigere Ölmengen zu liefern.
US-Truppen besetzen mexikanische Bohrinseln und landen auf dem See- und Luftweg in Südamerika.
Ein verlustreicher Krieg beginnt.

Mai

Der Vulkan Tambora bricht nach rund zweihundert Jahren erneut aus. Dieses Mal mit weitaus verheerenderen Folgen. Allein die Flutwelle fordert 500 Millionen Opfer.

Dezember

Der Dunstschleier des Vulkanausbruchs erreicht die nördliche Hemisphäre. Eine neue Eiszeit bricht an.

2017

Januar

Der Supervirus »Little Boy« lässt den Rest globaler Kommunikation zusammenbrechen.

Funkwellen werden auf allen Frequenzen gestört.

Die Verursacher bleiben unbekannt.

In Nordamerika und Europa setzt sich ein gigantischer Flüchtlingsstrom Richtung Süden in Bewegung.

Juni

Bei den letzten gescheiterten Versuchen, den Atlantik zu überqueren, berichten die wenigen Rückkehrer, dass sie monströse Meereswesen von der vielfachen Größe eines Blauwals gesichtet hätten.

September

Vor der libyschen Küste wird ein Frachter mit mehreren Tausend Flüchtlingen aus Europa versenkt. Augenzeugen wollen den Angriff eines mindestens hundert Meter langen amphibischen Lebewesens gesehen haben.

2018–2026

Die weltweite Situation verschlechtert sich weiter. Länder und Gesellschaften lösen sich auf.

Soweit bekannt ist, bestehen nur noch zwei funktionierende Staatswesen. Das von einer Militärdiktatur regierte Groß-Brasilien und Südafrika.

Das Interesse an alten Kulten steigt explosionsartig an. Ab 2025 wird an der Universität von Kapstadt »Weiße Magie« als offizielles Studienfach angeboten.

Südafrika im Jahre 2026

Kapitel 1

In der Unterwelt von Gugulethu

Ein Blitz zuckte über den Horizont.

So gleißend hell, dass Adam van Dyke unwillkürlich die Augen schloss.

Das Luftschiff schwebte tief über der Savanne, denn weiter oben lauerten plötzlich auftretende Luftströmungen von ungeheurer Kraft.

Es hatte in den letzten Wochen ungewöhnlich viel geregnet. Alles war mit Gras bedeckt. Die flachen Hügel folgten aufeinander wie Wellen eines grünen Meeres.

Adam van Dyke und sein Freund Delani blickten aus einem offenen Fenster in die Ferne.

Adam war sechzehn Jahre alt, schlank und nicht besonders groß für sein Alter. Der Wind wehte ihm eine blonde Haarsträhne in die Stirn und verdeckte so kurz sein linkes Auge. Die Pupille war von einem hellen Orange und bildete einen scharfen Kontrast zum rechten, intensiv grün leuchtenden Auge.

Als Sechsjähriger war Adam beim Spielen mit seinen Freunden versehentlich von einem Pfeil getroffen worden. Zum Glück war die Pfeilspitze stumpf gewesen und hatte das Auge nur gestreift. Es verheilte vollständig, nur die Farbe hatte sich verändert.

Unter ihnen warf der Zeppelin einen riesigen Schatten auf das Land.

Er war ein einfacher Lastentransporter. Die Fracht wurde im zigarrenförmigen Auftriebskörper mit den Gastanks verstaut. Die Passagiergondel an der Unterseite war klein und nur karg ausgestattet. Dreißig Polizeischüler drängten sich darin zusammen. Sie befanden sich auf dem Rückflug von einem Ausbildungscamp am Rand der Kalahari-Wüste.

Es waren für alle zwei harte Wochen gewesen, aber dennoch hatte es Adam in der Einsamkeit besser gefallen als in Kapstadt. Die Stadt mit ihren geschätzten sechs Millionen Einwohnern drohte außer Kontrolle zu geraten. Täglich gab es Aufstände, Überfälle und Plünderungen. Adam und seine Mitschüler gehörten zu jenen, die das zukünftig verhindern sollten.

Übermorgen würde er wieder in den Straßen von Kapstadt unterwegs sein. An der Seite erfahrener Polizisten.

Es schien so, als hätte Delani die Gedanken seines Freundes erraten. »Du machst dir Sorgen«, stellte er fest.

Delani gehörte der Volksgruppe der Zulu an. Er war noch ein paar Zentimeter kleiner als Adam, dafür aber muskulös und stämmig. Bei den Ringkämpfen im Ausbildungscamp hatte er jeden anderen mit Leichtigkeit besiegt. Auch Adam. Dabei hatte sich Delani zunächst geweigert, gegen seinen besten Freund anzutreten. Doch die Ausbilder ließen keine Ausnahmen zu.

Adam hätte Delanis Frage beinahe überhört, so laut dröhnten die Motoren des Zeppelins.

»Ich mache mir ständig Sorgen«, antwortete Adam und blickte starr zum Horizont. »Und manchmal habe ich Angst vor dem, was kommt.«

»Das ist ganz normal.« Delani legte ihm eine Hand auf die Schulter und sagte dann so leise, dass es die anderen nicht hören konnten: »Geht mir genauso.«

Das Luftschiff wurde von einer Windböe gepackt. Adam

verlor den Halt, stolperte rückwärts und prallte gegen eine Schülerin.

»Pass auf, wo du hinfällst!« Sie funkelte ihn aus dunklen Augen an. »Aber ich schätze, da du so viel *Angst* hast, ist das wohl zu viel verlangt.«

Das Mädchen hieß Shawi und besaß ärgerlicherweise ein besonderes Gespür dafür, ob jemand nervös, traurig oder wütend war. Oder Angst hatte. Auch wenn man es noch so gut zu verbergen versuchte.

Adam ignorierte ihre bissige Bemerkung und tastete sich zu seinem Platz zurück.

Es tauchten in den letzten Jahren immer mehr Menschen auf, die besondere Fähigkeiten wie die Polizeischülerin Shawi entwickelten. Sie konnten Geschehnisse voraussagen, verfügten über ein perfektes Gedächtnis und vergaßen nicht das kleinste Detail, oder sie heilten Krankheiten durch ihre bloße Anwesenheit. Niemand hatte dafür eine Erklärung.

In manchen Nächten lag Adam wach, horchte in sich hinein und konzentrierte seine Gedanken in der Hoffnung, etwas Ähnliches bei sich zu entdecken. Aber da war nichts. Er musste sich wohl damit abfinden, dass er ein ganz normaler sechzehnjähriger weißer Südafrikaner war. Zwei verschiedenfarbige Augen waren nichts im Vergleich zu den besonderen Begabungen von Shawi und einigen anderen.

Der Zeppelin erzitterte, als der Pilot die Schubkraft der Motoren erhöhte, um dem aufziehenden Sturm zu entkommen.

In der Ferne zeichneten sich Blitze wie ein grelles Adergeflecht am Himmel ab.

***

Es war heiß.

Die Uniform kratzte auf Adams Haut.

Mit seinen Begleitern durchschritt er langsam und nach

allen Seiten sichernd die schmale Straße. Staub wirbelte bei jedem Schritt unter seinen Stiefeln auf.

Die Menschen wichen ihnen aus. Ein alter Mann murmelte im Vorbeigehen eine Verwünschung.

Sie waren zu dritt.

Sergeant Lakota, Constable Frey und er selbst. Ein junger Polizeischüler, der erst seit zwei Wochen eine Dienstwaffe tragen durfte.

Sie waren eine der wenigen Polizeipatrouillen in Gugulethu, einem der größten Townships Kapstadts: im Zentrum ein schachbrettartiges Muster aus winzigen Häusern und Hütten, an den Rändern ausufernd zu einem Labyrinth aus Zelten, erbärmlichen Behausungen aus Plastikplanen und Pappe.

Gugulethu war überfüllt, überlagert vom Gedröhn zu vieler Stimmen, durchdrungen vom Geruch nach Müll und zusammengedrängten Körpern.

Die Bevölkerung der Wohnsiedlung hatte sich in den letzten zehn Jahren mehr als verdoppelt. Man schätzte sie mittlerweile auf über eine Million. Viele waren Flüchtlinge aus den Nachbarländern. Einige stammten aus dem untergegangenen Europa. Sie blieben häufig unter sich und steckten in dem Chaos ihr eigenes Territorium ab, das sie gegen Fremde auch mit Gewalt verteidigten. Die Polizei war dagegen machtlos.

Adam betrachtete die armseligen Verkaufsstände am Straßenrand. Männer und Frauen boten Schüsseln und Eimer aus Plastik an, deren Farben von der Sonne fast völlig verblichen waren. Zerschlissene Kleidung und angeschlagenes Geschirr. Etwas Obst und Gemüse und ein paar gerupfte Hühner.

Und gehäutete Ratten. Viele Leute konnten heutzutage nicht mehr zimperlich sein, wenn sie auch nur halbwegs satt werden wollten.

Adam stieg über eine blinde Bettlerin, die in der Lücke zwischen zwei Ständen im Müll hockte und ihm einen zerbeulten Becher aus Blech entgegenstreckte.

Wenige Meter weiter hatte sich eine Menschenmenge vor einem kleinwüchsigen Mann mit auffallend heller Hautfarbe versammelt. Er war kaum einen Meter groß und starrte die Leute durchdringend an, auch wenn er dazu den Kopf in den Nacken legen musste. Er trug einen Zylinder. Vermutlich, um ein wenig größer zu erscheinen. Der Zylinder mochte ehemals schneeweiß gewesen sein, jetzt wies er zahllose Schmutzflecke auf.

Als der bleiche Mann die Polizisten entdeckte, verzog sich sein Mund zu einem schmalen Lächeln, das Adam nicht deuten konnte.

Der kleine Mann spreizte die Hände und streckte die Arme aus. Er schloss die Augen, sein Gesicht verzerrte sich wie unter starken Schmerzen.

So verharrte er einige Sekunden.

Dann geschah etwas, das Adam nie zuvor gesehen hatte. Wohl deswegen weigerte sich sein Verstand zunächst, zu akzeptieren, was sich vor seinen Augen abspielte.

Der Mann hob vom Boden ab. Unendlich langsam. Wie in extremer Zeitlupe.

Die Menge stieß erstaunte Laute aus.

Nun schwebten die nackten Füße des Mannes mindestens drei Handbreit über der Erde.

Adam warf Sergeant Lakota einen hektischen Blick zu. Der Polizist beobachtete das Geschehen mit unberührter Miene.

»Haben Sie so etwas jemals erlebt?«, fragte Adam atemlos.

Lakota nickte. »Das und noch ganz andere Dinge, Junge.«

Der Schwebende sank nicht wieder langsam hinab, sondern fiel mit einem so heftigen Ruck nach unten, dass er in den Knien einknickte.

Die Zuschauer applaudierten, ein paar warfen ihm Münzen zu.

»Wie hat er das gemacht?«, fragte Adam seine Begleiter.

Constable Frey zuckt mit den Schultern, und Lakota sagte nur: »Das geht uns nichts an. Gehen wir weiter.«

Hinter ihnen stimmte der Kleinwüchsige ein Lied an. Mit kraftvoller und schöner Stimme. Es handelte vom Frieden.

Plötzlich hörte Adam einen Schrei. Hell und panisch stach er aus der Menge heraus.

»Das kam von dort vorn.« Sergeant Lakota deutete mit dem ausgestreckten Arm auf eine Hütte aus Wellblech. Die Tür stand einen Spalt weit auf. Dahinter war es dunkel. Beinahe so, als bliebe dem Tageslicht der Zutritt ins Innere verwehrt.

Ein Junge in zerrissenen Shorts taumelte aus der Hütte ins Freie. Adam schätzte sein Alter auf sieben oder acht Jahre.

»Hast du geschrien?«, fragte Lakota den Jungen. Seine Stimme klang ruhig und beherrscht.

Die Augen des Jungen waren ganz groß und verweint. Er schüttelte den Kopf. »Nombeko! Nombeko!«, stammelte er völlig aufgelöst. »Nombeko, meine Schwester! Sie hat geschrien. Da war was! Etwas Böses! Dabei wollte sie doch nur die lila Lichter suchen.« Der Junge schluchzte laut auf und zitterte.

»Was war da? Was hast du gesehen?«, wollte Constable Frey wissen. Der Junge schluchzte nur noch lauter und verbarg das Gesicht in den Händen.

Sergeant Lakota entsicherte sein Gewehr und ging zum Eingang der Wellblechhütte. Mit der Waffe im Anschlag spähte er hinein.

»Da geht es abwärts«, sagte er.

»Abwärts?« Adam sah den Constable verwundert an.

»Dort ist ein Einstieg in den Untergrund.« Constable Frey, von weißer Hautfarbe wie Adam, sprach leise. Im Gegensatz zu Sergeant Lakota hörte er sich nervös an. »Im Laufe der Zeit haben die ganz Gugulethu untertunnelt. Verstecken Schmuggelware und Diebesgut. Stellen dort illegal Schnaps und Schlimmeres her. Hier wimmelt es doch nur so von Verbrechern.«

Lakota warf Frey einen scharfen Blick zu. »Die meisten wohnen einfach nur da unten. Weil oben kein Platz mehr ist.«

»Wie Sie meinen, Sergeant.« Frey nahm halbherzig Haltung

an, aber in seinen Augen konnte Adam lesen, dass er Lakotas Ansicht nicht im Geringsten teilte.

»Wir dürfen keine Zeit verlieren. Wer weiß, was mit dem Mädchen geschehen ist. Wir gehen rein«, befahl Lakota. »Adam, du forderst Verstärkung an. Erinnerst du dich noch daran, wo das letzte Telefon stand?«

Adam nickte.

Vor einer Viertelstunde waren sie an einem der grauen verriegelten Metallkästen vorbeigekommen. Darin befand sich ein Telefon, das über ein unterirdisches Kabel mit der nächsten Polizeistation verbunden war.

Früher hatte es Funkgeräte gegeben. Aber seit Jahren war drahtlose Kommunikation unmöglich geworden. Bisher hatte niemand dafür eine logische Erklärung gefunden. Der gigantische Vulkanausbruch vor einem Jahrzehnt konnte daran nicht allein schuld sein, darin waren sich die meisten Wissenschaftler einig.

Sergeant Lakota warf einen Blick auf seinen Stadtplan. Auch wenn sich Orte wie Gugulethu täglich veränderten, bot er wenigstens eine ungefähre Orientierungshilfe.

»Unser Standort ist C 17 F 28. Präge es dir gut ein.«

Adam lief los. Wenn er sich beeilte, konnte er das Telefon in fünf Minuten erreichen.

Erstaunte und hasserfüllte Blicke folgten ihm, als er durch die engen Gassen rannte. Die Polizei war in der Gegend nicht gerade beliebt. Ihre Anwesenheit störte die Hehler, Diebe und Schmuggler bei der Ausführung ihrer illegalen Geschäfte. Wer über genügend Geld oder begehrte Tauschobjekte verfügte, konnte fast alles bekommen. Seien es Drogen, Medikamente oder einfach nur ein frisches Brot aus den staatlichen Depots, wo es von bestechlichen Angestellten entwendet wurde.

Der Telefonkasten wies einige Beulen und Kratzer auf, schien aber ansonsten unversehrt.

Adam zog seinen Schlüssel aus der Uniformtasche. Jeder

Polizeischüler bekam einen solchen Universalschlüssel zu Beginn seiner Ausbildung ausgehändigt. Er bot Zugriff auf jedes amtliche Telefon in Kapstadt.

Als Adam die Klappe öffnete, kam dahinter ein Telefon mit einer einfachen Tastatur zum Vorschein. An der Rückwand klebte ein Zettel mit zwei dreistelligen Nummern. Eine für die nächste Polizeistation in der Umgebung, eine für die Zentrale in der Innenstadt.

Adam nahm den Hörer von der Gabel.

Kein Freizeichen.

Er wählte die Nummer der Polizeistation von Gugulethu.

Die Leitung blieb stumm. Er versuchte es mit der Zentrale. Ebenfalls ohne Erfolg.

»Verdammt!«, fluchte er laut.

Eine alte Frau näherte sich. Auf ihrem Rücken trug sie einen Wasserkanister aus Plastik.

»Junge«, sagte sie mit heiserer Stimme und deutete mit ihrem Krückstock auf den lehmigen Boden hinter dem Telefon. »Das wird nicht funktionieren.«

Sie war eine Weiße mit einem so faltigen Gesicht, dass es beinahe wie ein altes Ölgemälde aussah. Ihrem Akzent zufolge stammte sie nicht von hier. Bestimmt war sie aus Europa geflohen.

Mit der Spitze ihres Stocks folgte sie einem kleinen Graben, der direkt hinter dem Sockel des Telefons begann. Jemand hatte dort das Kabel gekappt und auf mehrere Meter ausgegraben. Für den isolierten Draht würde man auf dem Schwarzmarkt eine Menge Geld bekommen.

»Ein paar Idioten haben es letzte Nacht geklaut«, sagte die Frau.

Adam wusste nicht, was er tun sollte. Er war das erste Mal in Gugulethu. Das nächste Polizeirevier war mindestens eine halbe Stunde entfernt. Es gab keine Fortbewegungsmittel. Er entdeckte noch nicht einmal ein Fahrrad, das er ausleihen konnte.

Eine halbe Stunde Weg in Gugulethu konnte für einen unerfahrenen Polizeischüler sehr gefährlich werden. Einige Leute waren zu allem fähig, um an seine Dienstwaffe zu gelangen. Auf dem Schwarzmarkt würde sie einen so enormen Preis erzielen, dass sich eine mehrköpfige Familie mit dem Geld mindestens ein halbes Jahr ernähren könnte.

Er beschloss zurückzukehren. Vielleicht war schon wieder alles in Ordnung, und Lakota und Frey hatten das Mädchen längst in Sicherheit gebracht. Vermutlich warteten sie bereits auf ihn.

***

Als Adam die Wellblechhütte erreichte, fehlte von den Polizisten jede Spur. Auch der kleine Junge war verschwunden. Die ganze Umgebung schien wie ausgestorben.

Adam bemerkte einen Mann, der sich eilig in eine Seitengasse zurückzog.

»Hey!«, rief ihm Adam nach. »Warten Sie!«

Der Mann reagierte nicht.

Die Tür zur Hütte stand jetzt weit auf. Adam versuchte, in den Raum zu sehen.

»Sergeant?«

Keine Antwort.

Adam trat in die Hütte. Trotz der weit geöffneten Tür reichte das Tageslicht kaum aus, um dem Inneren Konturen zu verleihen.

Etwas huschte über Adams rechten Fuß. Er zuckte zusammen und versuchte sich einzureden, er habe nur ein loses Kabel, ein herumliegendes Seil berührt.

Als er einen weiteren Schritt machte, trat er ins Leere.

Hastig sprang er zurück und ruderte mit den Armen, um das Gleichgewicht zu halten.

Schemenhaft konnte er die Umrisse eines kreisrunden Lochs im Boden ausmachen.

Erst jetzt erinnerte sich Adam an die kleine Akku-Lampe, die zu seiner Ausrüstung gehörte. Als er sie einschaltete, war ihr Licht schwach und gelblich. Adam hatte vergessen, sie am Vortag aufzuladen. Er ging in die Hocke, leuchtete in das Loch und musste feststellen, dass ihr Schein noch nicht einmal bis zum Boden reichte. Eine wackelige Leiter führte in die Tiefe.

»Sergeant Lakota!«, rief er noch einmal. »Constable Frey!«

Die Dunkelheit schwieg.

Sie konnten nur dort unten stecken. Vielleicht waren sie in Gefahr. Vielleicht war das alles nur eine Falle. Aber Sergeant Lakota hätte nicht anders handeln dürfen. Ein Kind war möglicherweise in Gefahr.

Adam schloss für eine Sekunde die Augen und atmete tief ein.

Er griff nach der Leiter.

Unten angekommen, sanken seine Stiefel einige Zentimeter weit ein. Hier unten war es feucht. Es stank nach Schimmel und etwas Säuerlichem, das Adam nie zuvor gerochen hatte. Er unterdrückte ein Würgen.

In dem Moment vernahm er ein Geräusch.

Ein Schaben. So, als würde sich etwas Lebendiges durch die Gänge bewegen.

Adam zog seine Pistole.

Der Gang war keine zwei Meter breit, außerdem so niedrig, dass Adam den Kopf einziehen musste. Und stockfinster. Der Strahl seiner Lampe konnte die Dunkelheit nicht zurückdrängen, sondern nur einen kreisrunden Lichtstrahl auf lehmige Wände und den mit Pfützen bedeckten Boden werfen.

Der Gang machte eine Biegung und verengte sich. Adam hatte mit einem Mal das Gefühl, erdrückt zu werden. Sein Atem beschleunigte sich, auch wenn er angestrengt versuchte sich zusammenzureißen.

Konzentrier dich auf deine Schritte! Einfach nur auf deine Schritte!

Er gelangte in eine unterirdische Kammer. Quadratisch. Ungefähr fünf mal fünf Meter. Die Decke wurde von Holzbalken gestützt. Überall waren Kisten und Fässer gestapelt. Zwei Gänge zweigten ab und führten weiter in undurchdringliche Schwärze.

Adam wusste nicht, für welchen Gang er sich entscheiden sollte.

Dann erlosch die Lampe.

Adams Herzschlag raste so heftig, dass ihm das Blut in den Ohren sauste.

Von überallher drangen Geräusche aus dem Dunkel auf ihn ein. Ein stetiges Knistern und Knacken. Irgendwo tropfte Wasser in einem langsamen und monotonen Rhythmus.

Adam versuchte, die Lampe wieder in Gang zu bringen. Dazu musste er die Waffe zurück in den Holster stecken, aber er zwang sich zur Ruhe. Wenn er die Lampe eine Weile ausgeschaltet ließ, erholte sich der Akku vielleicht ein wenig.

Adam begann, die Sekunden zu zählen. Dreißig mussten genügen, sagte er sich.

Zehn, elf, zwölf ...

Er glaubte, in der Schwärze vor seinen Augen Bewegung auszumachen. Aber das war sicher nur Einbildung. Die Umgebung war absolut lichtlos.

Achtzehn, neunzehn ...

Bei vierundzwanzig hielt Adam es nicht mehr aus. Er schob mit dem Daumen den Schalter nach vorn.

Ein trübes Glimmen, eher wie von einem Streichholz, zu mehr reichte die Energie des Akkus nicht.

Das Geräusch, dieses Schaben, war wieder da.

Irgendwo direkt vor ihm.

Er wechselte die Lampe in die linke Hand und zog seine Waffe.

»Polizei! Wer sind Sie?«

Der Lauf der Pistole zitterte in seiner Rechten, seine Stimme klang vor Furcht wie ein heiseres Krächzen. Egal wer oder was da direkt vor ihm lauerte, würde sich wenig beeindruckt fühlen.

Dass es sich womöglich um gar keinen Menschen handelte, erschreckte ihn mehr als alles andere.

Stille.

So allumfassend, dass sie in seinem Kopf dröhnte.

Adam spürte, wie erst die Handfläche und dann der Pistolengriff darin glitschig vor Schweiß wurden.

Ein Schnaufen.

Ganz nah.

Rasselnd und feucht.

Jetzt war auch wieder der ekelhaft säuerliche Geruch da, den Adam schon beim Abstieg in den Untergrund bemerkt hatte. Nur viel intensiver.

»Ich kann Sie sehen«, log er in seiner Angst. »Ich trage ein Nachtsichtgerät. Wenn Sie sich nicht sofort zu erkennen geben, schieße ich.«

Adam hatte davon gehört, dass es so etwas wie Nachtsichtgeräte gab. Sie waren den Eliteeinheiten vorbehalten, nicht der einfachen Polizei.

Sein Gegenüber reagierte mit einem erneuten Schnaufen und kam noch näher. Dabei streifte es eine der gestapelten Kisten. Mit lautem Poltern fiel sie zu Boden.

Kein Mensch!, durchfuhr es Adam. Es muss irgendein Tier sein.

Der Gestank war nun unerträglich.

Sein Zeigerfinger krümmte sich um den Abzug seiner Pistole.

Das Ding bewegte sich nicht mehr. Da war nur ein leises, zischelndes Atmen.

Adam zuckte erschrocken zusammen, als er eine Berührung verspürte. Lauernd, tastend. An seinem rechten Bein. Er schrie auf, wich zurück, und gleichzeitig drückte er ab.

Der Schuss hallte von den Wänden der Kammer. Im Aufblitzen des Mündungsfeuers konnte er die Umrisse seines Gegenübers ausmachen.

Ein länglicher, fast schlangenartiger Körper. Glühende Augen starrten Adam entgegen, der immer weiter rückwärts taumelte, ein Hindernis spürte – eine Kiste – und fiel.

Wie in Zeitlupe registrierte er, dass er in der Dunkelheit das Gleichgewicht verlor und ihm dabei die Pistole aus der Hand glitt.

Ich will nicht sterben, dachte er verzweifelt. Nicht hier unten!

Der Aufprall war hart. Ein kurzer, stechender Schmerz.

Und dann nichts mehr.

Kapitel 2

Quinton, der Medizinmann

Als Adam das erste Mal für wenige Minuten erwacht war, hatte er durch das Fenster auf einen düstergrauen Himmel blicken können. Er wusste nicht, wie viel Zeit seitdem vergangen war, aber jetzt tobte da draußen ein Sturm. Heftige Windböen rüttelten an den Scheiben.

Adam versuchte sich aufzurichten. Augenblicklich wurde ihm schwindlig, und er hatte das Gefühl, sich übergeben zu müssen.

Stöhnend ließ er sich ins Kissen zurücksinken.

Er war offensichtlich in einem Krankenhaus.

Der Himmel war jetzt nicht mehr grau, sondern glühte in einem dunklen Purpur. Immer wieder leuchteten darin grünliche und gelbe Wolkengebilde auf.

Ein bedrohlich anzusehendes Farbenspiel. Unterbrochen vom Gleißen der Blitze.

Zehn Jahre nach dem Ausbruch des Vulkans Tambora befand sich das Wetter noch immer in ständigem Aufruhr.

Im Zimmer standen drei weitere, unbenutzte Betten. Das war sehr ungewöhnlich, denn normalerweise konnten die Kliniken die Versorgung der Kranken und Verletzten kaum noch bewältigen. Für die meisten gab es überhaupt keine Plätze. Sie lagen, nur mit den Notwendigsten versorgt, auf den Fluren und sogar in zugigen Lagerräumen.

Adam betastete vorsichtig den Verband an seinem Kopf und fragte sich, wie er hierhergekommen war.

Er erinnerte sich an das Labyrinth unterhalb von Gugulethu. Die Kammer mit den Kisten und Fässern. Und an das widerliche Etwas, das direkt vor ihm gelauert hatte. Adam glaubte, den säuerlichen Gestank noch immer riechen zu können.

Die Tür öffnete sich. Zwei Männer, die von ihrem Aussehen her nicht unterschiedlicher sein konnten, traten ins Zimmer.

Der eine musste nahezu zwei Meter groß sein, hatte ein schmales Gesicht mit ausgeprägten Wangenknochen und war asiatischer Abstammung. Der Mittelscheitel in seinem pechschwarzen Haar schien wie mit einem Lineal gezogen. Er trug einen makellosen weißen Anzug.

Der zweite Mann mochte kleiner als Adam sein. Sogar noch kleiner als sein bester Freund Delani. Und ebenso dunkelhäutig. Neben dem Asiaten wirkte er wie ein Zwerg. Die geringe Größe machte er aber durch seinen Leibesumfang wieder wett. Unter einem violetten Umhang, der Adam eher an ein Zelt erinnerte, wölbte sich der Bauch wie eine enorme Kugel. Kugelrund war auch der kahle Schädel des Mannes.

Während der Asiat mit ausdrucksloser Miene am Bettende Stellung bezog, trat der Schwarze direkt neben Adam.

Er grinste breit und entblößte dabei makellose Zähne.

»Hallo, Adam van Dyke«, dröhnte er mit einer Bassstimme, die irgendwo aus den Tiefen seines enormen Bauchs zu dringen schien. »Mein Name ist Quinton.« Er deutete mit den kurzen und fleischigen Fingern seiner rechten Hand auf den Riesen im weißen Anzug. »Und das ist Mister Miller.«

Adam warf »Mister Miller« einen skeptischen Blick zu und fand, dass der Name unpassend und erfunden klang. Obendrein sehr schlecht erfunden.

»Wir kommen im Auftrag des Innenministeriums und wollen …«, sagte Miller.

»Nun, zunächst einmal sind wir froh, dass es dir gut geht«, unterbrach ihn Quinton.

»Was ist mit Sergeant Lakota und Constable Frey?« Adam hatte seine Verwirrung über das plötzliche Auftauchen der beiden eigenartigen Männer beinahe überwunden. »Geht es dem Mädchen gut?«

Quinton zog sich den einzigen Stuhl im Zimmer heran und setzte sich mit einem erleichterten Ächzen. »Allen geht es gut. Lakota und Frey haben das Mädchen in den Gängen gefunden. Es hat sich dort versteckt gehalten. Sie waren gerade auf dem Rückweg zur Oberfläche, als sie deinen Schuss hörten.«

Quinton holte ein riesiges Taschentuch aus den Tiefen seines Umhangs und tupfte sich damit das Gesicht ab. Der Asiat beobachtete ihn mit wachsender Ungeduld.

»So haben sie dich dann gefunden«, fuhr Quinton fort. Unter ihm knarrte der Stuhl.

»Hier stellt sich nun die Frage, auf was du geschossen hast, Adam van Dyke«, mischte sich Miller ein. Die Worte drangen schnell und abgehackt aus seiner Kehle. Für Adam ähnelte es dem Bellen eines Hundes.

»Ich konnte es nur ganz kurz im Mündungsfeuer sehen«, erwiderte Adam. Er stockte. Die Erinnerung an die Geräusche, den Gestank und dieses ... dieses Ding in der Dunkelheit ließ ihn erzittern.

»Ruhig, mein Junge.« Quinton legte sanft eine Hand auf Adams Schulter. »Hier bist du in Sicherheit. Lass dir Zeit.«

Augenblicklich ließ das Zittern nach. Adam entspannte sich. Er sah zu Quinton und entdeckte in dessen klugen Augen ehrliche Anteilnahme, Güte – und zu seiner Überraschung Humor.

Adam konnte nicht anders. Er lächelte den rundlichen Mann an. Quinton nickte kaum wahrnehmbar und zwinkerte Adam zu.

Es war für Adam ein eigentümlich angenehmer Moment

der Vertrautheit. Als würde er den Mann schon seit Ewigkeiten kennen.

Miller hatte davon nichts mitbekommen. »Was ist in Gugulethu vorgefallen?«, bellte er.

Adam ließ Quinton nicht aus den Augen, als er zögernd antwortete: »Ein Tier. Es muss ein Tier gewesen sein.«

»Kannst du es vielleicht beschreiben?«, fragte Quinton.

»Nein.« Adam bereitete das angestrengte Nachdenken Kopfschmerzen. »Es war groß. Zumindest hat es sich so angehört.«

»Angehört?«, hakte Miller nach.

»Es atmete sehr laut. Es schnaufte eben wie ein großes Tier. Bei kleinen Tieren hört man das Atmen nicht. Oder haben Sie schon mal eine Maus laut atmen hören?«

Quinton kicherte. »Da hast du recht.«

»Es stank säuerlich. Ich konnte nur kurz einen dunklen, länglichen Körper erkennen.«

»Eine Schlange, ein Reptil?«, wollte Miller wissen.

»Keine Ahnung. Auf jeden Fall hat es mich berührt. Dann habe ich abgedrückt.«

Zum ersten Mal zeigte der Asiat eine Regung. Er war überrascht. »Der Angreifer hat dich also nur berührt und dir nichts getan?«

»Dazu hatte er auch gar keine Gelegenheit«, sagte Adam. »Auch wenn ihn die Kugel nicht getroffen hat, so hat sie ihn zumindest vertrieben.«

Miller und Quinton sahen sich kurz an. Adam konnte ihre Blicke nicht deuten.

»Habe ich getroffen?«, fragte Adam aufgeregt. »Haben Sie das Ding gefunden?«

»Nein«, sagte Quinton nur.

Miller beugte sich über das Gitter am Ende des Krankenbetts. »Du musst über die Vorgänge in Gugulethu und dieses Gespräch Stillschweigen bewahren. Das ist ein dienstlicher Befehl. Hast du das verstanden, Adam van Dyke?«

Adam nickte. »Ja, Sir.«

Quinton klopfte ihm noch einmal auf die Schulter. »In zwei Tagen bist du wieder ganz der Alte. Wir sehen uns.«

Als die Männer das Krankenzimmer verließen, sah Adam, dass ein uniformierter Polizist vor der Tür Wache hielt.

Eine Sturmböe ließ das Krankenhaus in seinen Fundamenten erbeben. Abermillionen Sandkörner schlugen gegen die Glasscheibe und erzeugten dabei ein unheimliches Knistern.

* * *

Quinton sollte recht behalten. Nach zwei Tagen konnte Adam entlassen werden.

Am Vormittag wurde er von seiner Tante Vanessa abgeholt, einer kleinen, beinahe zerbrechlich wirkenden Frau. Obwohl sie fast vierzig Jahre alt war, wirkte sie noch immer wie ein junges Mädchen. Ihr von langem blondem Haar umrahmtes Gesicht zeigte nicht eine einzige Falte, und ihre Augen strahlten wie Adams rechtes Auge in einem intensiven Grün. So hatten auch die Augen seiner Mutter ausgesehen.

Adam besaß keinerlei Erinnerung an sie. Er kannte seine Mutter nur von den Fotos, die ihm Tante Vanessa gezeigt hatte. Sie besaß ein Album mit Hunderten von Fotos, die sie allesamt selbst geknipst und sorgfältig nach Datum geordnet hatte. Manche hatte sie noch mit einer Bemerkung versehen. Da standen dann in ihrer geschwungenen Handschrift Kommentare wie *Ein besonders schöner Tag am Strand* oder *Der Kuchen war mir leider misslungen*.

Das letzte Foto von seiner Mutter war auf Weihnachten 2010 datiert. Sie hielt den damals neun Monate alten Adam auf ihrem Arm und lächelte. Adam hatte den Blick von der Kamera abgewandt und versuchte, eine der goldenen Christbaumkugeln zu ergreifen, die hinter ihm am festlich geschmückten Weihnachtsbaum hingen.

Obwohl Adams Vater direkt neben ihnen stand, war von ihm nur ein Teil der Schulter und das linke Ohr zu sehen. Er war fast zehn Jahre älter als seine Frau gewesen. Das Foto hatte natürlich Tante Vanessa gemacht. Sie war schon immer eine ebenso begeisterte wie grauenhafte Fotografin gewesen. Die Hälfte ihrer Schnappschüsse war verwackelt, beim Rest fehlten häufig die Köpfe der Leute. Nur Fotos von Kuchen oder Blumensträußen gelangen ihr perfekt.

Zwei Wochen nach dieser letzten Aufnahme vom Weihnachtsfest kamen Adams Eltern bei einem Autounfall auf einer Küstenstraße ums Leben.

Von da an hatte sich Vanessa, die drei Jahre ältere Schwester seiner Mutter, um ihn gekümmert.

Sie war Adams ganze Familie. Die Großeltern waren bereits vor seiner Geburt gestorben. Tante Vanessa hatte aus Gründen, über die sie beharrlich schwieg, niemals geheiratet.

Jetzt stürmte sie ins Krankenzimmer, drückte Adam an ihre schmale Brust und strich ihm übers Haar.

»Was ist passiert?«, fragte sie. Er spürte ihren warmen Atem an seinem Ohr. »Sie wollten mich nicht zu dir lassen. Obwohl es nur ein kleiner Unfall gewesen sein soll.«

Tante Vanessa sah ihn an und hielt sein Gesicht mit beiden Händen fest. »Sag schon!«

Adam räusperte sich. »Ich ... ich bin gestolpert. Bei einem Einsatz in Gugulethu.«

Er spürte, dass er ein wenig errötete. Nie zuvor hatte er seine Tante angelogen. Aber sie schien es nicht zu bemerken, schüttelte nur verständnislos den Kopf und wiederholte, was er schon so oft von ihr gehört hatte: »Du hättest niemals zur Polizei gehen dürfen. Du musst nicht so sein wie dein Vater.«

* * *

Sie bewohnten die obere Etage eines kleinen Zweifamilienhauses. Von seinem Zimmer aus sah Adam die mächtigen Betonpfeiler einer Brücke, die den Black River überquerte.

Er konnte sich noch daran erinnern, wie auf ihr früher die Blechlawinen der Autos und Lastwagen träge dahinkrochen. Stoßstange an Stoßstange. Der Gestank der Abgase war damals so intensiv gewesen, dass man im ganzen Haus die Fenster geschlossen halten musste.

Jetzt fuhren dort nur noch vereinzelte Militärtransporter oder die Fahrzeuge der wenigen Wichtigen und Wohlhabenden. Benzin und Diesel waren streng rationiert und fast ausschließlich der Regierung und dem Militär vorbehalten. Seit Jahren waren die Verbindungen zu den Erdöl fördernden Staaten unterbrochen – wie zu eigentlich allen Ländern. Lediglich die Nachbarn Simbabwe und Namibia wurden von den Luftschiffen angeflogen.

Eine Ausnahme bildete Brasilien. Das Land hatte die Auswirkungen des Vulkanausbruchs nahezu ohne größere Schäden überstanden. Die dortige Militärregierung beherrschte mittlerweile nach ihren eigenen Angaben fast ganz Südamerika. Ihre U-Boote waren schon mehrmals im Hafen von Kapstadt eingelaufen.

U-Boote galten als einzige sichere Möglichkeit, die Meere zu durchqueren. Wie in den höheren Luftschichten der Atmosphäre tobten auf dem Wasser verheerende Stürme. Gigantische Wellen tauchten aus dem Nichts auf und verschlangen in der Vergangenheit selbst die größten Schiffe.

Längst trauten sich die südafrikanischen Fischfangflotten nicht mehr aufs offene Meer, sondern hielten sich in Küstennähe. Angeblich gab es sogar monströse Kreaturen, die Boote in die Tiefe rissen, wenn sie zu weit hinausfuhren.

Adam hatte davon gehört, aber es war schwer, diese Dinge auf ihren Wahrheitsgehalt zu überprüfen. Doch nun war ihm selbst etwas sehr Seltsames widerfahren. Je länger er über die unheimliche Begegnung in der Unterwelt von Gugulethu nachdachte, desto mehr war er davon überzeugt, dass es sich um kein bisher bekanntes Lebewesen handeln konnte.

Und er durfte mit niemandem darüber sprechen.

Adam versuchte sich abzulenken und schaltete das Radio ein.

Radioempfang war noch längst nicht wieder für alle Südafrikaner möglich. Wie das Telefon funktionierte das Radio ausschließlich über isolierte Kabel. Nur in den großen Städten wie Kapstadt oder Johannesburg machte deren Verlegung langsam Fortschritte.

Musik drang aus dem kleinen Lautsprecher. Das Lied war eine Mischung aus afrikanischen Rhythmen und Reggae. Eine Frauenstimme sang von der Zukunft.

»Alles, alles wird besser! Und schließlich gut!«, lautete der endlose Refrain.

Adam legte sich aufs Bett und starrte zur Decke. Dort hing das Modell eines Zeppelins mit der südafrikanischen Flagge am Bug. Es drehte sich langsam im Kreis.

Er nahm sein Lieblingsbuch aus dem Regal. Ein großer Atlas. Er stammte aus dem Jahr 2007 und hatte einst seinem Vater gehört. Adam konnte von diesen detaillierten Karten nie genug kriegen. Er folgte mit dem Finger den Flüssen und Küstenlinien. Die Namen der Länder und Städte hatte er sich genau eingeprägt. Kanada, Norwegen, Deutschland, China, Boston, Glasgow, Berlin, Moskau, Neu-Delhi …

Seit Jahren hatte man von dort nichts mehr gehört. Er fragte sich, ob es noch Leben an diesen Orten gab. Vielleicht würde irgendwann jemand nachsehen können. Manche Wissenschaftler vertraten die Meinung, das Weltklima würde sich wieder normalisieren. Aber wann?

Adam blätterte zu den letzten Seiten des Atlas. Dort gab es eine Reihe ganzseitiger Fotos von den Metropolen der Welt. Sie wurden alle im Sonnenschein fotografiert. Heute waren sie unter Eismassen begraben oder von Stürmen verwüstet.

»Alles, alles wird besser! Und schließlich gut!«, sang die Frau im Radio noch einmal, und der letzte Akkord des Liedes verklang.

***

Am nächsten Morgen musste Adam um halb acht zum Unterricht erscheinen.

Die praktische Polizeiarbeit wurde während der fünfzehnmonatigen Ausbildungszeit alle drei Wochen von einer Woche Schule unterbrochen.

Früher, so hatte Adam von Tante Vanessa erfahren, hatte es wesentlich länger als fünfzehn Monate gedauert, um ein Polizist zu werden. Und als Sechzehnjähriger durfte man die Ausbildung noch gar nicht beginnen. Aber die Zeiten hatten sich geändert. Nichts benötigte das Land mehr als Leute, die versuchten, die Ordnung aufrechtzuerhalten.

Die Schule war in einem alten Gebäude aus rotbraunen Ziegelsteinen untergebracht. An den verrosteten Ziffern über dem Eingangsportal ließ sich erkennen, dass die Schule vor über hundert Jahren erbaut worden war: 1922.

Adam schwitzte. Obwohl es noch früher Morgen war, fühlte sich die Luft feucht und stickig an. Dampfig nannten sie solche Tage in Kapstadt. Wenn es besonders schlimm wurde, war es, als würde man sich in einer Sauna bewegen.

Die Schule stand auf einer Anhöhe in einem nördlichen Außenbezirk. Von hier oben konnte man weit sehen, es war wie im Ausguck eines Schiffs. Adam entdeckte eine dichte Dunstglocke über der Innenstadt. Nur die Spitzen der höheren Gebäude ragten aus ihrem Silbergrau hervor. Am Rand zerfaserte der Dunst zu einzelnen Nebelfetzen, die an die Fangarme eines Kraken erinnerten. Begierig darauf, auch den Rest der Stadt an sich zu ziehen.

»Hey, Adam!« Delani hockte auf den Treppenstufen des Eingangs. Adam und sein Freund trafen immer eine Viertelstunde zu früh ein. Es war für sie eine Zeit der Ruhe und des Austauschs. Bevor die anderen Schüler kamen und es kaum noch eine Gelegenheit gab, ungestört ein paar Worte zu wechseln. An manchen Morgen schwiegen Adam und Delani auch nur gemeinsam. Sie begrüßten sich und hingen den eigenen Gedanken nach, um dann, Minuten später, wenn einer von beiden wieder zu sprechen begann, festzustellen, dass sie über dieselben Dinge gegrübelt hatten.

Doch heute blickte Delani seinem Freund gespannt entgegen.

Adam setzte sich neben ihn. Delani hielt ihm eine zerknitterte Papiertüte hin. Ihr Inhalt bestand aus kandierten Pekannüssen.

»Von meiner Großmutter«, kommentierte Delani kauend.

Adam fischte aus Höflichkeit einen der Kerne heraus. Delani liebte alles Süße, und die Pekannüsse seiner Großmutter waren extrem süß und so klebrig, dass sie sich unerbittlich an den Zähnen festsetzten.

»Was war eigentlich los?«, begann Delani. »Ich war bei deiner Tante. Die sagte, du wärst im Krankenhaus. Da bin ich natürlich sofort hin. Die haben mich aber nicht zu dir gelassen. Von Sergeant Lakota konnte ich auch nichts Konkretes erfahren. Der faselte was von Dienstunfall.« Er beugte sich vor und musterte Adam eindringlich. »Du siehst eigentlich ganz gut aus. So schlimm kann es ja nicht gewesen sein.« Delani stopfte sich drei der großen Kerne auf einmal in den Mund und wartete auf Adams Antwort.

Adam zögerte. »Es war tatsächlich … ein Dienstunfall. Wir waren in einem unterirdischen Labyrinth in Gugulethu.«

Delani nickte eifrig. »Davon habe ich gehört. Die soll es mittlerweile in jedem Township geben.«

Adam erzählte die Ereignisse wahrheitsgemäß bis zu dem Zusammentreffen mit dem … Ding. Er wählte für sich bewusst keine andere Bezeichnung. Ding klang nichtssagend, fast bedeutungslos ...

»Du bist über eine Kiste gestolpert, na toll.« Delani hörte sich enttäuscht an. »Das ist alles? Ich hatte schon etwas mehr erwartet.«

Adam versuchte, dem skeptischen Blick seines Freundes standzuhalten.

Er war erleichtert, als sich genau in diesem Moment die ersten Mitschüler näherten.

Shawi Bengu, mit der er im Luftschiff zusammengestoßen war, führte eine Gruppe junger Frauen an. Normalerweise übersah sie Adam. Bestenfalls hatte sie einen verächtlichen Seitenblick für ihn übrig. Adam wusste nicht, was der Grund für ihre Missachtung war. Vielleicht störte sie seine Hautfarbe.

Heute widmete sie Adam im Vorbeigehen jedoch mindestens zwei Sekunden ihrer Aufmerksamkeit. Zwei ihrer Begleiterinnen winkten ihm sogar zu. Nia, eine groß gewachsene Asiatin mit einem schwarzen Haarzopf, verlangsamte ihre Schritte und öffnete den Mund, als wollte sie Adam eine Frage stellen.

Shawi wandte sich zu Nia um und rief in einem scharfen Befehlston: »Kommst du?!«

Nia beeilte sich, ihre Gruppe einzuholen.

»Habe ich das geträumt?«, staunte Adam. »Shawi und ihre Truppe haben mich nicht ignoriert.«

Delani faltete die leere Tüte für den weiteren Gebrauch sorgfältig zusammen und verstaute sie in seinem Rucksack. Jeden Gegenstand, und sei es auch nur eine Papiertüte, versuchte man so lange wie nur eben möglich zu benutzen. »Ich habe allen davon erzählt, wie ich dich im Krankenhaus besuchen wollte.«

»Und? Was ist daran so besonders?«

»Vor deiner Tür stand ein Polizist und ließ niemanden ins Zimmer. Mit Gewehr! Ich dachte schon, du hättest etwas ganz Schlimmes ausgefressen.« Delani reckte sich und stand auf.

»Kannst du dir das erklären? Ein schwer bewaffneter Wächter? Nur für Adam van Dyke?«

»Keine Ahnung.« Adam schüttelte den Kopf. »Lass uns reingehen. Der Unterricht fängt gleich an.«

* * *

Die Klasse bestand aus dreiundzwanzig Polizeischülern und neun Schülerinnen. Adam und Delani saßen gemeinsam an einem Pult in der vorletzten Reihe. In den ersten beiden Stunden stand Rechtskunde auf dem Lehrplan.

Dr. van Heerden, ein alter Mann mit einem schlohweißen Haarkranz, der seinen ansonsten kahlen Schädel wie Zuckerwatte umrahmte, versuchte vergeblich, eine Diskussion über die menschenwürdige Behandlung von potenziellen Straftätern während ihrer Vernehmung in Gang zu bringen.

Lediglich Yera, ein Muskelprotz aus der ersten Reihe, der, wie Adam vermutete, seine Freizeit ausschließlich mit dem Stemmen von Gewichten verbrachte, machte ungefragt den Mund auf.

»Wenn ich mal ein Verhör leite, wird es nur ein paar Minuten dauern.« Yera reckte seine mächtige Faust in die Höhe.

Der Lehrer stand unter dem Porträt des Präsidenten, der sich schon seit vielen Monaten nicht mehr in der Öffentlichkeit gezeigt hatte. Auf dem Foto sah er noch älter und ausgezehrter als van Heerden aus, fand Adam.

Dr. van Heerden stützte beide Arme auf Yeras Pult und wies den Schüler mit ein paar kurzen Worten zurecht.

Obwohl Adam nur Yeras rasierten Stiernacken sehen konnte, war er sich sicher, dass der darauf wie immer mit einem hämischen Grinsen reagierte. Yera suchte gern Streit. Nicht gerade die beste Voraussetzung, um ausgerechnet Polizist zu werden.

Adams Blick wanderte zu dem zweiten Porträt an der Wand. Es zeigte Innenministerin Masuku. Eine schlanke, asketische

Frau. Ihre langen grauen Haare hatte sie zu einer traditionellen Frisur aus winzigen Zöpfen geflochten. Ein mildes Lächeln lag auf ihren Lippen. Es sah so aus, als würde sie Adams Blick erwidern.

Nach der ersten Stunde packte Dr. van Heerden zur Überraschung der Klasse seine Unterlagen zusammen.

»Es gibt eine Änderung im Stundenplan«, verkündete er. »Ab heute werdet ihr in einem neuen ...« Er zögerte und legte die Stirn in Falten. Dann räusperte er sich und fuhr fort: »Also, ihr bekommt ein zusätzliches Fach.« Er nahm die Brille ab, ließ sie in einer der zahllosen Taschen seiner Weste verschwinden und hatte es mit einem Mal sehr eilig, den Klassenraum zu verlassen.

Auf der Türschwelle stieß er mit einem kahlköpfigen Schwarzen zusammen. Oder besser, er prallte vom Kugelbauch des Mannes ab.

Adam stupste seinen Freund Delani an. Beinahe hätte er erzählt, dass ihn der Mann im Krankenhaus aufgesucht hatte. Gerade noch rechtzeitig fiel ihm ein, dass er darüber kein Wort verlieren durfte.

Auch heute trug Quinton einen Umhang von enormen Ausmaßen. Allerdings war er dieses Mal nicht violett, sondern dunkelblau.

Die Schüler verfolgten tuschelnd Quintons Weg bis zum Pult. Yera kicherte.

Quinton ließ sich schnaufend auf den Stuhl fallen und sah mit einem Grinsen in die Runde. Er musterte jeden Einzelnen. In seinem Mienenspiel gab es kein Anzeichen dafür, dass er Adam erkannte.

»Ich bin Quinton«, sagte mit seiner tiefen Stimme. »Wie ihr vielleicht wisst, existiert seit dem letzten Jahr an der Universität Kapstadt ein neues Studienfach. Weiß jemand darüber Bescheid?«

»Kochen!«, warf Yera feixend ein und rammte seinem

Nebenmann den Ellenbogen so heftig in die Rippen, dass der laut aufstöhnte.

Quinton grinste noch breiter und zeigte seine mächtigen Zähne. Er lehnte sich zurück und faltete die Hände auf seinem Bauch.

»Wie kommst du darauf, mein junger Freund?«, fragte er Yera und fuhr dann fort, ohne dessen Antwort abzuwarten. »Es stimmt zwar, dass ich, wie jeder von euch sehen kann, ein Freund guten Essens bin. Jedoch befähigt überdurchschnittlicher Leibesumfang nicht unbedingt zur hohen Kunst des Kochens.«

Jetzt kicherten einige der anderen Schüler.

Quinton zog einen Stift und einen Notizblock aus seinem Umhang hervor, schrieb etwas auf einen Zettel und reichte ihn dem verblüfften Yera.

Adam konnte sehen, wie Yera sich nach vorn beugte, um das Geschriebene zu entziffern. Entweder war der Text sehr klein geschrieben oder schwer verständlich, denn Yera verharrte regungslos in dieser Position.

Quinton kehrte zu seinem Platz zurück. »Es handelt sich bei dem Studienfach um Magie. Weiße Magie, meine Damen und Herren. Die Anwendung von Schwarzer Magie ist hingegen eine Angelegenheit für das Strafgesetzbuch. Die Justiz arbeitet gerade daran.«

Ein Raunen ging durch die Reihen.

»Ich bin ein Medizinmann, aber vor allem bin ich euer Lehrer. Magie war in vergangenen Zeiten so präsent wie Technologie und Wissenschaft in der heutigen Zeit. Und in Teilbereichen sind sie sich gar nicht mal so unähnlich.«

Shawis Freundin Nia hob die Hand. Quinton nickte ihr freundlich zu.

»Sollen wir etwa zaubern lernen?«, fragte Nia, und es klang nicht skeptisch oder gar hämisch, sondern einfach nur verblüfft. Vielleicht sogar ein wenig begeistert.

Quinton gluckste, und sein Bauch hüpfte dabei ein wenig auf und ab. »Nicht, wie sich manche das vielleicht vorstellen. Keine Zauberstäbe, Glaskugeln oder Mäntel, die unsichtbar machen. Wir werden auch nicht aus Eingeweiden oder Knochen lesen. Bedaure, solch einen Humbug habe ich nicht im Programm. In erster Linie geht es um Kräfte und Fähigkeiten, die in uns schlummern und gefördert werden müssen. Einige sind schon bekannt, müssen aber noch geschult werden.« Er sah in Shawis Richtung. »Nicht wahr?«

Shawi versuchte ein zaghaftes Lächeln und fuhr sich mit der Hand durch ihre schwarzen Locken. Adam hatte sie nie zuvor lächeln sehen.

Quinton wandte sich wieder an die gesamte Klasse. »Vielleicht hat jemand von euch schon mal etwas gesehen oder erlebt, das die Bezeichnung Magie, Zauber oder unerklärbares Phänomen verdient. Nur Mut!«

Adam fiel sofort der schwebende Sänger in Gugulethu ein und dann das ... Ding im Untergrund. Er schwieg, und plötzlich war ihm ganz kalt.

»Niemand?« Quinton erhob sich. »Nun, ich bin sicher, dass im Laufe der Zeit, die wir zusammen verbringen, die Erinnerungen zurückkehren werden.«

Quinton baute sich vor Yera auf. »Was meint denn unser Freund hier dazu?«

Adam fiel erst jetzt auf, dass sich Yera in den letzten Minuten überhaupt nicht bewegt hatte. Noch immer beugte er sich starr über den Zettel, den er von Quinton erhalten hatte. Er hatte zwar schon immer geahnt, dass Yera von Sätzen, die mehr als ein halbes Dutzend simpler Worte enthielten, schnell überfordert war, aber sein jetziges Verhalten erschien ihm doch sehr sonderbar.

»Oh, ich vergaß!« Der Medizinmann rollte amüsiert mit den Augen. »Yera kann gar nicht antworten.« Er beugte sich nach vorn und flüsterte etwas in das linke Ohr des Polizeischülers.

Augenblicklich kehrte wieder das Leben in ihn zurück. Yera schnellte rückwärts gegen die Stuhllehne, als hätte er einen elektrischen Schlag erhalten.

»Öh!«, machte er und dann: »Was ... was war los?«

Quinton pflückte mit einer überaus raschen Bewegung, die so gar nicht zu seinem behäbigen Äußeren passte, den Zettel aus Yeras Händen.

»Ich habe unserem jungen Freund lediglich eine zwölfstellige Buchstaben- und Zahlenkombination zu lesen gegeben, die bei ungeübten Gemütern zu einem sofortigen Black-out führt. Der Verstand nimmt sich zwangsweise eine Auszeit. Deren Länge liegt in meinem Ermessen.«

Yera starrte ihn mit offenem Mund an. Er wirkte komplett sprachlos, dabei hatte Quinton die Wirkung des Zettels vollständig aufgehoben.

»Eine harmlose, aber unter Umständen sehr nützliche Spielerei«, verkündete der Medizinmann. »Die aber nicht das Geringste mit Magie zu tun hat. Es handelt sich hier um simple Beeinflussung der menschlichen Sinne, meine angehenden Hüter von Gesetz und Ordnung!«

Quinton hob seine Hände auf Brusthöhe, bewegte sie flink hin und her und bildete mit den Fingern geometrische Figuren wie Dreiecke, Rauten oder Kreise.

»Ihr fragt euch sicher, was das jetzt wieder zu bedeuten hat?«

Adam und die anderen Polizeischüler betrachteten den Medizinmann teils skeptisch, teils fasziniert.

»Es ist eine weitere Ablenkung«, erklärte Quinton und unterbrach abrupt das hektische Spiel seiner Finger. »Seit ich diesen Raum betreten habe, ist es mir gelungen, all eure Aufmerksamkeit auf mich zu lenken. So ist keinem aufgefallen, dass ich einen Gast mitgebracht habe.«

Quinton deutete mit dem Arm zur Zimmerdecke. »Darf ich vorstellen!«

Alle Blicke folgten der Bewegung.

Zuerst schrie Nia. Ein schrilles Kreischen. Dann stimmten andere mit ein. Stühle fielen krachend zu Boden, als fast alle Schüler gleichzeitig aufsprangen.

Delanis Augen drohten aus ihren Höhlen zu springen. »Oh, oh, oh!«, machte er leise. Ganz langsam, ohne den Blick von der Zimmerdecke abzuwenden, tastete er sich zur Wand. Möglichst weit weg von Quintons »Gast«.

Adam folgte seinem Freund und spürte, wie sich die feinen Härchen auf seinen Unterarmen aufrichteten.

Fast genau in der Mitte der Zimmerdecke hockte regungslos eine Spinne.

Von einer so enormen Größe, wie Adam es nicht für möglich gehalten hätte. Ihr kugelförmiger Körper mochte einen Durchmesser von mindestens dreißig Zentimetern besitzen. Mit den acht Beinen, die, wie Adam jetzt feststellte, kaum wahrnehmbar zitterten, brachte sie es auf einen Umfang von einem ganzen Meter. Ihr Leib war mit kurzen braunen Stoppeln bedeckt.

Jetzt bewegte die Spinne ihre beiden Kieferklauen und stieß dabei einen Laut, ein leises Zischen aus.

Irgendjemand lachte hysterisch. Einige Schüler rannten zur Tür.

Quinton klatschte zweimal in die Hände.

Adam zuckte zusammen und verschränkte instinktiv die Arme über seinem Kopf, als die Spinne in atemberaubendem Tempo über die Decke flitzte, dann die Wand hinablief und sich neben Quinton auf dem Boden niederließ.

»Das ist Pik! Ihr steht übrigens nicht auf seinem Speiseplan«, sagte der Medizinmann. »Aber die heutige Lektion lautet: Nichts und niemand darf hundert Prozent eurer Aufmerksamkeit beanspruchen. Auch nicht ein dicker Mann in einem glänzenden Umhang, der mit den Händen fuchtelt. Das sichert euer zukünftiges Überleben.«

»Und Pik ist wirklich echt?«, fragte Delani und sah aus, als müsste er sich gleich übergeben.

Quinton ging schnaufend in die Knie und strich mit einer Hand über die braunen Borsten der Spinne. »Natürlich. Jetzt, wo wir Menschen nicht länger die ganze Welt dominieren, kehrt vieles zurück, was sich bisher vor uns verborgen gehalten hat. Manches hatte sich vor uns gefürchtet, manches wittert nun eine Chance.«

Dieses Mal sah er kurz in Adams Richtung.

»Und jetzt setzt euch bitte wieder hin. Sonst ist der arme Pik noch beleidigt.«

* * *

Weil »Pik euch ja doch nur bei der notwendigen Konzentration stört«, war Quinton wenig später für einen Moment verschwunden, um die Spinne woanders unterzubringen.

Normalerweise begann unmittelbar, nachdem ein Lehrer die Klasse verlassen hatte, eine lautstarke Unterhaltung. Doch jetzt herrschte Stille. Die Schüler sahen sich entgeistert an. Nur ein paar wagten es zu flüstern.

»Bin ich wirklich wach, Adam?«, wisperte Delani. »Oder ist das hier ein ganz mieser Traum?«

Adam schüttelte den Kopf. »Kein Traum«, sagte er und verspürte mehr denn je den Wunsch, seinem Freund alles zu erzählen, was er in den letzten Tagen erlebt hatte.

Delani sah zur Tür. »Ich frage mich, wo er dieses Spinnenvieh deponiert. Im Lehrerzimmer? Das wird sicher lustig.« Er lachte nervös.

Quinton kehrte nach kurzer Zeit zurück und setzte sich wieder hinter das Pult. »Ich sehe in euren Gesichtern Fragen über Fragen. Unglauben und Neugierde. In unserer ersten gemeinsamen Stunde sollt ihr mir daher eure Fragen stellen. Es gibt keine Tabus.« Er machte eine Pause und lächelte. »Sagen wir lieber: fast keine Tabus.«

Eine Weile hielt die bedrückende Stille an, dann sah Adam,

wie Nia, das Mädchen mit den asiatischen Zügen, langsam die Hand hob.

»Bitte, Nia!« Quinton nickte ihr freundlich zu, und Adam fragte sich, ob der Magier tatsächlich bereits die Namen aller Schüler kannte. Das wäre erstaunlich.

»Gibt es noch mehr Spinnen oder sogar schlimmere Wesen?«

Quinton klang ein wenig amüsiert, als er antwortete. »Genau diese Frage habe ich erwartet. Natürlich ist Pik nicht allein. Wie sollte das auch funktionieren? Ich nehme doch an, dass ihr alle über die Fortpflanzung Bescheid wisst. Es bedarf dazu zumeist eines Männchens und Weibchens.«

Vereinzelt wurde gekichert.

»Aber ich kann dich beruhigen, Nia«, fuhr Quinton fort. »Piks Artgenossen leben im Norden. Jenseits der Grenzbefestigungen. Ich habe ihn im östlichen Kongo gefunden.«

»Sie waren im Kongo?«, fragte Sharad, ein hagerer Junge, der von indischen Einwanderern abstammte. »Wie sieht es dort aus?«

Seit Jahren gab es keine Berichte über die Länder im Norden. Wenn man von den verbündeten Nationen Namibia und Simbabwe absah. Nicht nur Adam brannte darauf, etwas über diese Orte zu erfahren.

Quinton wurde sehr ernst. »Ich habe viele Länder besucht. Auch nach der Katastrophe. Es existiert fast nirgendwo auch nur der Ansatz von staatlicher Ordnung. Überall herrscht Chaos und Tod. Ich wünschte, ich könnte euch von blühenden Landschaften und glücklichen Menschen erzählen, aber das wäre eine Lüge.«

»Dann sind wir also allein«, stellte Yera fest. Adam war erstaunt, dass ausgerechnet er zu solch einem Gedanken fähig war.

»Es gibt aber noch Brasilien«, warf ein Polizeischüler ein, dessen Name Adam entfallen war.

Quinton kannte ihn jedoch. »Brasilien hat sich einen neuen

Namen gegeben, Aaron«, erwiderte er. »Einen nicht besonders einfallsreichen übrigens: Groß-Brasilien. Und dieses Groß-Brasilien ist sehr weit von uns entfernt.«

Für Adam hörte es sich so an, als wäre Quinton darüber sehr froh. Dann fiel ihm auf, dass der Medizinmann überhaupt nicht auf den zweiten Teil von Nias Frage eingegangen war.

Gab es noch schlimmere Wesen als die Spinnen?

Ja, dachte Adam. Es gibt sie. Ich bin einem von ihnen begegnet.

***

Adam stand in der Unterrichtspause mit Delani und Sharad zusammen. Unter den Ästen eines Baumes suchten sie Schutz vor den grellen Sonnenstrahlen.

Überall hatten sich Gruppen gebildet. Die Schüler und Schülerinnen diskutierten aufgeregt über Quinton und das neue Unterrichtsfach. Ein Mädchen aus Shawis Clique ahmte Quintons wiegenden Gang nach und rollte dabei mit den Augen. Die anderen Mädchen kicherten. Außer Nia.

Delani bot die Reste seiner kandierten Nüsse an. Adam lehnte dankend ab, während Sharad begeistert zugriff.

»Er war im Kongo«, bemerkte Sharad kauend. »Das muss man sich mal vorstellen. Ich frage mich, wie er das überleben konnte. Da gibt es doch die wildesten Geschichten. Ich sage nur Kannibalismus.«

»Der Kerl kann zaubern«, erwiderte Delani. »Damit kommt er wohl überall durch.«

»Ich glaube nicht an Zauberei.« Sharad schüttelte energisch den Kopf. »Alles, was wir heute gesehen haben, beruht auf Sinnestäuschung.«

»Wusstet ihr, dass die Wettervorhersagen seit Langem von Medizinmännern oder Zauberern erstellt werden und nicht wie früher von Meteorologen?«, sagte Delani.

Adam blickte automatisch zum Horizont. Weit hinter der Stadt zog ein graubrauner Wolkentrichter seine Bahn. Eine Windhose, angefüllt mit Staub und Sand aus den Steppen und Wüsten des Nordens. Sie schien sich von Kapstadt zu entfernen. Noch vor zehn Jahren hatte es solche Wetterphänomene in dieser Region nicht gegeben.

»Was ist denn der Unterschied zwischen Medizinmännern und Zauberern?«, fragte Sharad.

»Da musst du schon die Magische Gilde fragen«, erwiderte Delani.

»Lass mal«, sagte Sharad. »Mein Vater behauptet, das wäre eine Vereinigung von Spinnern und Betrügern, die unser Land übernehmen wollen.«

Nach der Pause tauchte ein uniformierter Polizist im Klassenraum auf. Er teilte den Schülern mit, dass sich zehn von ihnen am nächsten Morgen auf dem 1. Polizeirevier zu melden hatten. Ihre Aufgabe würde es sein, die Stadtpolizei bei einer besonderen Aufgabe zu unterstützen. Der Mann las die Namen von einer Liste ab. Adam und Delani waren unter den zehn Auserwählten.

Es war schon einige Male vorgekommen, dass Schüler zu Einsätzen angefordert wurden. Bei der südafrikanischen Polizei herrschte chronischer Personalmangel. Ungewöhnlich war jedoch, dass man ihnen über die morgige Arbeit überhaupt keine Einzelheiten mitgeteilt hatte.

Kapitel 3

Das Waisenhaus

Es gab eine Anordnung, dass Polizeischüler ihre Uniformen erst unmittelbar vor Dienstantritt auf dem Revier anlegen durften. Allein und in Uniform wären sie auf der Straße möglicherweise angegriffen worden.

Im Polizeirevier besaß jeder Schüler einen eigenen verschließbaren Spind. Darin befanden sich Uniform, Waffe und ein vorläufiger Dienstausweis.

Als Adam das Pistolenholster angelegt hatte, warf er einen schnellen Blick in den Spiegel im Umkleideraum und schob die dunkelblaue Schirmmütze gerade.

Vor dem Revier standen zwei altersschwache Lastwagen. Polizisten mit Gewehren stiegen in den vorderen ein. Sergeant Lakota stand mit einem Schreibblock neben dem Fahrerhaus und machte sich Notizen. Als er die Polizeischüler entdeckte, kam er mit schnellen Schritten auf sie zu.

»Die Innenministerin besucht heute das neue Waisenhaus im Distrikt 6. Ihr werdet dort zur zusätzlichen Überwachung eingesetzt. Alles Weitere erfahrt ihr von mir vor Ort.«

Adam stieg die zwei angeschweißten Stufen hinauf und setzte sich auf die hölzerne Bank neben Delani.

»Wir als die Beschützer der Innenministerin. Das ist ja mal eine Sache«, sagte sein Freund. »Ob uns Masuku die Hand schüttelt?«

Yera schob sich, rücksichtslos wie immer, an ihnen vorbei und ließ sich auf die Bank fallen. Er seufzte und schloss die Augen.

Der Anlasser des Lastwagens gab ein gereiztes Wimmern von sich, bis der minderwertige Diesel endlich zündete und der Motor ansprang.

Adam öffnete vorsichtshalber den Mund. Der Lastwagen vibrierte im Stand so heftig, dass die Zähne aufeinanderschlugen.

Mit einem Ruck setzte sich das Fahrzeug in Bewegung.

Shawi und ihre Freundin Nia gehörten ebenfalls zu den Auserwählten. Sie saßen Adam direkt gegenüber und tuschelten miteinander.

Nach einiger Zeit kam der Lastwagen nur noch im Schritttempo vorwärts. Der Fahrer drückte immer wieder auf die Hupe, um sich in dem Menschengewirr freie Bahn zu schaffen. Da nur selten ein Kraftfahrzeug unterwegs war, machten die Leute keinen Unterschied zwischen Bürgersteig und Fahrbahn.

Yera schien der Lärm nichts auszumachen. Sein Kopf war auf die Brust gesunken, und er schnarchte laut.

Über die Ladefläche des Lastwagens war eine Plane gespannt, aber sie war so alt und zerschlissen, dass man durch ihre zahllosen Risse und Löcher nach draußen spähen konnte.

In den späten Sechzigerjahren des vergangenen Jahrhunderts hatte die damalige rassistische Regierung die überwiegend schwarzen Bewohner dieses Stadtteils vertrieben und deren Häuser abgerissen. Über Jahrzehnte war Distrikt 6 unbewohntes Brachland gewesen, doch längst war auch dieses Gebiet den Flüchtlingen zugeteilt worden. Man hatte Wohncontainer aufgestellt. Anfangs sollten sie nicht mehr als eine Übergangslösung sein, aber mittlerweile boten sie der immer unüberschaubarer werdenden Menschenmenge eine dauerhafte Bleibe.

Auch wenn die Grenzbefestigungen den Strom der Flüchtlinge aus dem Norden eingedämmt hatten, trieb es die einheimische Bevölkerung immer mehr in die großen Städte wie Kapstadt.

Adam fand, dass es im Distrikt 6 ein wenig geordneter als in Gugulethu aussah. Es gab keine Verkaufsstände, keine Müllberge, und nur vereinzelt entdeckte er einen Bettler.

Delani beugte sich nach vorn zu Shawi. »Hör mal, ich will dich schon die ganze Zeit etwas fragen«, sagte er.

Sie blickte ihn mit kaum verhohlener Verachtung an. Delani schien das überhaupt nicht zu irritieren. Er deutete mit dem Finger zuerst auf sich, dann auf Adam und den schnarchenden Yera.

»Kannst du jetzt unsere Gefühle lesen? So auf Kommando?«, fragte Delani.

Shawi pustete sich eine schwarze Haarsträhne aus der Stirn. »Sicher«, erwiderte sie. »Aber es lohnt sich bei euch nicht.«

»Aha«, machte Delani und wollte zu einer weiteren Frage ansetzen, als der Lastwagen mit quietschenden Bremsen zum Stehen kam. Yera kippte zur Seite und hätte seinen Nebenmann beinahe von der Sitzbank gestoßen.

»Häh?« Yera war für einen Moment völlig desorientiert. Wenn es nicht gerade um eine Prügelei ging, reagierte er mit der Geschwindigkeit einer Schildkröte.

»Wir sind da«, sagte Adam und stand auf.

Das vor wenigen Monaten erbaute Waisenhaus erhob sich dreistöckig in einem reinen und unschuldigen Weiß. Es war ein Symbol für die Bemühungen der Regierung, dem Chaos ein wenig Sicherheit und Fürsorge abzuringen.

An einem Fahnenmast flatterte die Flagge Südafrikas im Wind. Auf einem eigens für diesen Tag errichteten Holzpodest standen zwei Dutzend Jungen und Mädchen in blitzsauberen Schuluniformen. Eine Frau mit einer grauen Kurzhaarfrisur bemühte sich gestenreich, die Kinder der Größe nach in Reih und Glied aufzustellen.

Sergeant Lakota verteilte die Polizeischüler auf ihre Posten.

Die Hälfte von ihnen musste vor dem Waisenhaus Ausschau nach allem halten, was ihnen auch nur im Geringsten verdächtig erschien.

Adam, Delani, Yera und Shawi mit ihrer Freundin Nia sollten sich im Innern des Gebäudes verteilen.

Der Sergeant rückte Yeras schräg sitzende Schirmmütze mit dem Kommentar »Cool sein kannst du außerhalb der Dienstzeit« zurecht.

Auf der Straße versammelten sich immer mehr Menschen. Viele von ihnen trugen Plakate, auf denen sie Masuku willkommen hießen.

Die Innenministerin war ihre Hoffnungsträgerin und vielleicht die kommende Präsidentin des Landes.

Sergeant Lakota hatte gesagt, dass Masuku mit ihrer Eskorte in ungefähr einer halben Stunde eintreffen würde.

Als Adam und die anderen das Waisenhaus betraten, ertönte in der wartenden Menge ein Lied. Laut und klar schwebte jeder Ton über dem Gemurmel der Menschen.

Adam wandte sich um. Es war genau das Lied, das er vor einigen Tagen in Gugulethu gehört hatte. Er schützte seine Augen mit der Hand vor dem Sonnenlicht und hielt nach dem Sänger Ausschau.

Der kleine Mann war leicht zu finden. Er stand auf einem flachen Wohncontainer, hielt den schmutzigen Zylinder in der rechten Hand und breitete die bleichen Arme in einer theatralischen Geste aus. Er sang von einem Frieden, der sehr bald über die ganze Welt kommen würde.

Trotz der wunderbaren und kristallklaren Stimme klangen die Worte für Adam nicht wie eine Verheißung. Er glaubte vielmehr, einen dunklen, bedrohlichen Unterton herauszuhören.

Die Menschen auf der Straße empfanden das nicht so. Immer mehr wandten sich dem kleinwüchsigen Sänger zu, wiegten sich im Rhythmus der eingängigen Melodie und versuchten, in den Refrain einzustimmen.

»Seid bereit. Ein Friede wird kommen, den ihr niemals vergesst.

Ein Friede, der euch von allem befreit.«

Adam schüttelte den Kopf, um sich von den düsteren Gedanken zu befreien, die diese simplen Sätze bei ihm auslösten.

In der Empfangshalle warteten mehrere Polizisten. Einer von ihnen, ein Weißer, stemmte die Arme in die Hüften und blickte ihnen lächelnd entgegen. Das aufgenähte Namensschild auf seiner Uniformjacke wies ihn als Sergeant Morris aus.

»Sieh an, der Nachwuchs.« Er knuffte Delani scherzhaft gegen die Schulter. »Jeder von euch bekommt jetzt einen von meinen Kollegen als Partner zugewiesen. Dann patrouilliert ihr in Zweiergruppen durchs Gebäude.«

Delani, Yera, Shawi und Nia verschwanden mit den zugewiesenen Polizisten.

Morris nickte Adam zu. »Du bleibst bei mir«, befahl er.

Zwei aufgeregte Erzieherinnen eilten vorbei. Noch im Laufen zupften sie an ihren Kleidern und redeten ohne Unterlass.

Ein Polizist kam die Treppe zu den oberen Stockwerken herunter. »Das Gebäude ist geräumt«, teilte er Morris mit. »Alle Nebeneingänge sind verschlossen. Ich werde jetzt meine Position vor dem Gebäude einnehmen.«

Der Mann verließ das Waisenhaus durch den Haupteingang.

Morris blickte auf seine Armbanduhr. »Wir haben noch Zeit. Ich werde einen letzten Rundgang machen. Du wartest hier.«

Morris stieg die Treppe zum Keller hinab. Eine Weile konnte Adam die Schritte des Mannes auf den steinernen Stufen hören. Dann war es ganz still. Von den Polizisten im Waisenhaus war nicht der geringste Laut zu vernehmen. Nur die Stimmen der Wartenden vor dem Waisenhaus drangen leise, wie das Rauschen einer fernen Brandung, in die Halle hinein.

Adam blickte sich nervös um. Eine seltsame Unruhe hatte von ihm Besitz ergriffen. Er wusste nicht genau, was der Auslöser gewesen war.

Der kleine bleiche Mann, der neben seiner großartigen Stimme auch die Fähigkeit besaß, die Schwerkraft zu überwinden? Aber der hatte sein Lied längst beendet, und außerdem war es ja nicht weiter ungewöhnlich, dass er ausgerechnet hier aufgetaucht war. An einem Ort, wo ihm die versammelte Menschenmenge sicher ein paar Geldstücke zukommen ließ.

War es das Erlebnis in der Unterwelt von Gugulethu, das Adam noch immer nicht losließ? Erst in der vergangenen Nacht hatte ihn das ... Ding in seinen Träumen verfolgt.

Ein Geräusch.

Ein entferntes und kurzes Scheppern, mehr nicht. Wie von einem Gegenstand, der zu Boden gefallen war, ohne dabei zu zersplittern.

Das Geräusch war aus dem Keller gekommen. Adam zögerte kurz und näherte sich dann der Treppe. Ein Dutzend Stufen führte hinab. Breit genug, um zwei Erwachsene nebeneinander gehen zu lassen. Flankiert von so weißen Wänden, wie es sie nur in Neubauten geben konnte.

Aus dem Keller drang kein weiterer Laut. Nur das leise Summen der Neonröhren.

Adam setzte einen Fuß auf die oberste Stufe.

»Sergeant?«, rief er halblaut in das weiße Licht.

Warum hatte der Polizist seinen Kontrollgang noch nicht beendet?

»Sergeant Morris?«, rief Adam noch einmal und diesmal etwas lauter.

Noch immer erfolgte keine Reaktion, und so ging Adam langsam die Treppe hinab. Er fühlte sich an die Situation in Gugulethu erinnert, als er nach Sergeant Lakota und Constable Frey suchte. Aber das war absurd, sagte er sich. Das hier war ein staatliches Waisenhaus mit frisch getünchten Wänden und hellem Neonlicht. Kein finsterer und merkwürdig säuerlich stinkender Tunnel.

Die Treppe mündete in einen gefliesten Gang. Mehrere

Türen zweigten davon ab. Ein Plakat an der Wand zeigte zwei kleine Kinder, ein weißes Mädchen und einen schwarzen Jungen, die sich mit Begeisterung die Zähne putzten. Schaum quoll aus ihren Mündern.

Morgens, abends und nach jeder Mahlzeit!, lautete die Aufforderung über den Lockenköpfen der Kinder.

Mehr Geräusche!

Adam erstarrte und lauschte konzentriert.

Dieses Mal hatten die Geräusche ganz anders geklungen. Kein Scheppern. Eher wie ein kurzes Rauschen.

Es war aus dem Raum hinter einer halb geöffneten Tür gekommen.

Ein Radio, überlegte Adam. Es hatte sich angehört wie ein Radio mit Empfangsstörung, das ein- und ausgeschaltet wurde.

Adam zog die Dienstwaffe und trat durch die Tür. Er blickte in einen Waschraum mit einer Reihe Duschkabinen. Die Sonne warf einen einzigen, scharf umrissenen Lichtstrahl durch das vergitterte Kellerfenster.

»Masukus Wagenkolonne passiert vorletzten Kontrollpunkt.«

Eine leise und verzerrt klingende Stimme. Sie krächzte aus einem winzigen Gerät, das nur wenige Meter vor Adam auf einem Waschbecken stand.

Es ist ein Funkgerät!, durchfuhr es Adam. Dabei war es doch unmöglich, auch nur eine Silbe über den Äther zu senden.

Wer konnte es benutzen? Wer war dazu überhaupt in der Lage?

Adam bewegte sich langsam auf das Gerät zu. Es war quadratisch, besaß eine Seitenlänge von nur etwa fünf Zentimetern und bestand aus einem tiefschwarzen Material.

Die Stimme hatte von einem vorletzten Kontrollpunkt gesprochen. Also mussten mehrere Leute damit beschäftigt sein, den Konvoi der Innenministerin zu überwachen. Und dieses Funkgerät gehörte einem von ihnen.

Adam musste so schnell wie möglich Sergeant Lakota informieren. Er wollte nach dem Funkgerät greifen, als er aus den Augenwinkeln eine Gestalt ausmachte.

Adam wirbelte mit der Waffe in der Hand herum. Aller Atem entwich seiner Lunge.

Es war Sergeant Morris.

Sein Kopf war auf die rechte Schulter gesackt. Die aufgerissenen Augen starrten ins Leere.

Morris war tot, und es sah nicht so aus, als sei er in der Dusche ausgerutscht.

Adam verspürte einen Luftzug an seiner Wange. Ein Arm umschlang seinen Hals und zerrte ihn nach hinten. Das kalte Metall eines Messers wurde gegen seine Kehle gedrückt.

»Lass die Waffe fallen!«, knurrte eine raue Männerstimme.

Adam war zu überrascht, um der Aufforderung nachzukommen.

»Waffe fallen lassen, Kleiner!« Der Druck der Klinge verstärkte sich.

Die Pistole schlug mit einem metallenen Klirren auf den Fliesen auf.

Adam fragte sich, warum ihn der Fremde nicht sofort tötete. So wie er es offenbar mit Sergeant Morris getan hatte.

»Sie kommen hier nicht raus«, presste Adam hervor. Er bekam kaum noch Luft, doch der Mann hinter ihm schwieg. Der Raum verschwamm vor seinen Augen. Der Sauerstoffmangel ließ sein Bewusstsein schwinden. Wie einen Lichtball, der immer kleiner und dunkler wurde.

Der Angreifer atmete tief ein, kam mit dem Gesicht ganz nah und schien an Adams Haaren zu riechen. »Wer bist du?«, fragte er. Die Stimme des Mannes klang mit einem Mal irritiert. »Ich erkenne dich!« Er lockerte den Druck um Adams Hals. »Das ist unmöglich! Du …«

Ein Schuss krachte. Der Fremde knickte in den Knien ein und riss Adam dabei mit zu Boden.

Ein Polizist griff nach Adams Hand und zog ihn von dem Mann weg. Zwei weitere Uniformierte sicherten mit der Waffe im Anschlag.

»Du bewegst noch nicht einmal den kleinen Finger«, drohte er.

Der Fremde hatte sich jetzt wieder halb aufgerichtet. Er war groß und muskulös. Die blonden Haare hatte er zu kurzen Stoppeln gestutzt. Die Kugel hatte ihn am Oberschenkel erwischt.

»Er hat den Sergeant umgebracht«, stieß Adam hervor. »Ich bin sicher, dass er Komplizen hat. Es geht um die Innenministerin. Vermutlich ein Anschlag.«

Erst jetzt entdeckte er Delani und die Polizeischülerinnen Shawi und Nia. Sie waren auf der Türschwelle stehen geblieben. Shawi schien äußerlich völlig ruhig und musterte die Szene mit ihren dunklen Augen, während sich ihre Freundin Nia ängstlich im Hintergrund hielt.

Delanis Mund bildete ein verblüfftes O. Die Dienstwaffe in seiner Rechten schwenkte er so heftig hin und her, als gelte es, eine ganze Hundertschaft in Schach zu halten.

»Vier, Vier, Sieben, Zero«, sagte der Blonde am Boden plötzlich.

»Was soll das?«, fragte einer der Polizisten. »Was sagst du da, Mann?«

Der Blonde verdrehte die Augen und sein Schädel schlug hart auf den Fliesen auf. Das rechte Bein zuckte noch einmal kurz.

Shawi näherte sich dem Mann ohne jegliche Furcht. »Er ist tot«, sagte sie. »Ich kann seine Gefühle nicht mehr spüren.« Sie sah die Polizisten an, und mit einem Mal weiteten sich ihre Augen. Sie streckte den Arm aus und deutete auf irgendetwas, das sich hinter Adam befinden musste.

Adam und sein Nebenmann wandten sich um. In einer Ecke, links neben dem Fenster, stand ein Metallkoffer. Vermutlich hätte ihn niemand bemerkt, wenn nicht jetzt ein winziges rotes Licht an seiner Vorderseite zu blinken angefangen hätte.

Die Polizisten stürzten gemeinsam zu dem Koffer. Adam blickte über ihre Schultern. Außer dem Licht konnte er eine Tastatur auf dem Deckel des Koffers entdecken.

»Das sieht mir verdammt noch mal wie eine Bombe aus«, sagte einer der Polizisten. Als sein Kollege nach dem Koffer greifen wollte, schrie er: »Halt!«

Er deutete mit dem Pistolenlauf auf den Tragegriff des Koffers. In dessen Mitte entdeckte Adam einen kleinen, mit grüner Flüssigkeit gefüllten Glaszylinder. Genau in dessen Zentrum trieb eine transparente Blase.

»Das funktioniert wie eine Wasserwaage«, erklärte der Polizist. »Sie ist genau waagerecht ausgerichtet. Ich wette, wenn wir den Koffer auch nur einen Millimeter bewegen, geht die Bombe hoch.« Er sprach langsam und gefasst weiter. »Hört zu! Wir laufen jetzt nach oben. Alle müssen aufgefordert werden, das Gebäude zu verlassen.« Er stieß Adam in Richtung Ausgang. »Du rennst so schnell du kannst zu Sergeant Lakota. Der steht draußen vor dem Eingang. Sag ihm, dass wir eine Bombe haben, die jederzeit losgehen kann. Los, Junge! Lauf!«

Adam rannte die Treppe hinauf, erreichte die Eingangshalle und stolperte völlig außer Atem ins Freie.

Sergeant Lakota beobachtete hoch konzentriert den Wagenkonvoi der Innenministerin – drei weiße Geländewagen und ein Polizeifahrzeug mit blinkenden Signallichtern –, der genau in diesem Moment vor dem Waisenhaus eintraf. Leibwächter in Zivilkleidung umringten Masukus Wagen. Undeutlich konnte Adam die Ministerin hinter der Panzerglasscheibe ausmachen.

Die Kinder auf dem Podest stimmten auf ein Zeichen der grauhaarigen Erzieherin ihr Begrüßungslied an. Es war die Nationalhymne Südafrikas. Die Menschenmenge applaudierte und rief Masukus Namen.

Adam baute sich vor Lakota auf und rang nach Luft. Der Sergeant zog die Stirn kraus.

»Eine Bombe, Sir«, keuchte Adam. »Im Keller. Sie kann auf die Schnelle nicht entschärft werden.«

Lakota zögerte nicht eine Sekunde. Es gab für ihn keinen Grund, an den Worten des Polizeischülers zu zweifeln.

»Du holst die Kinder vom Podest«, ordnete er an, gab knappe Befehle an die umstehenden Polizisten und ging mit schnellen Schritten auf den Wagen der Ministerin zu.

Adam hatte gar keine Zeit, darüber nachzudenken, dass er selbst in Lebensgefahr schwebte. Er legte der Erzieherin, die voller Eifer ihren Chor dirigierte, eine Hand auf die Schulter.

»Sie müssen sich so weit wie möglich vom Waisenhaus entfernen«, sagte er und war erstaunt, wie ruhig seine Stimme klang.

Die Frau öffnete ihren Mund zu einer Frage. Die Kinder schmetterten noch immer die Nationalhymne. Sie waren bereits bei der letzten Strophe angekommen:

»Klingt der Ruf der Einigkeit,
Und zusammen stehen wir,
Lasst uns leben und kämpfen für die Freiheit ...«

»Gehen Sie sofort!«, verlangte Adam.

Die Erzieherin nickte. »Aufhören, Kinder!«, rief sie, und das Kieksen in ihrer Stimme verriet ihre Aufregung. »Folgt mir!«

Die Jungen und Mädchen sahen sich verwundert an. Ein vielleicht fünfjähriger Lockenkopf verzog sein Gesicht und begann zu weinen. Nach all den mühsamen Proben durfte er jetzt das Lied zu Ehren des hohen Besuchs nicht zu Ende bringen. Wo doch nur noch eine einzige Zeile fehlte.

»Nehmt euch an den Händen«, sagte Adam, strich dem weinenden Jungen übers Haar und drängte ihn sanft vorwärts.

Der Polizeiwagen an der Spitze der Wagenkolonne schaltete

seine Sirene ein. Die Fahrzeuge rasten mit quietschenden Reifen los. Menschen sprangen zur Seite.

Eine Stimme über Megafon ertönte: »Hier spricht die Polizei! Verlassen Sie sofort die Umgebung des Waisenhauses! Bewahren Sie Ruhe! Es liegt eine Bombendrohung vor!«

Es war, als würden die Stimmen der Menge zu einem einzigen Schrei vereinigt. Frauen rissen ihre Kinder an sich, alle stoben aufgeregt davon. Menschen fielen in dem Tumult zu Boden, andere stolperten über sie.

»Keine Panik!«, krächzte es aus dem Megafon. In dem Lärm war es kaum noch zu hören. »Sie haben genügend Zeit!«

Das war ein Irrtum.

Hinter Adam stürzten gerade die anderen Polizisten und Polizeischüler aus dem Gebäude, als im Untergeschoss ein Inferno aus zerberstendem Beton und splitterndem Glas losbrach.

Adam stürzte nach vorn, warf ein kleines Mädchen zu Boden und versuchte, es mit seinem Körper zu schützen.

Dann brauste die Druckwelle über ihn hinweg.

* * *

Es gibt in Sprichwort in Kapstadt: Wenn Kobese lächelt, weint ein Verbrecher.

Kobese, Leiter des 1. Polizeidistrikts der Stadt, war für sein rigoroses Durchgreifen berüchtigt. Heute jedoch lächelte er nicht.

Er thronte hinter seinem Schreibtisch, über ihm an der Wand hing ein gerahmtes Foto. Es war über dreißig Jahre alt und zeigte Kobese als jungen Polizisten. Arm in Arm mit Nelson Mandela, dem ersten schwarzen Präsidenten Südafrikas. Damals mochte Kobese mindestens vierzig Kilo weniger auf die Waage gebracht haben.

Der Polizeichef hatte Adam zwei Tage nach dem Anschlag auf das Waisenhaus zu sich gebeten.

»Setz dich«, sagte Kobese und deutete auf einen der drei Besucherstühle vor seinem Schreibtisch.

Die Bürotür öffnete sich. Von draußen drangen die Geräusche des Polizeireviers: eilige Schritte, das Klappern von Schreibmaschinen und das Läuten eines Telefons.

»Ah, mein zweiter Gast«, sagte Kobese. »Bitte setz dich.«

Adam war überrascht, als sich die Polizeischülerin Shawi auf den Stuhl neben ihm setzte. Sie grüßte Kobese höflich und würdigte Adam wie üblich keines Blickes.

»Adam van Dyke, Shawi Bengu! Ihr habt geholfen, das Schlimmste zu verhindern.« Der Polizeichef rückte seine Brille zurecht und blätterte kurz in den Unterlagen auf seinem Schreibtisch. »Ich habe eure Berichte genauestens studiert.«

Adam war gestern und am heutigen Tag vom Unterricht befreit gewesen, um einen ausführlichen Bericht über die Geschehnisse im Waisenhaus zu schreiben. Der Bericht war am frühen Morgen von einem Sergeant abgeholt worden, dem Adam zuvor noch nie begegnet war. Der Mann hatte ihm mitgeteilt, dass er um zwei Uhr mittags im Büro des Polizeichefs erscheinen sollte. Das waren auch die einzigen Worte, die er von sich gegeben hatte.

Offensichtlich war es Shawi Bengu ähnlich ergangen.

Kobese legte die Berichte zur Seite. »Es hat bei der Explosion nur zwei Verletzte gegeben. Nicht auszudenken, was passiert wäre, wenn man die Bombe nicht rechtzeitig entdeckt hätte.«

»Weiß man schon etwas über die Hintergründe?«, fragte Shawi.

»Leider nein.« Kobese schüttelte den Kopf. »Aber es ist nicht der erste Anschlag auf die Innenministerin. Der damalige Attentäter wurde von allen Zeugen als Weißer beschrieben. Blond, sehr groß, Anfang bis Mitte dreißig, durchtrainierter Körper. Genau der Mann, der auch Morris getötet und dich angegriffen hat. Sein Tod gibt allerdings Rätsel auf. An der Schussverletzung an seinem Bein kann es nicht gelegen haben.«

»Er sagte eine Reihe Zahlen auf und war dann augenblicklich tot«, bemerkte Adam. »Einen Tag zuvor hatten wir zum ersten Mal Unterricht bei dem Medizinmann Quinton. Er hat dabei einen von uns für eine Weile in einen Dämmerzustand versetzt. Einfach indem er ihm eine bestimmte Reihe von Zahlen und Buchstaben zu lesen gab. Vielleicht …«

»Du meinst, dass man so auch töten kann«, unterbrach ihn Kobese. »Ein Zahlencode, der so wirkt wie eine Giftkapsel. Möglich wäre das. Heutzutage wundert mich fast gar nichts mehr.«

Der Polizeichef wandte sich an Shawi. »Du hast also Adam van Dykes Gefühle im Waisenhaus spüren können?«

Shawi warf Adam einen kurzen Seitenblick zu. »Es war ein sehr heftiger Ausbruch von Angst und Panik. Ich wusste sofort, dass etwas Schlimmes vorgefallen war.«

»Du konntest sogar seinen Standort lokalisieren. Ist das richtig?«

Die Polizeischülerin nickte kaum merklich. »Ungefähr. Ich wusste nur, dass er sich im Untergeschoss des Gebäudes aufhält.«

»Eine überaus interessante Fähigkeit.« Kobese nahm einen Bleistift zur Hand und schrieb etwas auf einen Zettel. Shawi reckte vergebens den Hals, um zu erkennen, was der Polizeichef notiert hatte.

»An dich, Adam van Dyke, habe ich auch noch ein paar Fragen.«

Adam wusste Kobeses Blick nicht recht zu deuten. Er sah sein winziges Spiegelbild in den Brillengläsern seines Gegenübers.

»Du schreibst in deinem Bericht, dass der Attentäter behauptete, dich zu erkennen. Was hat es damit auf sich?«

»Ich habe keine Ahnung, Sir«, erwiderte Adam. »Der Mann wirkte deswegen jedenfalls überrascht. Er hat zuvor an mir gerochen.«

»Er hat dir gerochen?«, wiederholte Kobese und zog die Augenbrauen hoch.

Shawi kicherte leise und verstummte sofort wieder.

»Ich weiß, wie merkwürdig das klingt.« Adam spürte, dass er errötete. »Aber es war, als würde er Witterung aufnehmen. Wie ein Tier.«

»Mmm ...« Kobese sah Adam nachdenklich an.

Shawi öffnete den Mund, und Adam erwartete eine ihrer spöttischen Bemerkungen. Etwas wie »Vielleicht habt ihr ja das gleiche Parfüm benutzt«. Aber sie schwieg und beschränkte sich dann auf ein feines Lächeln.

»Du erwähnst außerdem ein Funkgerät«, fuhr Kobese fort.

»Ja, es war winzig und stand auf einem der Waschbecken. Ich hörte daraus deutlich eine männliche Stimme.«

Der Polizeichef blätterte einen Moment in den Unterlagen und fuhr dann mit dem Zeigefinger über eine Zeile. »Die Stimme sagte ›Masukus Wagenkolonne passiert vorletzten Kontrollpunkt‹.«

»Korrekt, Sir.«

»Am 1. Januar 2017, wenige Monate nach dem Vulkanausbruch, legte der Supervirus Little Boy das weltweite und nationale Internet lahm. Zeitgleich werden seitdem sämtliche Funkfrequenzen gestört. Kommunikation ist nur mittels abgeschirmter Kabel möglich.« Kobese setzte die Brille ab und blinzelte Adam entgegen. »Hatte das Funkgerät etwa ein solches Kabel, das quer durch den Distrikt 6 führte?«

»Nein, aber ich habe doch ...«

Kobese hob die Hand und brachte Adam zum Schweigen. »Außer dir hat niemand das Funkgerät bemerkt.« Er blickte Shawi herausfordernd an.

»Ich habe weder ein Funkgerät hören noch sehen können«, bestätigte die Polizeischülerin.

»In der Hektik habe ich es versäumt, die anderen auf das Gerät hinzuweisen«, erklärte Adam. Er spürte, wie Nervosität und Wut langsam die Herrschaft über seinen Körper errangen. »Aber es war da. Ich schwöre es!«

Der Polizeichef lehnte sich zurück. Die Lehne des Bürostuhls knarrte unter Kobeses Körpergewicht. Der Mann seufzte und schloss für Sekunden die Augen. Erst jetzt bemerkte Adam, wie alt und verbraucht Kobese aussah. Die Stirnfalten, tiefe Linien, führten von den ausgeprägten Mundwinkeln zum Doppelkinn. Das Haar wurde langsam grau und schütter. Adam blickte unwillkürlich zu dem Foto, das einen jungen und vor Tatendrang strotzenden Kobese zeigte.

Kobese führte zwei Finger zu rechten Schläfe, seufzte erneut und blickte dann wieder auf.

»Wir können das nicht überprüfen«, sagte er ruhig. »Die Explosion hat vor allem im Untergeschoss zu viel zerstört.«

Er richtete sich abrupt auf und streckte Adam seine mächtige Pranke entgegen. »Wie auch immer: Ihr habt euch vorbildlich verhalten.«

»Danke, Sir.« Es fühlte sich an, als ob Adam seine Hand in einen Schraubstock gelegt hätte.

Der Polizeichef schüttelte auch Shawis Hand und sagte: »Ihr seid daher für eine besondere Aufgabe auserwählt worden. Morgen um Punkt sieben in der Frühe werdet ihr von zu Hause abgeholt werden. Für eine zweiwöchige Mission.«

»Wohin geht es denn?«, fragte Adam.

Kobese stand auf und führte Adam und Shawi zur Tür. »Das ist noch geheim. Aber keine Sorge, es wird euch gefallen.«

Kapitel 4

Die mächtige Kwa Zulu

Am nächsten Morgen wurde Adam mit halbstündiger Verspätung abgeholt. Ein ziemlich ramponierter Kleinbus hielt vor dem Haus seiner Tante und hupte zweimal.

»Ich finde es unverantwortlich, dass ich nicht weiß, wo sie dich hinbringen.« Tante Vanessa schob die Gardine zur Seite und musterte das Fahrzeug. »Ich sollte mal den Fahrer fragen. Vielleicht kennt er ja das Ziel.«

»Das geht schon in Ordnung«, erwiderte Adam und griff nach seiner Reisetasche. Er drückte seiner Tante einen flüchtigen Kuss auf die Wange und beeilte sich, das Haus zu verlassen. Er befürchtete, dass Tante Vanessa sonst wohl tatsächlich noch mit hinauskommen würde, um den Mann nach dem Ziel der Mission auszuquetschen.

Als Adam in den Kleinbus stieg, wurde ihm klar, warum sich der Fahrer verspätet hatte. Zuvor war nicht nur Shawi abgeholt worden. Zu seiner Überraschung hockten auch Delani und Shawis Freundin Nia auf den Sitzbänken.

Delani begrüßte Adam überschwänglich, klopfte ihm auf die Schulter und drückte ihm, kaum dass er Platz genommen hatte, eine Tüte in die Hand.

»Süße Nüsse«, kommentierte er. »Extra für dich. Von meiner Großmutter. Ich habe ihr gesagt, wie sehr du die magst.«

Nia winkte ihm schüchtern zu. Shawi blickte schweigend

aus dem Fenster. Ihre Augen verbarg sie hinter einer dunklen Sonnenbrille.

Der Fahrer, ein junger Uniformierter, nur wenig älter als Adam, wandte sich um. »Ehe du mich nervst wie alle anderen: Ich weiß nur, dass es zum Flughafen geht. Mehr nicht.«

Er legte knirschend den ersten Gang ein und fuhr los.

»Zum Flughafen!«, staunte Adam.

Delani nickte begeistert. »Ist das nicht Wahnsinn? Kaum sind wir angekommen, besteigen wir schon wieder ein Luftschiff.«

»Hoffentlich geht es nicht noch einmal in die Kalahari-Wüste«, bemerkte Nia. Sie trug wie alle ihre Uniform. Nur mit dem Unterschied, dass Nias Uniform immer wie neu aussah und perfekt gebügelt war. Ihr langes Haar hatte sie auch heute zu einem kunstvollen Zopf geflochten. Adam musste sich eingestehen, dass sie sehr hübsch aussah. Bisher war ihm das nie aufgefallen.

Der Wagen überquerte die Betonbrücke über dem Black River, und Adam versuchte, wenn auch erfolglos, einen Blick auf das Haus seiner Tante zu werfen.

Die Fahrt zum Flughafen dauerte fast zwei Stunden, obwohl er sich nur zweiundzwanzig Kilometer östlich des Stadtzentrums befand. Abertausende Menschen verstopften die Straßen. Sie waren unterwegs auf Fahrrädern, zogen Handkarren hinter sich her oder trugen schwere Lasten auf ihren Rücken. An den Straßenrändern hatte man provisorische Hütten errichtet, sodass sich an manchen Stellen kaum noch genügend Platz für ein Fahrzeug bot. Die Verwaltung war dagegen machtlos. Auch wenn der Flüchtlingsstrom längst nicht mehr so groß war wie in den vergangenen Jahren, erreichten jeden Tag Hunderte Neuankömmlinge die Stadt.

Schon oft waren die Löschfahrzeuge der Feuerwehr und Krankenwagen in den engen Straßen stecken geblieben. Die Polizei begegnete dem Problem mit der Bildung von Motorradstaffeln. Bei den japanischen und deutschen Maschinen gab es jedoch immer öfter Probleme, weil sich keine Ersatzteile mehr auftreiben ließen. Die Werkstätten mussten bei den Reparaturen wahre Wunder vollbringen.

Adam wusste, dass Delani ganz wild darauf war, einmal zu den Motorradstaffeln zu kommen. Wenn es sie in Zukunft noch gab.

Endlich tauchte der Flughafen vor ihnen auf. Aus der Ferne sahen das Empfangsgebäude und die Terminals so aus, als würde der Cape Town International Airport noch immer von Flugzeugen aus aller Welt angeflogen. Doch als der Wagen vor dem Eingang hielt, konnte man erkennen, dass die Glasfront verschmutzt war. Viele der Scheiben wiesen Risse auf, einige fehlten vollständig.

Die Natur hatte sich den Großteil des Flughafens zurückerobert. Pflanzentriebe hatten den Beton der Landebahnen gesprengt und waren zu dornigen Büschen und Bäumen gewachsen.

Im Gebäude herrschte nur wenig Betrieb. Die Schalter von PanAm, Air France oder der Lufthansa waren längst geschlossen. Flugzeuge gehörten der Vergangenheit an. Daran war nur zum Teil der Mangel an Treibstoff schuld. Südafrika erzeugte zwar mittlerweile Benzin und Diesel aus den heimischen Kohlevorräten, aber bei Weitem nicht genug, um so weiterzumachen wie in früheren Zeiten.

Außerdem waren die Stürme, die seit der Klimaveränderung durch die oberen Luftschichten peitschten, unberechenbar.

Jetzt legten auf dem Flughafen die neuen südafrikanischen Luftschiffe an. Sie flogen in weitaus geringerer Höhe als die Flugzeuge der Vergangenheit und benötigten auch keine langen Landebahnen. Sie verbanden die größeren Städte miteinander und wagten sich nur in die befreundeten Nachbarländer Namibia und Simbabwe.

»Es ist die Kwa Zulu!«, rief Delani aus und deutete auf das

schlanke zigarrenförmige Luftschiff. »Das Modernste, was wir auf Lager haben.«

»Und das Letzte, das gebaut wurde. Nach dem Koloss ist ihnen die Puste ausgegangen«, murrte Shawi. »Die Produktion von Luftschiffen ist endgültig eingestellt.«

Adam musste den Kopf weit in den Nacken legen. »KWA ZULU« prangte in weißen Lettern neben einer übergroßen Staatsflagge auf der silbernen Hülle. Während sich die Gondel mit den Aufenthaltsräumen und dem Führerstand, eine ovale Konstruktion aus Glas und Aluminium, an die Unterseite der Kwa Zulu schmiegte, befanden sich die Passagierkabinen im Innern der Hülle. Sechs Motorengondeln, drei an jeder Seite, ragten an ihren Metallträgern von der Außenseite des Luftschiffs.

Männer vom Wartungsdienst machten sich dort oben in luftiger Höhe an ihnen zu schaffen.

Eine Handvoll Fahrgäste stieg die Stufen der Einstiegstreppe hinauf.

Der Fahrer, der sie nacheinander eingesammelt hatte, verschwand mit dem Hinweis, dass sie auf ihren Begleiter warten sollten.

Adam beobachtete, wie Nia nervös auf den Fersen wippte und ihre Augen nicht von dem riesigen Luftschiff lassen konnte.

»Die Dinger sind ziemlich sicher«, sagte Adam zu ihr.

»Ziemlich sicher ...«, murmelte sie.

Adam bemerkte ihren angstvollen Blick und wünschte sich augenblicklich, er hätte sich entschiedener ausgedrückt.

»Ich hasse es zu fliegen«, erwiderte Nia leise. Auf ihrer Stirn glitzerten feine Schweißperlen. »Allein der Flug zur Kalahari-Wüste war schon der reinste Horror für mich. Wer weiß, wohin es diesmal geht.«

»Reg dich ab«, fuhr Shawi ihre Freundin an. »Je größer ein Luftschiff ist, desto ruhiger fliegt es.«

Die Stahltrossen, die den Zeppelin am Boden hielten, knarrten laut unter einer plötzlichen Windböe.

Nia stöhnte leise auf.

»Guten Tag zusammen!«, ertönte eine Männerstimme hinter Adam, die ihm sofort vertraut schien. Er drehte sich um und entdeckte Sergeant Lakota in seiner dunkelblauen Uniform. Lakota nickte ihm zu. »Ich soll euch auf dieser Schulung begleiten.«

Adam war erleichtert, den erfahrenen Polizisten an seiner Seite zu haben.

»Wohin fliegen wir denn?«, fragte Delani.

Der Sergeant betrachtete einige Sekunden lang das Luftschiff und sagte dann: »Nach Harare. In der Hauptstadt von Simbabwe unterstützt unser Land die Ausbildung der dortigen Polizeirekruten.«

»Und was sollen wir dort machen?«, wunderte sich Adam.

»Es ist so etwas wie ein Freundschaftsaustausch«, erklärte Lakota. »Die Kwa Zulu nimmt auf der Rückfahrt vier Schüler aus Harare mit zurück nach Kapstadt.«

Adam hatte das Gefühl, dass der Sergeant insgeheim über die Mission ebenso erstaunt war wie er.

In diesem Moment erwachten die sechs Motoren zum Leben und sandten ein dumpfes Brummen über das Landefeld.

»Gehen wir.« Sergeant Lakota führte die kleine Gruppe an.

Sie stiegen die steile Treppe hinauf und wurden von einem Schiffsjungen erwartet, der sie zu ihren Kabinen führte.

Ein schmaler Steg, rechts und links von einem Geländer begrenzt, brachte sie zu den Unterkünften im Innern der Hülle. Über und unter ihnen spannten sich Planen, die ihnen den Ausblick auf die Ausmaße des Schiffes verwehrten. Von irgendwoher drang ein anhaltendes Zischen. Die Gaszellen der Kwa Zulu wurden gefüllt.

Die Wände der winzigen Kabinen bestanden aus dünnem Holz. An ihnen waren schmale Schränke befestigt. Zwei Kojen bildeten den Rest der gesamten Einrichtung. Die zwei Jungen und zwei Mädchen bezogen je eine Kabine, während der Sergeant sich eine dritte Kabine mit einem weiteren Reisenden teilen musste.

Adam und Delani verstauten eilig ihre Rucksäcke und eilten dann in den Aufenthaltsraum in der Gondel, um von dort den Start zu beobachten.

Sie kamen gerade noch rechtzeitig, um zu sehen, wie die Bodenmannschaft die Halteleinen löste. Majestätisch erhob sich das Luftschiff in den wolkenlosen Himmel.

Harare war über zweitausend Kilometer entfernt. Bei gutem Wetter und geringem Gegenwind würde die Fahrt jedoch weniger als zwei Tage dauern.

* * *

Die Schiffsmesse war ein lang gestreckter Raum mit zwei Eingängen. Große Fenster gaben eine hervorragende Sicht aufs Land frei. Hier konnte man die Zeit mit der Lektüre aus der kleinen Bordbibliothek totschlagen oder auf die nächste Mahlzeit warten.

Adam saß mit Delani an einem der am Boden festgeschraubten Tische und blickte aus der Höhe von einigen Hundert Metern auf endlose Felder, die von einem Gewirr schmaler Wege durchzogen wurden. Nur ein einziges Mal hatte er einen Traktor im Einsatz gesehen. Menschliche und tierische Arbeitskraft hatte die Maschinen ersetzt. Pferde und Kühe zogen Wagen und Geräte.

Die Kwa Zulu überflog eine Ortschaft, deren Zentrum ein kreisrunder Marktplatz mit einer weißen Kirche bildete. Die kleine Stadt war von einem Kranz aus Zelten umgeben.

Ein weiteres Flüchtlingslager.

»Aus Harare hört man nur wenig Gutes«, bemerkte Delani. »Den Leuten dort soll es wesentlich schlechter als uns gehen. Mir kommt diese ganze Reise eher wie eine Bestrafung vor und nicht wie ein ›Freundschaftsaustausch‹.«

Shawi betrat die Schiffsmesse. Sie hatte sich mittlerweile von ihrer dunklen Sonnenbrille getrennt und sah sich suchend um. Außer Adam und Delani hielten sich hier nur ein paar Männer auf. Aufgrund ihrer Kleidung und der Gespräche hielt Adam sie für Geschäftsleute.

Shawi zögerte kurz, dann näherte sie sich den beiden Polizeischülern. Wortlos setzte sie sich auf einen freien Stuhl neben Adam.

»Wo ist Nia?«, fragte Adam mehr aus Höflichkeit als aus echtem Interesse.

»Die kotzt.« Shawi blickte an ihm vorbei aus dem Fenster. »Johannesburg«, sagte sie dann und deutete mit dem ausgestreckten Arm in die Ferne.

Nach über sechs Stunden Flug tauchte die Skyline der riesigen Metropole am Horizont auf. Johannesburg war der einzige Zwischenstopp auf der Reise nach Harare.

Rauchsäulen standen über dem Häusermeer. Hungeraufstände, dachte Adam beklommen. In den Radionachrichten war davon die Rede gewesen. Die Regierung hatte die Lebensmittelverteilungen an Bedürftige rationieren müssen.

Die Männer an den anderen Tischen beendeten ihre Gespräche, zupften ihre Anzüge in Form und verließen die Messe. Offensichtlich wollten sie hier von Bord gehen. Harare schien kein Ort für Geschäfte zu sein. Kein gutes Omen, fand Adam.

Gepanzerte Fahrzeuge der Armee patrouillierten am Rande des Landefelds.

Adam, Delani und Shawi beobachteten schweigend, wie die Reisenden das Luftschiff in einer langen Reihe verließen. Nur fünf neue Passagiere kamen ihnen entgegen. Eine Frau, sie trug ein leuchtend rotes Gewand, kniete unmittelbar vor der Einstiegstreppe nieder, verharrte einige Sekunden wie im Gebet und vollführte dann mit den Armen rituelle Gesten.

»Vielleicht ist sie auch ein Medizinmann … äh … ich meine eine Medizinfrau«, bemerkte Delani. »Wie dieser Quinton.«

»Ist das ein gutes Zeichen oder ein schlechtes Zeichen?«, fragte Adam.

Delani zuckte mit den Schultern. »Das hängt von ihren Kenntnissen ab. Einer meiner Onkel behauptet auch, ein Medizinmann zu sein, aber er kann noch nicht einmal das Wetter der nächsten dreißig Minuten vorhersagen.«

Shawi schnaufte verächtlich.

»Ich möchte dich etwas fragen, Shawi«, begann Adam.

Sie musterte ihn abwartend.

»Du konntest meine Gefühle im Keller des Waisenhauses spüren.«

»Deine Angst«, verbesserte Shawi.

Adam ignorierte den Seitenhieb. »Konntest du auch die Anwesenheit des Attentäters fühlen?«

Für einen Augenblick verschwand die Arroganz aus Shawis Gesichtszügen. Sie legte den Kopf schräg und schien ernsthaft nachzudenken.

»Nein«, sagte sie dann. »Es war, als sei er überhaupt nicht da.«

»Ist das ungewöhnlich?«, hakte Adam nach.

»Ich weiß nicht«, gab Shawi zu. »Aber es ist ohnehin für mich leichter, wenn ich den Menschen schon gut kenne.«

»Und du kennst Adam gut?«, warf Delani ein.

Shawi warf ihm einen bitterbösen Blick zu, stand abrupt auf, griff nach einer Zeitung aus einem Regal und setzte sich an einen anderen Tisch. Ihr Gesicht blieb hinter der aufgeschlagenen Zeitung verborgen.

»Sie mag dich«, flüsterte Delani.

»Sehr witzig.« Adam lauschte dem lauter werdenden Dröhnen der Motoren. Die Kwa Zulu machte sich bereit zum Start.

»Ich lege mich ein Stündchen aufs Ohr«, verkündete er.

Delani grinste nur, denn in dem Moment spähte Shawi über den Rand ihrer Zeitung und sah Adam dabei zu, wie er die Bordmesse verließ.

***

Adam schüttelte benommen den Kopf und richtete sich auf. Er hatte geträumt. Ein Albtraum. Er war in Dunkelheit gefangen gewesen. Umgeben von Wesen, deren Raunen und Flüstern er nicht deuten konnte. Aber er hatte ihre Bösartigkeit gefühlt. Obwohl er sie in der Finsternis nicht sehen konnte, hatte er das Gefühl, dass sie nicht menschlich gewesen waren. Aber was waren sie dann?

Ein Traum, sagte er sich. Nur ein böser Traum.

Ein Blick auf die Uhr an der Kabinenwand zeigte ihm, dass er knapp zwei Stunden geschlafen hatte.

Die Kwa Zulu flog ganz ruhig. Nur das leise Brummen der Motoren machte Adam deutlich, dass er sich an Bord eines Luftschiffes aufhielt.

Er stand auf, ging zum winzigen Waschbecken und drehte den Wasserhahn auf. Einige Sekunden lang gluckerte und zischte es in der Leitung, dann ergoss sich ein feiner Strahl über seine Hände. Er kühlte das Gesicht mit dem Wasser und betrachtete sich im Spiegel über dem Becken.

Er sah übernächtigt aus. Nur seine Augen, das eine orange, das andere intensiv grün, strahlten wie immer. Nur wenige Menschen erinnerten sich nach dem ersten Zusammentreffen mit einem Fremden an dessen Augenfarbe. Aber Adams verschiedenfarbige Augen blieben den meisten im Gedächtnis.

Noch immer verfluchte er den Unfall von damals. In der Schule hatten sie ihn ständig aufgezogen. Ihn Schlangenauge genannt.

Adam seufzte und beschloss, in die Schiffsmesse zurückzukehren.

Kaum hatte er den Raum betreten, begrüßte ihn Delani lauthals.

»Da ist mein bester Freund! Adam, komm zu uns!«

Die Frau in dem feuerroten Gewand, die in Johannesburg zugestiegen war, hatte sich zu Delani an den Tisch gesellt.

»Das ist Mrs Virginia Zimunga«, wurde sie von Delani vorgestellt.

Adam deutete höflich eine Verbeugung an.

Mrs Zimunga umgab ein intensiver Duft. Eine Mischung aus Zimt und Vanille.

»Gute Manieren sind heutzutage nicht die Regel«, kommentierte die Frau wohlwollend Adams Verbeugung.

Sie war eine zarte Person mit einem schmalen Gesicht, deren Teint an dunkles Mahagoniholz erinnerte. Ihr zierlicher Körper verschwand nahezu in dem viel zu weiten Gewand. Sie griff nach dem Weinglas auf dem Tisch und nippte daran. Bei jeder ihrer Bewegungen erzeugten die vielen goldenen Armbänder an ihren Handgelenken ein leises Klirren.

»Mein Name ist …«

»Adam van Dyke«, unterbrach ihn Virginia Zimunga. »Dein Freund hat mir bereits eine Menge über dich erzählt.«

Delani nickte begeistert. »Ich hatte recht. Sie ist eine Medizinfrau.«

»Nun … Medizinfrau ist nicht ganz korrekt«, erwiderte Mrs Zimunga. »Ich bin eine Zauberin.«

Adam musste sofort an Quinton denken. Worin mochte der Unterschied zwischen einer Zauberin und einem Medizinmann bestehen? Mal abgesehen vom Geschlecht.

»Darf man fragen, warum Sie nach Harare reisen?« Adam deutete in die fast leere Schiffsmesse. In einer Ecke hockte ein älterer Mann und beugte sich kurzsichtig über seine Unterlagen. Ein weiterer Mitreisender starrte übellaunig aus dem Fenster. Ein junger Steward in einer weißen Uniform langweilte sich hinter seiner Bar. »Unser Ziel scheint nicht allzu beliebt zu sein.«

Virginia lehnte sich zurück. Klirrend schlugen ihre metallenen Armbänder aneinander. »Man benötigt dort meine Hilfe. Hier und da einem armen Kerl die Besessenheit austreiben.

Oder den einen oder anderen Fluch zunichtemachen.« Sie senkte verschwörerisch ihre Stimme. »In Harare haben die Dämonen Hochsaison.«

»Aha.« Adam versuchte, seine Skepsis zu verbergen.

Doch die Frau schien seine Gedanken lesen zu können. »Mein lieber Adam, was wäre wohl geschehen, wenn du vor fünfhundert Jahren versucht hättest, einem europäischen Viehhirten auszureden, dass seine Welt von Geistern, Hexen und Dämonen bewohnt ist?«

Mrs Zimunga ließ Adam keine Zeit für eine Antwort. »Er hätte dir eine ganze Reihe von Beweisen für deren Existenz geliefert«, fuhr sie fort. »Und dich für sehr dumm erklärt.«

»Vor fünfhundert Jahren steckte die Wissenschaft noch in den Anfängen«, erwiderte Adam halbherzig.

»Wissenschaft!«, rief die Frau so laut aus, dass sogar der Kurzsichtige aufblickte und in ihre Richtung blinzelte.

Mrs Zimunga trank ihr Weinglas mit einem Schluck aus und stellte es dann wieder auf den Tisch. »Also glaubst du sicher auch an das Gesetz der Schwerkraft!«

Das leere Glas rutschte quer über die Tischplatte und stoppte unmittelbar vor der Kante. Die Frau hatte es dabei nicht berührt.

»Oha!«, machte Delani und verrenkte sich auf seinem Stuhl, um unter den Tisch zu sehen. »Da ist nichts!«, stellte er fest.

»Natürlich nicht«, erwiderte Virginia Zimunga amüsiert. »Aber das ist nur harmlose Spielerei.«

Sie beugte sich vor, griff nach Adams Arm und umschlang sein Handgelenk.

»Wollen Sie mir etwa aus der Hand lesen?«, fragte Adam überrascht.

»Man kann nicht aus der Hand lesen.« Ihre Stimme klang mit einem Mal sehr ernst. »Das ist Unsinn. Ich muss den Strom deines Blutes fühlen. Es durchläuft deinen Körper, dein Herz und dein Hirn. Es beinhaltet sehr viele Informationen.«

Adam zuckte zurück, aber die zierliche Frau hielt ihn einfach weiter fest. Sie war erstaunlich stark. Plötzlich beschleunigte sich ihr Atem. Sie riss die Augen weit auf, starrte Adam an und schien ihn doch gar nicht wahrzunehmen. »Du bist ihnen schon begegnet«, ächzte sie.

»Wem?«, fragte Adam aufgeregt.

Virginia Zimunga überhörte seine Frage und drückte mit ihren feingliederigen Fingern noch fester zu. »Ich glaube, dass du wichtig sein könntest. Sehr wichtig!«

Plötzlich stieß sie einen lauten Schrei aus, sprang mit einem Satz über den Tisch und riss Adam zu Boden.

Ein explosionsartiges Geräusch hallte durch den Raum. Ein Schuss! Adam spürte den Luftzug der Kugel, als sie seine Wange um Millimeter verfehlte.

Ein Stimme brüllte: »Waffe fallen lassen!«

Adam sah Sergeant Lakota in einem der Eingänge stehen. Er richtete seine Waffe auf den Reisenden, der die meiste Zeit mit abwesender Miene am Fenster gesessen hatte.

»Unten bleiben!«, zischte Virginia Zimunga Adam ins Ohr und drückte seinen Kopf zu Boden.

Der Fremde machte einen blitzschnellen Ausfallschritt und rannte zum Ausgang am anderen Ende der Schiffsmesse. Erst jetzt bemerkte Adam, dass der Mann eine Pistole in der rechten Hand hielt.

Lakota hob seine Dienstwaffe, senkte dann jedoch den Lauf und nahm stattdessen die Verfolgung des Schützen auf. Adam wusste, warum der Sergeant gezögert hatte. In der Schiffsmesse hätte ein Querschläger die Anwesenden gefährden können.

»Ist jemand verletzt?«, fragte er.

»Nein! Alles in Ordnung!«, rief ihm Mrs Zimunga zu.

Adam griff unwillkürlich nach seinem Holster, aber im nächsten Moment erinnerte er sich daran, dass die Pistole in seinem Rucksack unter Verschluss war. Der Sergeant hatte ihnen untersagt, die Waffen an Bord zu tragen.

Adam sprang auf, um dem Sergeant beizustehen. Virginia Zimunga wollte ihn davon abhalten, aber diesmal entwand er sich ihrem Griff.

Er folgte Sergeant Lakota und hetzte die Metallstufen zur Hülle des Luftschiffs empor.

Der knapp zwei Meter breite Steg verlor sich in den Weiten des Zeppelins. Er führte von der hinteren Plattform mit den Passagierkabinen zu der vorderen Plattform mit dem Frachtgut. Winzige Lampen am Geländer bildeten die einzigen Lichtquellen.

Adam vernahm vor sich die schnellen Schritte von Lakota.

Ein Schuss prallte als Querschläger in der Dunkelheit ab.

Der Sergeant suchte hinter einem Metallträger Deckung.

»Was machst du denn hier?«, fuhr er Adam an.

Eine weitere Kugel pfiff an ihnen vorbei. Der Schütze musste sich auf einem der unbeleuchteten Seitenstege befinden, die zur Außenhülle führten.

Zwei weitere Schüsse folgten. Jetzt konnten sie deutlich das Mündungsfeuer aufblitzen sehen.

»Da steckst du also«, knurrte Lakota. Er visierte sein Ziel in der Schwärze zu seiner Linken an und drückte ab. Der Fremde stieß einen unartikulierten Laut aus. Dennoch war nicht zu sehen, ob der Sergeant getroffen hatte.

»Du bleibst hier«, sagte der Polizist zu Adam. Geduckt schlich Lakota sich an seinen Gegner heran. Nach wenigen Metern verschluckte ihn die Dunkelheit.

Plötzlich krachte eine ganze Salve von Schüssen. Aus der Höhe drang ein lautes Zischen. Die Schüsse hatten den Gaszellen in der oberen Hälfte des Luftschiffs gegolten. Der Schütze hatte sie durchlöchert.

Ein schmaler Streifen Tageslicht drang in den Innenraum. Und das Tosen des Windes.

Adam erkannte die Silhouette eines Mannes in der geöffneten Außenluke. Von dort musste es zu einer der Motorengondeln gehen.

Sergeant Lakota rief etwas, das vom Lärm des Fahrtwinds verschluckt wurde. Adam sah, wie der Fremde aus der Luke sprang. Er achtete nicht mehr auf Lakotas Befehl, sondern hetzte den Seitensteg entlang. Adam erreichte die Außenluke unmittelbar nach seinem Vorgesetzten. Gemeinsam blickten sie in die Tiefe. Der Wind zerrte an ihnen und machte eine Verständigung beinahe unmöglich.

Eine karge, nur von wenigen vertrockneten Bäumen bewachsene Landschaft breitete sich unter ihnen aus. Weit hinter der Kwa Zulu schwebte der Mann an einem grauen Fallschirm langsam zu Boden.

Sergeant Lakota sah Adam an. Die Wut in seinem Gesicht über das Entkommen des Mannes verwandelte sich schlagartig in Entsetzen. Adam verstand nicht sofort, doch als er an sich herunterblickte, stellte er fest, dass sein Hemd voller Blut war.

* * *

Das leise Summen ließ Polizeichef Kobese zusammenzucken. Er eilte mit einer für seinen massigen Körper beachtlichen Geschwindigkeit zur Tür seines Büros und verriegelte sie.

Schweiß stand auf seiner Stirn, als er die Schreibtischschublade öffnete und das Gerät in die Hand nahm. Es war winzig und schwarz. Das Metall seiner Oberfläche fühlte sich kühl an, und jetzt konnte Kobese spüren, dass es bei jedem Summton leicht vibrierte.

Der Leiter des 1. Polizeidistrikts von Kapstadt zögerte, während der Schweiß jetzt in langen Bahnen über sein Gesicht rann, und drückte erst nach mehreren Sekunden den Schalter an der Seite des Geräts.

Er fragte sich erneut, warum ausgerechnet dieses Funkgerät funktionierte, obwohl auf der ganzen Welt die drahtlose Kommunikation zusammengebrochen war. Und vor allem:

Wer verfügte über diese einzigartige Fähigkeit der Drahtloskommunikation?

Aber all diese Fragen traten jetzt für Kobese in den Hintergrund. Angst beherrschte sein Denken. Eine so panische Angst, wie er sie nie zuvor erfahren hatte.

»Ja«, sagte der Polizeichef in eine unsichtbare Membran, die seine Stimme an einen ihm unbekannten Ort sandte.

Die Antwort erfolgte sofort. Eine kühle, absolut emotionslose Stimme fragte: »Hat Ihr Mann Vollzug gemeldet?«

Kobese suchte nach Ausflüchten, nach irgendeiner Möglichkeit, um Zeit zu gewinnen. Aber ihm fiel nichts ein. Sein Mann, der ebenfalls mit einem Funkgerät ausgerüstet war, hatte ihn bisher noch nicht kontaktiert.

»Nein«, antwortete Kobese widerstrebend.

»Die Kwa Zulu wird sehr bald die Grenze zu Simbabwe überfliegen«, stellte die Stimme fest.

Der Polizeichef versuchte herauszuhören, ob sich die Tonlage verändert hatte. Ob in ihr Wut oder Enttäuschung mitschwang. Aber da war nichts außer Kälte. Er fragte sich, ob er überhaupt mit einem menschlichen Wesen sprach.

»Dunaway wird sich bestimmt jeden Augenblick melden«, sagte er.

»Sie und Ihr Mann haben versagt. Daraus ergeben sich Konsequenzen.« Dieses Mal glaubte der Polizeichef, unterschwellig eine winzige Gefühlswallung, vielleicht Wut, vernommen zu haben.

»Was immer Sie verlangen«, bettelte Kobese, ich tue es.«

»Wir sind nicht sicher, inwieweit Sie uns noch von Nutzen sein können. Sie hören von uns.«

»Bitte, tun Sie ihm nichts!« Kobese hatte so laut geschrien, dass man ihn in auf dem Flur vor seinem Büro gehört haben musste. Aber das war ihm jetzt egal.

Wer immer diese Fremden auch sein mochten, sie hatten seinen Sohn in ihrer Gewalt.

»Bitte!«, flehte er erneut. Doch es erfolgte keine Reaktion. Die Leitung war längst unterbrochen.

Kobese stützte sich mit beiden Armen auf die Schreibtischplatte. Sein Kopf sank auf die Brust. Der Polizeichef weinte. Zum ersten Mal seit Jahren.

* * *

»Wie geht es Ihnen?«, fragte Adam.

Virginia Zimunga saß aufrecht auf einem Stuhl in der Schiffsmesse. Getrocknetes Blut zeichnete sich in dunklen Flecken auf ihrem roten Gewand ab. Ein in medizinischer Nothilfe ausgebildeter Steward hatte die Wunde an ihrer Schulter verbunden. Das Blut auf Adams Hemd stammte von Mrs Zimunga.

Sie lächelte. »Verglichen mit dem, was ich schon alles erlebt habe, ist so ein Streifschuss beinahe eine Liebkosung.«

Sergeant Lakota stand neben Adam. Delani, Shawi und eine sehr blass aussehende Nia saßen an einem Nebentisch und schauten verwirrt und erschrocken zu ihnen herüber.

»Ich habe mit dem Kapitän gesprochen«, sagte der Polizist. »Der Kerl hat nur drei der sieben Gaszellen beschädigt. Die Mannschaft dichtet die Löcher ab. Die Kwa Zulu wird es auf jeden Fall bis Harare schaffen. Schlimmstenfalls wird sie etwas länger brauchen.«

Er hatte einen Stift und einen Block gezückt, um sich Notizen zu machen. »Mrs Zimunga, Sie haben eben schon angegeben, dass Sie den Schützen nicht kannten.«

Die Frau nickte kurz.

»Haben Sie Feinde?«, fragte Lakota.

»Niemand hat nur Freunde«, erwiderte Virginia Zimunga. »Aber wie kommen Sie darauf, dass der Mann es ausgerechnet auf mich abgesehen hat? Vielleicht war er allergisch gegen Polizeiuniformen.«

Der Sergeant beschränkte sich auf ein missbilligendes Brummen.

Adam kam es erst jetzt in den Sinn, dass der Anschlag möglicherweise ihm gegolten hatte. Wenn dem so war, hatte Virginia Zimunga die Kugel für ihn abgefangen. Hatte sie nicht kurz vor dem Schuss zu ihm gesagt, dass er sehr wichtig sein könnte?

Adam nahm sich vor, sie bei der nächsten Gelegenheit danach zu fragen. Ohne die Anwesenheit des Sergeants und der anderen.

Aber zunächst war er sehr froh darüber, dass der Frau nicht allzu viel passiert war. Mrs Zimunga stand auf. Adam wollte sie stützen, aber die Frau ging völlig sicheren Schrittes zur Fensterfront.

»Sieh nach draußen«, sagte sie zu Adam. »Wir verlassen soeben die Festung Südafrika.«

Adam presste die Stirn gegen das Glas des Fensters und blickte auf das Land unter ihm.

»So habe ich es mir nicht vorgestellt«, staunte er.

Eine gigantische Mauer wand sich am südlichen Ufer des Grenzflusses zu Simbabwe. Ein Bollwerk aus grauem Beton, das sich in der flirrenden Luft des Horizonts verlor. Fünfzehn Meter hoch. Mit Wachtürmen und Scheinwerfern, die selbst jetzt, bei Tage, ihr gleißendes Licht gen Norden schickten.

Die Kwa Zulu überflog die schlammigen Fluten des Limpopo. Die ersten Kilometer des Nachbarlandes bestanden aus verbrannter Erde. Bar jeglichen Lebens.

»Kein schöner Anblick, nicht wahr«, bemerkte Virginia Zimunga. »Die Soldaten da unten wollen sehen, was auf sie zukommt.«

Adam war erschüttert. In den Zeitungen und im Radio war immer wieder die Notwendigkeit einer kontrollierten Grenze verteidigt worden, aber mit einem immensen Aufwand hatte man hier ein waffenstarrendes Monstrum erschaffen.

»Sie schießen auf die armen Seelen, die zu uns wollen«, sagte Mrs Zimunga.

»Das kann ich nicht glauben.« Adam sah sie erschrocken an. »Außerdem tun wir doch sehr viel für die Menschen in Simbabwe. Medizinische Versorgung, Lebensmittel ...«

»Sicher, sicher«, stimmte die Frau zu. »Allerdings soll der Wall nicht nur unseresgleichen abhalten.«

»Wie meinen Sie das?«

Virginia Zimunga schloss die Augen und holte tief Luft. Adam fragte sich, ob ihr die Verletzung Schmerzen bereitete.

»Unter uns ist jetzt Feindesland«, sagte sie. »Das spüre ich. Aber ich weiß nicht, in welcher Gestalt sich der Feind zeigen wird.«

Adam war versucht, ihr von dem Ding in Gugulethu zu erzählen. Aber er schwieg. In nur wenigen Tagen hatte sich so vieles verändert. Und wenn er ehrlich war, wusste er nicht mehr, wem er vertrauen konnte. Alles war furchtbar verwirrend geworden. Ein prasselndes Geräusch erfüllte plötzlich die Schiffsmesse.

»Was ist das?«, fragte Adam.

Virginia Zimunga legte sanft eine Hand auf seine Schulter. Genau wie Quinton es im Krankenhaus getan hatte.

»Regen«, sagte sie. »Nur ein Regenschauer, Adam.«

* * *

Ein Wolkenbruch entlud sich über Harare. Die Regenmassen hämmerten auf das Dach, als wollten sie sich Einlass verschaffen.

Shén Zilúng stand am Fenster und starrte nach draußen. Ein Rudel herrenloser Hunde lief die Straße entlang. Das nasse Fell klebte an ihren ausgemergelten Leibern. Ihr Verhalten war untypisch. Sie verkrochen sich trotz des Unwetters nicht in einem der leer stehenden Häuser, sondern hielten sich genau in der Mitte der Fahrbahn. Da, wo ihre ärgsten Feinde, die Menschen, sie sofort entdecken konnten. Die Tiere hielten den größtmöglichen Abstand zu den dunklen Türen und Fensterhöhlen der Gebäude an beiden Seiten der Straße.

Plötzlich hielt der Leithund, ein mächtiger weißschwarz gefleckter Rüde, inne, reckte die Schnauze und nahm Witterung auf. In geduckter Haltung, den Schweif zwischen die Hinterläufe geklemmt, umrundete er in einem großen Bogen die Grube am Straßenrand. Die Meute folgte ihm in ebenso furchtsamer Haltung.

»Siehst du«, sagte eine vertraute Stimme hinter Shén Zilúng. »Die Tiere können es spüren.«

Sie hatte John gar nicht kommen hören, so sehr hatte sie der Anblick der Hundemeute fasziniert.

Seit Langem teilte Shén mit dem Afrikaner den knappen Wohnraum in der ehemaligen Autowerkstatt. 2014, vor zwölf Jahren, war sie als junge Ingenieurin nach Simbabwe gekommen, um bei einem mit chinesischem Geld finanzierten Projekt mitzuarbeiten. Nur zwei Jahre später geriet die Welt aus den Fugen. Kriege, Naturkatastrophen, Aufstände.

Die chinesische Delegation beschloss gemeinsam mit dem Personal der Botschaft, das letzte Flugzeug zu besteigen, das den Flughafen von Harare verlassen sollte.

Shén Zilúng hatte seitdem weder von ihren Kollegen noch aus ihrer Heimat eine Nachricht erhalten. Es hieß, die Volksrepublik China existiere nicht mehr. Ein Teil sei unter Wasser und Schlamm begraben, andere Gebiete von Erdbeben verwüstet und Stürmen geschliffen.

Manchmal glaubte sie, die letzte Chinesin der Welt zu sein.

Shén wandte sich zu John um. Sie musterte die Machete in seiner Hand. »Ihr wollt also wirklich gehen?«

Er blickte starr in den Regen und fuhr sich mit der Faust übers Gesicht. Die Luft im Raum fühlte sich feucht und klebrig an.

»Ja, ich werde Enoch und seinen Bruder begleiten. Es muss sein.« John hatte Shéns skeptischen Blick bemerkt, deshalb fügte er hinzu: »Enoch hat einen Revolver.«

Sie nickte, obwohl sie bezweifelte, dass der Revolver den Männern genügend Schutz bieten konnte. Aber Enoch war ihr Nachbar. Sie hatten sich alle in schwierigsten Zeiten geholfen. Nahrung geteilt und gemeinsam die Überfälle von Dieben abgewehrt. Jetzt war Enochs elfjährige Tochter verschwunden. Andere Kinder hatten sie zuletzt in der Nähe der Baugrube auf der gegenüberliegenden Straßenseite gesehen.

»Wir sind allein. Die Polizei kommt nicht. Niemand kommt. Aber das ist völlig egal. Wir werden es allein schaffen«, teilte ihr John mit, obwohl sie gar nicht vorhatte, ihm zu widersprechen. Mit den Worten wollte er sich nur selbst Mut machen.

Er küsste sie zum Abschied.

Vor dem Haus warteten Enoch und sein Bruder.

Grauer Regen stürzte aus einem bleiernen Himmel. Jetzt so heftig, dass Shén glaubte, die drei würden in der Flut beim bloßen Atmen ertrinken müssen.

Geduckt, genau wie vorhin die Hundemeute, schritten sie auf die Grube zu.

Die Chinesin verriegelte die Tür und wartete.

Kapitel 5

Die Stadt in Angst

Es dämmerte, als sich die Kwa Zulu auf das Flugfeld senkte.

Adam blickte durch dichte Regenschleier auf Harare. In einigen Kilometern ragten Bürotürme und Prachtbauten in die Höhe. Vor der aufziehenden Nacht wirkten sie wie Schattenrisse. Nur wenige Fenster waren beleuchtet.

Adam stand neben Delani und Virginia Zimunga, die ihre blutige Kleidung gegen ein dunkelgrünes Gewand getauscht hatte.

Gemeinsam beobachteten sie, wie auf dem Landefeld Gestalten herbeieilten und nach den heruntergelassenen Stahlseilen des Luftschiffs griffen.

»Ich sehe kaum Lichter«, flüsterte Delani.

»Vergiss das helle Kapstadt«, erwiderte Mrs Zimunga. »Harare ist bei Nacht wie eine Gruft.«

Sergeant Lakota kam hinzu und warf der Frau einen missbilligenden Blick zu. »Übertreiben Sie bitte nicht«, sagte er. »Es wird wohl einige Probleme mit der Stromversorgung geben. Wie eben überall.«

Virginia Zimunga lächelte ihn nur milde an.

Adam und Delani griffen nach ihrem Gepäck und machten sich auf, das Luftschiff zu verlassen. Ein kurzer Ruck zeigte an, dass die Kwa Zulu nicht mehr tiefer sank und am Boden festgezurrt wurde.

Neben dem Ausgang der Schiffsmesse lehnte Shawi an der Wand. Ihre Brust hob sich in einem schnellen Rhythmus. Sie hielt die Augen geschlossen.

»Alles in Ordnung?«, fragte Adam.

Shawi öffnete die Lider und sah ihm direkt ins Gesicht. Sie atmete hastig, schluckte und brauchte ein paar Sekunden, um zu antworten. »Es ist wie eine schwarze Wolke«, hauchte sie.

»Was?« Adam verstand nicht, was sie meinte.

»Die Gefühle der Menschen von Harare. Ich spüre fast nur Angst und Hass. So intensiv habe ich es noch nie erlebt.«

Adam bemerkte, dass Sergeant Lakota sie beobachtet hatte. Er machte einen sehr nachdenklichen Eindruck. Unwillkürlich blickte Adam durch die Fensterfront der Schiffsmesse noch einmal auf die finstere Silhouette von Harare.

Shawi machte langsam einen unsicheren Schritt vorwärts. Sie bewegte sich wie auf einem Schiff bei schwerem Seegang, dabei schwebte die Kwa Zulu völlig ruhig über dem großen Landefeld.

»Kannst du bitte ihren Rucksack nehmen?«, bat Adam seinen Freund. Er selbst griff nach Shawis Hand.

Ohne Protest ließ sie sich von Adam nach draußen führen.

Der Regen peitschte ihnen ins Gesicht, als sie die Gangway hinabstiegen. Die Arbeiter hatten die Kwa Zulu mit den Stahltrossen gesichert und verharrten nun unter dem Rumpf des Schiffes. Eine Handvoll Passagiere bewegte sich mit ihrem Gepäck auf das Empfangsgebäude zu.

»Sieht nicht so aus, als würden wir abgeholt«, stellte Sergeant Lakota fest.

Das Landefeld des Flughafens wies tiefe Krater auf. Für Adam sahen sie aus wie Bombentrichter. In der Nähe entdeckte er die ausgebrannten Überreste eines Flugzeugs. Der geschmolzene Haufen Metall daneben mochte einmal ein Hubschrauber gewesen sein.

»Legt eure Waffen an«, befahl Lakota. Er selbst behielt die

Arbeiter in den Plastikregenmänteln im Auge. Seine Hand ruhte auf dem Pistolenholster.

Adam, Delani und Nia holten die Dienstwaffen aus ihren Rucksäcken. Adam musste Shawi helfen. Ihre Hände zitterten zu sehr. Nie zuvor hatte Adam sie in solch einem Zustand erlebt.

Sie schlossen sich dem Marsch der anderen Passagiere an. Völlig durchnässt erreichten sie das Flughafengebäude. Soldaten in abgerissenen Uniformen überprüften dort die Reisedokumente der Ankommenden. Ansonsten war die Halle völlig verwaist.

Adam zählte nur sechs weitere Passagiere. Der kurzsichtige Mann, der sich ebenfalls in der Schiffsmesse aufgehalten hatte, ereiferte sich lautstark. »So eine Frechheit! Warum verlangen Sie Einreisegebühren von mir? Das hat es doch noch nie gegeben!«

Zwei Soldaten hatten den Mann in die Zange genommen und forderten offensichtlich Geld von ihm.

Lakota zog seinen Dienstausweis und ging auf die Soldaten zu.

»Sergeant Lakota, südafrikanische Polizei«, stellte er sich vor. »Gibt es hier ein Problem?«

Die Soldaten ließen den Mann los und wichen einen Schritt zurück. Ein dritter Soldat, seine Uniform machte einen etwas ordentlicheren Eindruck, baute sich vor Lakota auf. In den Händen hielt er eine Maschinenpistole. Er musterte den Sergeant feindselig.

Auf seiner Brust prangten zwei übergroße Orden, die eher wie Trophäen aussahen und nicht wie Auszeichnungen für besondere Verdienste.

Der kurzsichtige Reisende aus Südafrika entfernte sich eilig von den Soldaten und suchte zwischen den anderen Passagieren Schutz.

»Wie gelangen wir zum Polizeipräsidium?«, fragte Lakota.

Der Soldat mit den Orden deutete mit einem Kopfnicken auf Adam und die anderen. »Was soll das?«

»Das sind Polizeischüler«, erläuterte der Sergeant ruhig. »Sie nehmen an einem Austauschprogramm teil. Eigentlich soll das Luftschiff auf dem Rückweg vier Polizeischüler aus Harare mitnehmen.«

»Davon weiß ich nichts«, knurrte der Soldat.

»Wie kommen wir zum Polizeipräsidium?«, fragte Lakota noch einmal.

Der Soldat spuckte verächtlich auf den Boden. »Gar nicht.« Seine Begleiter bauten sich neben ihm auf und hielten ihre Waffen auf Hüfthöhe. Die Gewehrläufe zielten auf Sergeant Lakota.

»Einen Moment, meine Herren.« Virginia Zimunga schob sich mit einem breiten Lächeln an Lakota vorbei. Die Soldaten starrten sie irritiert an. Mrs Zimunga deutete mit einer Handbewegung an, dass sich der Anführer der Soldaten zu ihr hinabbeugen sollte. Er war viel größer als die Frau.

Sie sprach eine Weile leise und eindringlich mit dem Mann. Er hörte sehr genau zu. Schließlich erschien sogar ein Lächeln auf seinem Gesicht.

Virginia Zimunga griff in die unergründlichen Taschen ihres Gewandes, holte ein kleines Ledersäckchen daraus hervor und überreichte es dem Anführer der Soldaten. Der musterte es mit großen Augen und deutete eine Verbeugung vor Mrs Zimunga an.

Die Frau wandte sich zu Lakota und den Polizeischülern um. »Die Soldaten fahren gleich in die Innenstadt von Harare zurück«, verkündete sie. »Der ehrenwerte Offizier ist bereit uns mitzunehmen. Auch die Zivilisten. Für sie gibt es ein Hotel.«

Die Passagiere sahen sehr erleichtert aus. Der Kurzsichtige klatschte vor Freude sogar in die Hände. Die Soldaten marschierten mit schlurfenden Schritten in Richtung Ausgang.

»Wie haben Sie ihn dazu gebracht?«, fragte Lakota leise. »Was war in dem Beutel?«

Sie zwinkerte ihm zu. »Das, was die meisten Leute wollen. Ein Mittel, das vor dem Bösen schützt.«

Der Sergeant runzelte die Stirn. »Und das funktioniert?«

»Ein wenig«, erwiderte Virginia Zimunga, und ihre gute Laune war mit einem Mal verflogen. »Nur ein wenig. In Harare müssen wesentlich größere Geschütze aufgefahren werden als der geweihte Inhalt eines Ledersäckchens.«

* * *

Als sie auf die Ladefläche des Lastwagens kletterten, hörte der Regen auf. Das letzte Tageslicht verblasste als schmaler Streifen hinter dem Horizont.

Der uralte Militärtransporter rumpelte über eine mit Schlaglöchern übersäte Straße.

Schien Harare aus der Ferne noch wie die Silhouette einer modernen Metropole, so verwandelte sie sich in unmittelbarer Nähe zu einem Ort des Verfalls. Rauchgeschwärzte Ruinen standen neben Betonbauten, in denen jedes Fenster zerborsten war. Sämtliche Geschäfte waren geschlossen oder geplündert worden.

Die Soldaten hielten ihre Gewehre schussbereit.

Nur wenige Menschen waren unterwegs. Sie bewegten sich schnell und unauffällig. Waren nicht mehr als undeutliche Schatten in der aufziehenden Dunkelheit. Huschten von Deckung zu Deckung. Einige schleppten Säcke oder Kanister und vermieden es, in die Richtung des Lastwagens mit den Bewaffneten zu sehen.

Einer der Soldaten gab einen Schuss ab. Adam hatte nicht gesehen, auf was der Mann gezielt hatte. Aber es kam ihm so vor, als wollte der Schütze damit nur die eigene Furcht verdrängen.

»Die Stadt ist ja furchtbar«, sagte Delani. Er hockte auf der Ladefläche und umklammerte seinen Rucksack.

»Harare ist nur der Vorhof zur Hölle«, erwiderte Virginia Zimunga. Sie stand als Einzige aufrecht und reckte den Kopf in alle Richtungen. »Ihr verliert die Furcht vor dieser Stadt, wenn ihr von den Zuständen in Kinshasa, Kairo oder Berlin hört.«

Adam horchte überrascht auf. »Sie waren an diesen Orten? Ich dachte, dass zumindest Berlin nicht mehr existiert. Die Stadt liegt doch so weit im Norden und müsste unbewohnbar sein.«

»Berlin ist noch da«, erwiderte Mrs Zimunga. »Halbwegs, wie es heißt. Aber, wie gesagt, ich habe nur davon gehört.« Sie blickte in Fahrtrichtung. »Seht, da vor uns. Eine Oase in der Dunkelheit.«

Vor ihnen verbreiterte sich die Straße zu einer Allee, deren Bäume man allerdings längst restlos abgeholzt hatte. Lediglich niedrige Stümpfe zeugten von deren ehemaliger Existenz.

Am Ende der Allee lag ein Teil der Stadt im hellen Licht elektrischer Laternen. Ein Panzer stand mitten auf einer Kreuzung, umringt von einer Horde Soldaten.

»Das ist das Viertel mit dem Präsidentenpalast«, erklärte Virginia Zimunga. In ihrer Stimme schwang Verachtung mit. »Auch wenn in den Krankenhäusern im Schein von Fackeln operiert wird, schreitet die hiesige Staatsspitze durch klimatisierte Räume, trinkt die allerletzten Cognacflaschen leer und raucht sündhaft teure Zigarren. Finanziert durch Südafrika. Fragt sich nur, wie lange noch.«

Der Lastwagen bog so scharf in eine Seitenstraße, dass sich die Menschen auf der Ladefläche festhalten mussten. Nur Mrs Zimunga blieb aufrecht stehen und behielt mühelos das Gleichgewicht.

Der Schein der elektrischen Lampen blieb hinter ihnen zurück. Der Militärtransporter wich einem demolierten Tankwagen aus, dessen Hülle eine Reihe gewaltsam geschaffener Löcher aufwies.

Adam stand auf und stellte sich neben Mrs Zimunga. »Darf ich Sie noch etwas fragen?«

Sie sah ihn nur kurz an und nickte.

»Wem galt die Kugel an Bord der Kwa Zulu? Ihnen?«

Die Frau atmete tief ein. »Erinnerst du dich an meine Worte, Adam? Ich habe gesagt, dass du vielleicht sehr wichtig sein könntest. Du lebst gefährlich.«

»Wieso könnte ausgerechnet ich wichtig sein?« Adam flüsterte, obwohl das laute Motorengeräusch seine Worte beinahe übertönte. Er wollte auf keinen Fall, dass die anderen etwas von dem Gespräch mitbekamen.

»Das weiß ich nicht«, gab Virginia Zimunga zu. »Es ist mehr eine Ahnung.«

»Dann haben Sie die Kugel für mich abgefangen?« Die Vorstellung, eine Fremde hätte sich schützend zwischen ihn und die Kugel gestellt, war absolut ungeheuerlich.

Die Frau deutete auf sein Gesicht. »Es gibt nur wenige Menschen mit zwei verschiedenen Augen. Vor allem mit solch intensiver Färbung.«

»Das war ein Unfall.«

»Für mich ist es eine Markierung«, erwiderte Virginia Zimunga.

Der Lastwagen bremste. Adam stolperte vornüber und prallte gegen einen der Reisenden. Der Motor wurde sofort abgestellt. Diesel war in Harare noch viel schwieriger zu bekommen als in Kapstadt.

Ein Soldat lehnte sich aus dem Führerhaus und brüllte: »Die Polizisten aus Südafrika! Runter vom Wagen! Schnell!«

Bauten aus dem späten 20. Jahrhundert säumten die eine Seite der Straße, während sich zur Linken ein verwilderter Park ausbreitete. Ein Tier stieß dort einen schrillen Schrei aus, der erschreckend menschlich klang.

Über dem Eingang eines Gebäudes, einem eckigen Klotz mit vergitterten Fenstern, prangte das Wappen der Stadtpolizei von Harare.

Sergeant Lakota sprang von der Ladefläche und ging zu den Uniformierten im Führerhaus des Lastwagens. »Was ist mit den anderen Leuten? Was geschieht mit denen?«, hörte Adam ihn fragen.

»Die haben Geld«, tönte die Stimme des Anführers mit den goldenen Fantasieorden. »Die bringen wir ins Präsidentenviertel. Dort gibt es ein gutes Hotel. Mit richtigem Essen.«

Lakota kehrte zurück und lehnte sich über die Seitenwand des Lastwagens.

»Ich traue den Soldaten nicht. Vielleicht rauben sie die Reisenden hinter der nächsten Ecke aus.«

»Machen Sie sich keine Sorgen. Das werde ich zu verhindern wissen«, sagte Virginia Zimunga leise. »Ich begleite sie bis zum Hotel.«

»Und was ist mit Ihnen?«, fragte Lakota besorgt. »Haben Sie genügend Geld für das Hotel? Außerdem müssen Sie zu einem Arzt.«

Die Frau winkte ungeduldig ab. »Unsinn! Machen Sie lieber, dass Sie von der Straße kommen, Sergeant.« Sie deutete mit ausgestrecktem Arm in die Höhe. »So wie die da!«

»Was … was machen die dort oben?«, entfuhr es Delani.

Vor dem Abendhimmel zeichneten sich die Umrisse von Menschen ab. Es mussten Hunderte sein. Sie starrten von den Dächern herab.

Adam spürte Beklemmung in der Brust. Der Anblick dieser vielen Menschen, die sich lieber auf den Dächern verkrochen, anstelle in ihren Wohnungen und Häusern zu leben, machte ihm Angst.

Wenn man genau hinhörte, konnte man die Stimmen der Menschen dort oben hören. Ein leises Wispern. Nicht lauter als das Rauschen des Windes in den Blättern eines Baumes.

»Kommt!«, sagte Sergeant Lakota. »Melden wir uns zum Dienst.«

***

Lakota öffnete die schwere Tür zum Polizeipräsidium und starrte in ein halbes Dutzend Gewehrläufe.

»Hey! Ganz sachte!«, sagte er und hob beschwichtigend die Hände. »Wir sind Polizisten.«

»Möglicherweise. Vielleicht habt ihr euch aber auch nur verkleidet«, stellte einer der Männer trocken fest. »Was wollt ihr hier?«

»Wir kommen im Auftrag der südafrikanischen Polizei.«

Die Uniformierten dachten nicht daran, ihre Waffen zu senken.

»Ausweise!«, forderte ihr Anführer. »Und holt sie bloß ganz langsam heraus.«

Sergeant Lakota gab Adam und den anderen ein Zeichen, die Ausweise hervorzuholen.

Der Schwarze betrachtete sie kurz. »Mmm … scheint in Ordnung. Jetzt noch einmal: Was wollt ihr hier?«

Lakota deutete auf seine vier Begleiter. »Diese Polizeischüler nehmen an einem Austauschprogramm teil. Eigentlich hatten wir erwartet, am Flughafen auch Schüler aus Ihrem Land anzutreffen.«

Der Polizist verzog das Gesicht, dann prustete er los. Seine Kollegen stimmten lauthals in das Gelächter ein.

»Glauben Sie wirklich, dass hier noch jemand so blöd ist und Polizist werden will?«, fragte der Polizist und schüttelte ungläubig den Kopf. »Mann, ihr wurdet verarscht.«

Sergeant Lakota versuchte, Haltung zu bewahren, aber Adam bemerkte, dass sein Ausbilder langsam unsicher wurde.

»Wo finde ich die Delegation der südafrikanischen Polizei?«, fragte der Sergeant.

»Delegation?«, äffte ihn der Polizist nach. »Na, die kann ich euch zeigen.«

Der Mann griff nach einer Öllampe und zündete sie an. »Kommt mit.«

Er führte sie durch ein fensterloses Treppenhaus in das nächste Stockwerk. Adam bemerkte, dass sämtliche Glühbirnen aus ihren Fassungen entfernt worden waren. Sogar die Kabel hatte man gestohlen.

Der Polizist klopfte an eine Tür.

Von innen antwortete undeutlich eine männliche Stimme: »Was is denn los, verdammt noch mal?«

»Da drinnen hockt Ihr Kollege Captain Venda«, grinste der Polizist. »Viel Vergnügen und anregende Gespräche.«

Lakota öffnete die Tür und trat in den Raum, Adam und die anderen folgten ihm.

Das Büro wurde nur von zwei Kerzen erhellt. Ein hagerer Mann mit eingefallenen Wangen hob den Kopf und sah ihnen aus blutunterlaufenen Augen entgegen. Er trug eine fleckige Uniform der südafrikanischen Polizei. Auf dem Schreibtisch befand sich nichts außer einem Glas und einer halb leeren Schnapsflasche. Captain Vendas grauer Haarkranz stand gesträubt vom schwarzen Schädel ab, als hätte er vergeblich versucht, sich die Haare auszureißen.

»Was soll das? Was machen Sie hier?«, fragte er.

Lakota machte sich nicht die Mühe, Haltung anzunehmen. Ihm war anzusehen, wie sehr ihn das Erscheinungsbild des Captains abstieß.

»Ich bin Sergeant Lakota von der Polizei in Kapstadt. Ich soll diese vier Polizeischüler zu einem Austauschprogramm begleiten.«

»Häh?«, machte Venda nur.

»Hat man Sie denn nicht unterrichtet?«, fragte Lakota.

»Wie denn?«, herrschte ihn der Captain an. »Die einzige Telegrafenverbindung ist seit Tagen unterbrochen. Haben Sie sich mal in dieser verdammten Stadt umgesehen? Hier funktioniert nichts mehr. Alles geht vor die Hunde!«

Adam hielt es nicht länger aus und trat neben Sergeant Lakota. »Wo sind die anderen südafrikanischen Polizisten?«

Venda sah müde zu ihm auf. Der Mann wollte sich aus seinem Sessel erheben, stemmte die Arme auf die Lehnen und sackte dann wieder mit einem Ächzen in sich zusammen. »Die meisten von unseren Leuten sind längst in die Heimat zurückgeholt worden. Der Rest treibt sich in den illegalen Kneipen rum oder ist verschwunden. Was weiß denn ich, Kleiner!«

Sergeant Lakota war kurz davor, die Fassung zu verlieren. »Soll das heißen, in Harare existiert gar keine südafrikanische Mission mehr?«

»Oh doch!« Venda rollte mit den Augen. »So ein paar schießwütige Prachtexemplare von unserer Armee bewachen den Präsidenten von Simbabwe in seinem Palast.«

Lakota wandte sich an seine Polizeischüler. »Wir müssen dringend Kobese in Kapstadt erreichen. Die ganze Sache muss ein Irrtum sein.«

Venda kicherte leise, schüttete sich sein Glas voll und trank es mit einem Zug aus. Seine Lippen glänzten feucht.

»Woll'n Sie auch einen Schluck?«, lallte er.

Von draußen drang ein Schrei durch das halb geöffnete Fenster. Dann noch einer. Panischer als der erste. Ein Schuss krachte.

»Was ist hier eigentlich los?« Lakota stemmte die Arme auf Vendas Schreibtisch. »Reißen Sie sich zusammen, Captain!«

Venda schloss mit einer fahrigen Bewegung das Fenster. »Mord ist da draußen los«, ächzte er. »Das ist los. Wollen Sie auch eine Portion?«

Lakota schlug mit der Faust auf den Tisch. »Bei allem Respekt, Captain! Da draußen sind Menschen in Gefahr. Es ist die Aufgabe der Polizei …«

»Aufgabe der Polizei?«, fiel ihm Venda ins Wort. »Es gibt

keine Polizei mehr. Ich habe hier noch sechs Männer. Und die bleiben nur, weil sie sich da draußen noch schlechtere Überlebenschancen ausrechnen. Da draußen ist etwas. Etwas Grauenvolles, gegen das wir nicht ankommen.«

»Ich wusste es«, hörte Adam Shawi flüstern. »Ich habe es sofort gespürt. Die Stadt ist verloren.«

»Reden Sie Klartext!«, verlangte Lakota von Venda.

Der Captain betrachtete die Schnapsflasche, leckte sich über die Lippen und entschied sich dann doch gegen einen weiteren Schluck. Er versuchte sogar, sich halbwegs gerade hinzusetzen. Dann redete er. Mit überraschend klarer Stimme. »Es fing vor über einem Monat an. Menschen verschwanden. Zumeist Kinder, Jugendliche. Immer nach Sonnenuntergang. Wir haben nächtliche Patrouillen organisiert. Aber von denen sind nicht alle Polizisten zurückgekommen. Ich war selbst dabei, als es einen unserer Leute erwischte.«

»Wie ist das passiert?«, fragte Sergeant Lakota jetzt ganz ruhig.

»Wir waren in einer Gegend, in der besonders viele Menschen verschwunden sind. Nachts ist es in Harare stockdunkel. Den letzten Rest Elektrizität benutzt man hier, um Klimaanlage und Kronleuchter im Präsidentenpalast am Laufen zu halten. Wir selbst haben kaum noch Taschenlampen, Waffen oder Munition. Hier landet alles auf dem Schwarzmarkt.«

Venda holte tief Luft und wischte sich mit der Hand den Schweiß von der Stirn.

»Wir sind also in dieser Straße. Links und rechts Bruchbuden. Da höre ich ein Geräusch. Wie leise Schritte. Viele Schritte. Und dann einen kurzen Schrei. Ich drehe mich um und sehe nur noch die Stiefel von einem Polizisten zappeln. Dann wird er in einen Hauseingang gezerrt. Weg war er.«

»Sie sind ihm doch wohl gefolgt?«, wollte Sergeant Lakota wissen.

Captain Venda hielt einen Moment inne. Sein Blick wurde

ganz glasig. Adam sah, dass seine rechte Hand zitterte. Als würde ihn die Erinnerung an jene Nacht einholen.

»Ich ging mit den anderen Männern ins Haus«, fuhr Venda fort. »Von ihm und dem Ding, das ihn geholt hat, war nichts zu sehen.«

»Wieso Ding?«, fragte Shawi mit leiser Stimme. »War es denn kein Mensch?«

»Oh nein! Kein Mensch! In dem Haus hat es Geräusche gemacht. Solche Geräusche kommen nicht von einem Menschen. Es hat gewispert ... gezischt ... gekrächzt.« Der Captain riss die Augen weit auf. »Und bei allem, was mir heilig ist ... es hat gelacht.«

»Gelacht?«, wiederholte Lakota.

»Ja!«, bestätigte Venda eindringlich. »Als ich mich umdrehte, waren alle anderen Polizisten längst geflohen. Ich wollte auch nur noch raus. Von da an wurde es jede Nacht schlimmer. Die Menschen verbarrikadieren sich in ihren Häusern oder fliehen auf die Dächer, wenn sie keine andere Unterkunft haben.« Jetzt griff der Captain entschlossen nach der Flasche und schenkte sich nach. »Ich mache Ihnen einen Vorschlag, Sergeant. Suchen Sie sich im Präsidium einen Schlafplatz, und wenn in einer Woche das Luftschiff aus Südafrika kommt, hauen wir alle ab von hier.« Er deutete auf Adam, Delani, Shawi und Nia. »Ihre Kadetten überleben in Harare keine vierundzwanzig Stunden.«

Sergeant Lakota zögerte.

»Gehen Sie, Mann!«, brüllte Venda. »Schauen Sie mich nicht so an! Ich weiß, was hier läuft! Sie hingegen wissen absolut gar nichts. Also verkriechen Sie sich gefälligst!«

»Er ist betrunken«, sagte Adam mit gesenkter Stimme zu Lakota. »Wir sollten uns jetzt um einen Platz für die Nacht kümmern.«

Der Sergeant warf einen letzten Blick auf Venda. Der Captain verbarg sein Gesicht in den Händen und stieß glucksende

Geräusche aus. Adam wusste nicht, ob der Mann weinte oder lachte.

Sie verließen das Büro des Offiziers. Der Polizist, der sie hergeführt hatte, lehnte im Schein seiner flackernden Öllampe an der Wand.

»Willkommen in Harare, der Perle Afrikas!« Er verzog die Lippen zu einem schiefen Grinsen. »Hat Sie das Gespräch mit Ihrem Landsmann motivieren können?«

»Es ist eine Schande!« Lakota starrte wütend zu Vendas Bürotür. »Ich werde mich morgen mit dem südafrikanischen Botschafter in Verbindung setzen.«

Der Polizist lachte kurz auf. Ein zutiefst verbitterter Laut. »Das können Sie vergessen. Der Botschafter hockt im Präsidentenpalast. Absolutes Sperrgebiet unter südafrikanischer Kontrolle. Ihre eigenen Leute werden sie nicht durchlassen.«

»Ich muss es trotzdem versuchen«, verkündete Lakota.

Der Polizist zuckte mit den Schultern. »Ich habe Sie gewarnt.«

»Wie heißen Sie?«, fragte Adam den Mann.

Der musterte Adam eine Weile und sagte dann: »Mein Name ist Nkala, Kleiner.«

»Können Sie uns mehr über die Lage in Harare erzählen?«

»Bist ein ganz Eifriger, was?« Der Mann grinste. »Vielleicht sollte ich dir und deinen Leuten erst einmal etwas zeigen. Habe es auf unserer letzten Patrouille entdeckt.«

Nkala holte eine kleine Holzschachtel aus seiner Uniformjacke. Vorsichtig öffnete er den kleinen Riegel am Deckel.

Auf dem Boden der Schachtel hockte etwas, das Adam erst nach einigen Sekunden als Lebewesen identifizieren konnte. Was ihn verwirrte, war das violette Glühen, das es umgab. Das schwache Licht drang aus dem Innern des glasigen Körpers. Es war kalt und unheimlich. Der Körper war rund und so durchscheinend, dass man im Innern violett pulsierende Organe ausmachen konnte. Mit den acht langen Beinen hatte das Wesen einen Durchmesser von fünf Zentimetern. Es bewegte sich nicht.

»Ist das eine Spinne?«, fragte Adam.

»Sagen wir mal, es ähnelt einer Spinne«, erwiderte Nkala.

Delani spähte über Adams Schulter. »Aber sie leuchtet ... ist sie giftig?«

»Anscheinend nicht. Sie verhält sich in Gefangenschaft völlig passiv. Außer ...« Der Polizist klopfte mit dem Zeigefinger gegen die Schachtel.

Während Adam sich einzureden versuchte, dass Lebewesen, die ein eigenes Licht absondern, nichts allzu Ungewöhnliches waren, stieß die Spinne ein so unerwartetes und gespenstisches Geräusch aus, dass Adam erschrocken zurückwich.

Alle hörten es. Es erinnerte an das aggressive Zischeln einer Schlange vor dem Angriff. Nur dass es sich direkt in die Gehörgänge zu bohren schien und einen stechenden Schmerz erzeugte.

Nkala schloss abrupt den Deckel.

Die glühende Spinne verstummte.

***

Vor Shén Zilúngs Fenster spiegelte sich der Sichelmond in schmutzigen Wasserpfützen. Die drei Männer waren vor Stunden aufgebrochen, um Enochs Tochter zu suchen. Das Loch auf der anderen Straßenseite hatte sie verschluckt.

Shén Zilúng hatte ihren Blick nicht von jener Stelle abwenden können. Einmal waren violett schimmernde Punkte aus der Grube gekrochen und hatten sich in alle Himmelsrichtungen verteilt. Ein Phänomen, das die Chinesin schon in den Nächten zuvor beobachtet hatte.

Sie sorgte sich um John. Gerade jetzt fühlte sie eine überwältigende Zuneigung für ihn.

Shén öffnete die Tür.

Ein ausgeplünderter Lastwagen parkte am Rand der vierspurigen Straße. Auf einem Hochhausdach flackerte ein Feuer. Shén sah die Umrisse der Menschen, die dort oben im Schein der Flammen Schutz suchten.

Shén setzte vorsichtig einen Fuß vor den anderen. Sie wusste nicht, ob sie überhaupt den Mut aufbringen würde, sich auch nur einen Meter weit in den Tunnel zu begeben. Wenn John doch nur in diesem Moment wieder auftauchen würde!, dachte sie verzweifelt.

Ganz in der Nähe fiel etwas mit einem Scheppern zu Boden.

Die Chinesin erstarrte und klammerte sich an die Hoffnung, das Geräusch hätte nichts zu bedeuten ... eine Ratte, die im Wrack des Lastwagens umherhuschte, oder vom Rost zerfressenes Metall, das irgendwo nachgab.

Aber jener Schatten, der sich jetzt langsam über die Motorhaube schob und dort innehielt, machte ihr klar, dass sie in tödlicher Gefahr war.

Shén Zilúng machte einen Schritt nach links, umklammerte ihre einzige Waffe – einen rostigen Schraubenzieher – und versuchte, mehr Distanz zwischen sich und das Ding auf dem Lastwagen zu bringen.

»Ich habe keine Angst«, sagte sie zu sich selbst. »Keine Angst.« Aber das Zittern ihres Körpers und das Beben ihrer Stimme bewiesen das Gegenteil.

Das marode Blech des Lasters beulte sich unter dem Gewicht des Wesens. Tränen stiegen Shén Zilúng in die Augen.

Das Ding war lebendig, und das fahle Mondlicht offenbarte unwirkliche Umrisse.

Kein Tier!, schoss es Shén durch den Kopf. Nichts von dieser Welt!

»John ... bitte, John ... hilf mir«, flüsterte sie.

Einer der violetten Punkte, die sie zuvor beobachtet hatte, huschte nur wenige Meter von ihr entfernt über den Boden.

Dann spürte sie, dass etwas hinter ihr war. Ohne sich umzudrehen, wusste sie, dass ihr der Rückzug ins Gebäude versperrt war.

Der Angreifer war nicht allein.

Sie schloss die Augen und wünschte, sie könnte einfach den wilden Schlag ihres Herzens stoppen. So würde sie wenigstens einem schmerzvollen Tod entgehen.

Die Kreaturen kamen näher. Das konnte sie deutlich hören. Es gab keinen Ausweg.

»Ganz ruhig«, hauchte eine Stimme.

Shén zuckte zusammen. Vor ihr kroch das Wesen von der Motorhaube auf die Straße. Es war groß. Beängstigend groß.

»Wenn ich es dir sage, gehst du, ohne dich umzusehen, auf die Mitte der Straße. Dort wartest du auf mich«, wisperte die Stimme. »Hast du mich verstanden?«

»Ich ... kann mich nicht bewegen.« Shén war vor Angst wie gelähmt.

»Doch! Kannst du!« Eine Hand legte sich auf ihre Schulter, und augenblicklich wurde sie von Wärme erfüllt. »Geh jetzt!«

Shén machte ein paar zaghafte Schritte. Grelles Weiß vertrieb die Dunkelheit. Die Chinesin sah ihren tanzenden Schatten auf der Straße und konnte nicht widerstehen: Sie wandte sich um. Die furchtbaren Wesen waren noch da. Sie duckten sich in das Dunkel jenseits des Lichts, das aus einer Funken sprühenden Magnesiumfackel drang. Eine Frau in einem dunklen Gewand hielt die Fackel in die Höhe. Ihr Gesicht zeigte Anspannung und äußerste Konzentration.

Das Licht wurde schwächer.

»Lauf!«, rief ihr die Fremde zu. »Lauf!«

Shén Zilúng lief wie nie zuvor in ihrem Leben.

***

Der Polizist Nkala hatte Sergeant Lakota und den Polizeischülern dringend geraten, in der Dunkelheit auf keinen Fall das Polizeirevier zu verlassen. Mit den stabilen Wänden und den vergitterten Fenstern bot es Schutz vor allem, was die Straßen von Harare unsicher machte.

Nachdem sich die meisten seiner Kollegen längst davongemacht hatten, gab es genügend Schlafplätze. Adam und Delani wurden in einem Büro im ersten Stock einquartiert. Sie bekamen zwei Wolldecken und versuchten, es sich auf dem Boden halbwegs bequem zu machen. Eine Öllampe verbreitete schwaches Licht.

Adam sah sich um. Bis auf ein Regal mit Aktenordnern und einem Schreibtisch war der Raum leer. Der Rahmen mit dem Porträt des Präsidenten von Simbabwe hing schief an einer Wand. Das Glas über dem Foto war gesprungen.

Delani kaute an einem Kanten Brot. Mehr hatte es zum Abendessen nicht gegeben. Außer den letzten Zuckernüssen von Delanis Großmutter, die sie sich geteilt hatten. Jetzt fand sogar Adam, dass sie köstlich schmeckten.

»Wir sollten den Schreibtisch vor die Tür schieben«, schlug Delani vor. »Ich traue den Leuten hier nicht. Auch nicht diesem Nkala.«

Mit vereinten Kräften schafften sie es, den Eingang zu verbarrikadieren. Delani hockte sich schnaufend auf den Schreibtisch. »Vielleicht ist es nur eine bisher unbekannte Spinnenart«, sagte er plötzlich.

»Keine Ahnung«, erwiderte Adam. Auch er musste immer wieder an dieses eigenartig glühende Wesen denken. Und vor allem an den grässlichen Laut, den es ausgestoßen hatte.

»Es gibt doch Insekten, die ihr eigenes Licht erzeugen können«, fuhr Delani fort.

Adam hatte das Gefühl, dass sich sein Freund einfach nur selbst beruhigen wollte. Er überlegte, ob es nicht trotz Quintons Verbot an der Zeit war, Delani von dem Ding in der Unterwelt von Gugulethu zu erzählen. Noch während er mit sich rang, dröhnte in der Ferne eine Explosion.

Adam eilte zum Fenster, schob die Sichtblende zur Seite und spähte hinaus. Draußen herrschte absolute Finsternis. Er hörte nur die schnellen Schritte fliehender Menschen.

»Wir können hier doch gar nichts ausrichten«, sagte Delani. »Wusste denn niemand in Kapstadt, wie es hier aussieht?«

Als Adam nicht antwortete, sagte er: »Ich finde es unmöglich von Kobese, dass er uns direkt in diese Hölle geschickt hat. Das ging ja schon auf der Kwa Zulu los, als dieser Typ herumgeballert hat. Fragst du dich nicht, warum er es auf Mrs Zimunga abgesehen hatte?«

»Hör zu«, begann Adam. »Du bist mein bester Freund.«

Delani sah ihn erwartungsvoll an.

»Was ich dir jetzt erzähle, musst du für dich behalten«, fuhr Adam fort. »Versprichst du mir das?«

»Klar! Keine Frage.«

»Ich bin in Gugulethu nicht einfach nur gestolpert«, begann Adam und erzählte alles über das Zusammentreffen mit der Kreatur im Labyrinth, Quintons Besuch mit Mr Miller im Krankenhaus und schließlich vom seltsamen Verhalten des Attentäters im Keller des Waisenhauses. Lediglich Virginia Zimungas Behauptung, dass er möglicherweise sehr wichtig und deswegen selbst in Gefahr sei, behielt Adam für sich. Er wusste selbst noch nicht recht, was er davon halten sollte.

Delani, der es geschafft hatte, Adam kein einziges Mal zu unterbrechen, starrte ihn nun schweigend an.

»Unheimlich«, sagte er schließlich. »Aber gut. Vorhin hat mich eine leuchtende Spinne angebrüllt ... hier geht wohl so einiges vor sich, an das wir uns gewöhnen sollten.«

»Scheint so«, bestätigte Adam. »Aber wirst du aus dem Ganzen schlau?«

Delani schloss die Augen, legte die Stirn in Falten und wippte ein wenig mit dem Oberkörper hin und her. Das machte er immer, wenn er angestrengt nachdachte.

»Dieser Quinton und sein komischer Begleiter, dieser

Mr Miller, waren doch sehr erstaunt darüber, dass dir das Ding da unter der Erde nichts getan hat.«

Adam nickte.

»Und der Killer im Waisenhaus hat dich auch nicht umgebracht.«

»Vielleicht hätte er es noch getan, wenn er die Zeit dazu gehabt hätte«, erwiderte Adam.

»Er meinte aber, er würde dich kennen.« Delani sprang vom Schreibtisch. Er war auf einmal ganz aufgekratzt. »Vorher hat er an dir geschnuppert, oder?«

»Mir kam es zumindest so vor«, stimmte Adam zu.

Delani ging im Zimmer auf und ab. »Du bist zweimal verschont worden. Da muss es einen Zusammenhang geben.« Er stoppte plötzlich. »Bist du sicher, dass der Typ ein Funkgerät hatte? Ich habe da unten im Keller keines gesehen.«

»Es war winzig. Aber ich schwöre dir, es war da. Ich habe deutlich jemanden sprechen hören.«

Delani stellte sich vor Adam und legte ihm die Hände auf die Schultern. »Ich glaube dir jedes Wort«, sagte er ernst. »Es ist nur so eigenartig.« Er ließ seine Hände sinken und fing wieder an, auf und ab zu wandern. »Was sind das für Leute?«, überlegte er. »Warum können sie Funkgeräte benutzen?«

Schüsse peitschten durch die Nacht. Ganz in der Nähe.

»Das Ding in Gugulethu ist bestimmt nicht allein.« Delani senkte unwillkürlich die Stimme. »Irgendwie ist das noch das Schlimmste. Zu wissen, dass extrem gefährliche Kreaturen mitten unter uns leben. Nur dass wir leider nicht genau sagen können, wo.«

* * *

Am nächsten Morgen wurde Adam von Sergeant Lakotas aus einem Dämmerzustand gerissen, der nichts mit einem ruhigen Schlaf gemein hatte. Der Lärm von draußen – immer wieder

Schüsse und Schreie – hatte sich mit wilden Albträumen vermischt.

Lakota versammelte die Polizeischüler in einem großen Büro im Erdgeschoss. Ohne sich abzusprechen oder den Befehl von Lakota erhalten zu haben, trugen alle wieder ihre dunkelblauen Uniformen.

Zum Frühstück gab es erneut steinhartes Brot und immerhin ein paar getrocknete Früchte. Nkala brachte einen Kessel mit warmem Tee und hockte sich dann still auf einen Stuhl in einer Ecke. Von den anderen Polizisten war nichts zu sehen, und Adam fragte sich, ob sie nun die letzten Menschen in dem Gebäude waren.

Nia schüttete den Tee in Plastikbecher und verteilte sie.

Adam bedankte sich, und das Mädchen schenkte ihm ein winziges Lächeln. Der Tee schmeckte bitter, aber er weckte Adams Lebensgeister. Durch die vergitterten Fenster fiel blasses Tageslicht. Er fühlte sich gleich ein klein wenig besser.

Sergeant Lakota blickte auf seine Armbanduhr. »Euch ist sicher klar geworden, dass so ziemlich alles schiefgelaufen ist.«

»Allerdings«, sagte Delani, und alle anderen nickten zustimmend.

»Ich werde in einer Stunde versuchen, unseren Botschafter zu erreichen«, fuhr der Sergeant fort.

Nkala verzog das Gesicht und machte so deutlich, was er von Lakotas Idee hielt.

Der Sergeant ignorierte ihn. »Vielleicht gibt es eine Möglichkeit, schnell von hier fortzukommen. Wenn nicht, bringt man uns bestimmt auf dem Botschaftsgelände unter. In sechs Tagen landet auf jeden Fall das nächste Luftschiff in Harare. Das halten wir schon durch.«

Nia hob zaghaft die Hand, als befände sie sich in der Polizeischule. »Wollen Sie wirklich allein gehen?«

»Ich möchte niemanden von euch in Gefahr bringen«, erwiderte Lakota.

Nias Lippen zitterten, ihre Augen füllten sich mit Tränen. Shawi betrachtete sie zuerst verwundert, dann mit zunehmender Verärgerung. »Reiß dich zusammen«, zischte sie ihrer Freundin zu.

»Moment!« Lakota trat vor die beiden Mädchen. »Nia, du glaubst doch wohl nicht, dass ich mich absetzen will und euch hier im Stich lasse?« Der Sergeant klang nicht vorwurfsvoll, sondern ernsthaft besorgt. »Das würde ich nie tun! Ich bin euer Ausbilder. Ich trage die Verantwortung für euch.«

Nia wischte sich die Tränen aus dem Gesicht. »Das weiß ich, Sir«, sagte sie leise. »Aber was ist, wenn Ihnen etwas passiert?«

»Wir sollten Sie alle begleiten«, schlug Delani vor.

Lakota blickte zu Nkala. Der Polizist hob abwehrend die Arme. »Wenn ihr alle draufgehen wollt, stehen die Chancen da draußen nicht übel. Es sind ja schon genug von euch tapferen Südafrikanern verschwunden.«

Sergeant Lakota wirkte unschlüssig. Adam sah, wie er zum Fenster blickte. Es war noch immer nicht wesentlich heller geworden. Das Tageslicht wirkte bleich und kraftlos.

»Ich denke darüber nach«, sagte Lakota schließlich und wandte sich wieder an Nkala.

»Können Sie mir genauer sagen, wie viele Menschen in der letzten Zeit verschwunden sind?«

»Hunderte, Tausende. Jedenfalls eine Menge. Es ist ja nicht so, dass wir gar nichts unternommen haben.« Nkala erhob sich vom Stuhl und ging zu einer Karte an der Wand. »Das ist ein Stadtplan von Harare. Soweit wir wissen, verschwanden die Menschen innerhalb des Zentrums.« Der Polizist deutete auf verschiedene Punkte. »Zumeist in der Nähe der Nationalgalerie, im Hotelviertel und am Bahnhof.«

Adam betrachtete konzentriert den Stadtplan. »Gibt es eine Verbindung zwischen diesen Orten? Irgendwelche Gemeinsamkeiten?«

»Keine, die mir bekannt wären«, antwortete Nkala.

»Hat man nie eine Spur von den Verschwundenen gefunden?«, fragte Adam weiter nach. Er bemerkte, dass Sergeant Lakota ihn genau beobachtete.

»Niemals«, sagte Nkala.

»Aber wo hat man all diese Menschen hingebracht?« Adam hatte eine Idee. Er streckte die Hand nach Shawi aus und hätte sie beinahe berührt. Sie zuckte zurück und bedachte ihn mit einem giftigen Blick.

»Shawi, ist es dir vielleicht möglich, diese Menschen zu spüren? Sie müssen doch entsetzliche Angst haben.«

»Was soll das?«, fragte Nkala erstaunt.

Sergeant Lakota brachte ihn mit einer Handbewegung zum Schweigen.

Zuerst sah es so aus, als würde Shawi sich weigern, dann schloss sie die Augen und konzentrierte sich. Ihr Gesicht verzerrte sich wie unter starken Schmerzen und mit einem Mal schnappte sie nach Luft wie eine Ertrinkende.

»Shawi!« Erschrocken griff Nia nach der Hand ihrer Freundin.

Shawi starrte Adam aus geröteten Augen an. »Es ist, als wollte ich einzelne Regentropfen in einem Wolkenbruch finden. Hier existiert nur Angst! Und Boshaftigkeit.«

Sie zitterte und wirkte mit einem Mal so verletzlich und hilflos, dass Nia sie in den Arm nahm. Adam hatte noch nie zuvor erlebt, dass Shawi eine solche Nähe zuließ. Noch nicht einmal bei ihrer vermutlich besten Freundin.

Adam ging zum Fenster und sah hinaus. Harare lag in dichtem Nebel. Er zog wie eine wattige Flut durch die Straßen. Erstickte die Geräusche der erwachenden Stadt und formte Häuser, Müllberge und die wenigen Menschen zu verwaschenen Gebilden, die man eher erahnte als sah. Adam wandte den Blick von der verstörenden Szenerie vor dem Fenster ab.

Im selben Moment klopfte es heftig an der Eingangstür des Polizeireviers.

Nkala griff nach dem Gewehr, das neben ihm an der Wand lehnte.

»Bitte! Machen Sie auf!«, flehte die Stimme einer Frau. »Sergeant Lakota! Sind Sie da?«

»Woher weiß die, dass Sie hier sind?«, fragte Nkala.

»Keine Ahnung«, erwiderte Lakota. »Wir müssen sie reinlassen.«

Nkala richtete die Waffe auf die Tür. »Und wenn das eine Falle ist?«

»Bitte!«, flehte die Frau.

»Es ist unsere Pflicht zu helfen.« Der Sergeant winkte Adam und Delani herbei. »Zieht eure Waffen. Ich öffne die Tür.«

»Ich halte das für eine ganz schlechte Idee«, protestierte Nkala, doch Lakota ignorierte ihn und entriegelte kurzerhand die schwere Eingangstür.

Eine Frau drängte sich hinein. Eine Asiatin. Sie hatte offensichtlich geweint. Die Tränen hatten feine Bahnen in ihr staubiges Gesicht gezogen. Die Frau musterte den Sergeant. »Sie müssen Sergeant Lakota aus Südafrika sein. Das erkenne ich an Ihrer Uniform.«

Adam verschloss eilig die Tür hinter ihr.

»Wer sind Sie?«, fragte Lakota. »Und woher kennen Sie mich?«

Die Frau war völlig außer Atem und rang nach Worten. Nia brachte ihr ein Glas Wasser. Sie leerte es in zwei gierigen Schlucken. Lakota führte sie zu einem Stuhl.

»Ich heiße Shén Zilúng. Eine Frau, eine Schwarze, hat mir das Leben gerettet. Ich habe dann den Rest der Nacht auf einem Dach verbracht. Die Frau sagte mir, bei Tagesanbruch sollte ich zum Polizeirevier gehen. Zu einem Sergeant Lakota aus Südafrika.«

»Diese Frau«, wollte Lakota wissen. »Wie sah sie aus?«

»Ich glaube, sie war eine Heilerin oder Zauberin. Sie trug ein dunkelgrünes Gewand. Sie hatte überhaupt keine Angst.«

»Virginia Zimunga! Das muss sie sein«, entfuhr es Adam. »Wie hat Sie Ihnen das Leben gerettet?«

Shén Zilúng brauchte einige Sekunden, um zu antworten. Die Erinnerung ließ sie erzittern. »Irgendetwas ... ich weiß nicht, ob es lebendig ist ... vielleicht sind es auch Dämonen. Sie haben mir aufgelauert. Die Zauberin konnte sie eine Weile aufhalten.«

»Und dann hat die Frau Sie zu mir geschickt?« Es war dem Sergeant anzusehen, dass er aus der Sache nicht richtig schlau wurde.

Shén nickte und sah ihn bittend an. »Ja! Sie müssen mir helfen. Diese Kreaturen haben bestimmt auch die Tochter von Enoch, unserem Nachbarn, geholt. Mein Mann John wollte Enoch und dessen Schwager helfen, das Mädchen zu suchen. Sie waren davon überzeugt, es in der Grube zu finden.«

»Welche Grube?«, fragte Adam.

»Der Eingang zur U-Bahn.«

Nkala lachte kurz auf. »Blödsinn! Harare hat gar keine U-Bahn.«

»Sie wurde nie fertiggestellt«, erklärte Shén. »Aber wir haben 2013 mit den Arbeiten begonnen ...«

»Wen meinen Sie mit ›wir‹?«, unterbrach sie Lakota.

»Ich war Mitglied der chinesischen Delegation, die das Unternehmen leiten sollte. Es gab ein Abkommen zwischen China und Simbabwe. Aber dann brachen nach drei Jahren die Kriege aus, und wenig später flog dieser verfluchte Vulkan in die Luft. Seitdem wurde dort nicht mehr gearbeitet.«

»Wie sieht es denn jetzt da unten aus?«, fragte Adam.

»Wir waren mit den Tunnelarbeiten schon gut vorangekommen. Vereinzelt wurden sogar schon die ersten unterirdischen Haltestellen vorbereitet.«

»Ihr Mann und die anderen sind also in einen der Tunnel hinabgestiegen«, sagte Sergeant Lakota nachdenklich. »Können Sie mir auf dem Stadtplan dort zeigen, wo das genau war?«

Die Chinesin ging zu der Karte und deutete gezielt auf einen Punkt. »Genau hier.«

Lakota studierte einige Sekunden lang den Plan. »Das ist in der Nähe der Nationalgalerie. Wissen Sie, wo sich weitere Zugänge zum Tunnelsystem befinden?«

»Hier und …« Shén Zilúngs Zeigefinger glitt über die Karte. »Und an dieser Stelle.«

Der Polizist Nkala hatte sich neben die Frau gestellt und betrachtete interessiert die Punkte, auf die Shén Zilúng gedeutet hatte. »Da sind genau die Gegenden, in denen es die meisten Entführungen gab.«

»Dann hat man sie wahrscheinlich in die U-Bahn gebracht«, sagte Adam.

»So ein verdammter Dreck!« Nkala stampfte wütend mit dem Fuß auf. »Wir wussten überhaupt nicht, dass es diese Zugänge gibt. Sie sind auf keiner Karte eingezeichnet.«

Shén Zilúng legte zögernd ihre Hand auf Lakotas Arm. »Sergeant, helfen Sie mir, meinen Mann zu finden?«

Lakota sah schweigend in die Runde, dann sagte er leise: »Das kann ich nicht. Tut mir leid.«

Die Stimme der Frau bebte. »Warum nicht? Sie sind doch Polizist, und die Zauberin sagte, dass ich mich an Sie wenden soll.«

Der Sergeant deutete mit einer Handbewegung auf Adam und die anderen Polizeischüler. »Ich habe die Verantwortung für diese Gruppe.«

»Aber hier muss es doch noch mehr Polizisten geben.« Die Chinesin blickte Nkala fragend an. Der tat so, als hätte er die Frage überhört, und fixierte mit ausdrucksloser Miene einen Punkt an der Wand.

»Nkala!«, stieß Lakota hervor. »Wie viele Leute stehen zur Verfügung?«

»Keine«, erwiderte der tonlos. »Die machen da nicht mit.«

»Das ist Ihre Stadt.« Der Sergeant hob nicht die Stimme an,

aber Adam kannte seinen Ausbilder gut genug, um zu wissen, dass er sehr wütend war. »Sie und Ihre Leute haben einen Eid darauf geleistet, die Menschen hier zu beschützen.«

»Sie haben doch keine Ahnung, was hier los ist!«, schnauzte Nkala. »Wir hätten da draußen nicht die geringste Chance.«

Shén Zilúng war den Tränen nahe. »Dann lassen Sie mich und John und all die anderen im Stich?«

Nkala presste die Lippen zusammen und schwieg.

»Was ist mit Captain Venda?«, wagte Adam zu fragen.

»Den können wir vergessen«, erwiderte Nkala.

Adam empfand Wut und Verachtung für den Polizisten Nkala und auch für Captain Venda, der in seinem Büro nichts anderes tat, als sich sinnlos zu betrinken.

»Sergeant«, sagte Adam. »Dann liegt es an uns.«

Lakota sah ihn erstaunt an.

»Wir sind hier die einzigen Polizisten. Wir müssen diesen Menschen doch helfen«, fuhr Adam entrüstet fort und hoffte, dass niemand das aufgeregte Zittern in seiner Stimme hören konnte.

Nkala kicherte hämisch. »Das ist komplett lächerlich! Wollen Sie etwa mit ein paar Kindern losziehen, Sergeant?«

Shawi sprang auf und funkelte den Polizisten an. »Wir sind keine Kinder mehr! Adam hat recht. Verkriechen Sie sich doch hier. Bei Ihnen spüre ich nur Selbstmitleid und Feigheit!«

»Du!« Nkalas Gesicht verzerrte sich vor Wut. Mit geballten Fäusten marschierte er auf Shawi zu.

Sergeant Lakota stellte sich ihm in den Weg. »Wagen Sie es nicht, Mann! Diese Polizeischüler beweisen mehr Mut als wir zwei zusammen.«

Nkala schnaufte, trat jedoch zögernd einen Schritt zurück.

»Wenn wir heute nicht helfen, bin ich es nicht wert, Polizist zu werden«, sagte Adam.

Lakota nickte. »Ich verstehe dich. Wie seht ihr das? Delani? Nia?«

»Öh«, machte Delani und zupfte an seiner Uniform. »Ich bin dabei.« Er lächelte zaghaft in Adams Richtung. »Wir sind ja keine Schönwetter-Polizisten, oder?« Adam lächelte dankbar zurück.

»Ich habe Angst«, gestand Nia zaghaft. Sie sah zu Shawi, die wie sprungbereit inmitten des Raumes stand. »Aber ich werde niemanden im Stich lassen.«

»Das ist verrückt!«, brüllte Nkala. »Ihr werdet da draußen in Stücke gerissen.«

»Seien Sie doch bitte still«, bat Nia.

»Können Sie uns mehr über diese Wesen erzählen, die Sie bedroht haben?«, wandte sich Adam an die Chinesin, doch sie schüttelte bedauernd den Kopf.

»Ich weiß nichts über sie. Sie halten sich nur in der Dunkelheit auf.«

»Wie groß sind sie?«, fragte Shawi.

Die Frau breitete ihre Arme aus. »Ungefähr so, glaube ich. Wie ein mittelgroßer Hund.«

Shawi gab sich völlig unbeeindruckt. »Trauen Sie sich, uns zu führen?«

Shén Zilúng nickte eifrig, dann eilte sie auf die Polizeischülerin zu und umarmte sie schluchzend. Shawi blieb stocksteif und sagte nur: »Wir sollten besser keine Zeit verlieren.«

»Moment«, wandte Lakota ein. »Ich habe noch nicht meine Zustimmung gegeben.«

»Bitte!«, sagte Adam nur.

Lakota seufzte tief. »Nkala, geben Sie uns wenigstens ein paar Gewehre und Lampen.«

* * *

Der Nebel hatte sich nur an einigen Stellen gelichtet. Im einen Moment konnte man gerade noch die ausgestreckte Hand sehen, im nächsten zehn oder zwanzig Meter weit. Der Nebel schien die Einwohner von Harare verschluckt zu haben. Nur selten drangen gedämpft Stimmen oder schnelle Schritte durch die grauen Schwaden.

Sergeant Lakota ging mit der Chinesin voraus. Dicht dahinter befanden sich Nia und Shawi. Den Abschluss bildeten Adam und Delani. Nkala hatte ihnen zwei Gewehre ausgehändigt. Eines hatte der Sergeant an sich genommen, das zweite hielt Delani fest umklammert. Er war der beste Schütze unter den vier Polizeischülern. Adams rechte Hand ruhte auf seinem Pistolenholster.

»Sind Sie sicher, dass wir hier richtig sind?«, hörte er den Sergeant fragen.

»Ja«, antwortete Shén Zilúng knapp, und Adam konnte sehen, dass sich die verängstigte Frau ganz nah bei Lakota hielt.

Die Gruppe hielt sich bei ihrem Marsch in der Mitte der Straße. Einige Male gab der Nebel die Konturen von Menschen frei. Mit einer Mischung aus Furcht und Erstaunen starrten sie die bewaffnete Gruppe an, um sofort wieder in den Schwaden unterzutauchen. Ein kleines Mädchen lief eine Weile stumm neben ihnen her. Es trug ein gelbes Kleid. Als sie sich entfernte, tanzten die Konturen ihres grellen Kleides noch ein, zwei Sekunden in dem grauen Nichts.

Schritte näherten sich. Delani wandte sich um und zielte mit dem Gewehr in die Nebelwand hinter ihnen. Das Geräusch war jetzt ganz nah.

»Wer ist da?«, rief Delani.

Sergeant Lakota stoppte die Gruppe.

Ein dunkler Schatten tauchte auf.

»Stehen bleiben!«, brüllte Lakota.

Die Gestalt bekam die Umrisse eines Menschen. Es war der Polizist Nkala. »Ich dachte schon, ich würde euch nicht finden.« Er trug jetzt seine komplette Uniform einschließlich eines blauen Schutzhelms mit der Aufschrift POLICE.

»Was wollen Sie?«, fuhr ihn Lakota an.

Nkala lächelte verhalten. »Ich wollte mal nach dem Rechten sehen. Schließlich sind Sie ja eigentlich gar nicht zuständig. Wie Sie schon sagten: Es ist meine Stadt.«

»Gut.« Lakotas Stimme klang versöhnlich. »Ich bin froh, dass Sie bei uns sind.«

Nkala schloss zu Adam und Delani auf. Der Polizist machte einen sichtlich nervösen Eindruck. Sein Kopf zuckte ständig in alle Richtungen. Umso höher rechnete es Adam dem Mann an, dass er sich doch noch besonnen hatte und ihnen helfen wollte.

»Da vorn ist es«, sagte Shén plötzlich.

Die Gruppe blickte auf Absperrgitter und die Überreste einer demolierten Planierraupe. Dahinter befand sich im Boden ein Loch von der Größe eines Scheunentors. Als sie näher kamen, konnte Adam einen in die Tiefe führenden betonierten Gang erkennen.

»Das ist einer der Hauptzugänge«, erklärte die Chinesin. »Er führt direkt zum Bahnsteig. Von dort gelangt man in den Gleistunnel.«

Nkala entzündete wortlos eine der Öllampen. Er reichte sie an Adam weiter. Nia blickte unsicher zu ihren Begleitern, so als hoffte sie insgeheim, sie würden doch noch von ihrem Vorhaben ablassen.

»Nkala! Sie und ich gehen voran«, sagte Lakota. »Delani sichert nach hinten. Der Rest bleibt in der Mitte. Haltet alle eure Waffen jederzeit schussbereit.«

Adam zog die Pistole aus dem Holster und entsicherte sie.

Das Tageslicht blieb hinter ihnen zurück. Die Luft hier unten roch feucht und abgestanden.

Shén Zilúng stieß einen unterdrückten Schrei aus. Eine Leiche, die Haut gespannt und vertrocknet wie altes Pergament, hockte, wie um sich auszuruhen, an der Wand.

»Der arme Kerl tut uns nichts«, bemerkte Nkala. »Der muss schon ziemlich lange hier liegen.«

Der Gang mündete in einen unterirdischen Bahnhof. Der

Schein der Öllampen fiel auf einen Schienenstrang, der im Halbrund eines Tunnels verschwand.

»Wie lang ist der Tunnel?«, fragte Lakota. »Und wo führt er hin?«

»Bis zur Livingstone Avenue.« Die helle Stimme der Chinesin hallte von den Wänden wider. »Das sind ein paar Kilometer. Aber es gibt noch einige Nebentunnel.«

Metallträger und Kabelstränge ragten aus nackten Betonwänden. Lakota und die Chinesin gingen bis zum Rand des Bahnsteigs und spähten in den finsteren Tunnel.

»Keine Spur von irgendwelchen Entführten«, stellte Lakota fest.

»Doch!« Shén Zilúng deutete aufgeregt nach unten zu den Schienen. »Sehen Sie die Machete dort? Die gehört John!«

»Lassen Sie mich raten, Sergeant«, bemerkte Nkala seufzend. »Als Nächstes spazieren wir die Gleise entlang.«

Lakota blickte zu Shén, die zustimmend nickte. Nia schien von der Idee weniger angetan. Eilig trat sie von der Bahnsteigkante zurück.

»Shawi, kannst du irgendetwas wahrnehmen?«, fragte Adam.

Das Mädchen schüttelte den Kopf. »Es ist sehr schwach.«

»Sind es Menschen?«

»Keine Ahnung.«

Adam und die anderen drehten sich abrupt um, als sie Schritte hörten.

»Haben Sie etwas dagegen, wenn ich Sie begleite?«

Eine zierliche Frau in einem grünen Gewand kam auf sie zu. Ihre zahlreichen Armreifen klirrten bei jedem ihrer Schritte.

»Mrs Zimunga!«, rief Delani verblüfft.

»Eine Medizinfrau«, stellte Nkala verblüfft fest.

Virginia Zimunga klopfte ihm im Vorbeigehen auf die Schulter. »Was immer Sie wollen, mein Freund. Die korrekte Bezeichnung für meinen Status wäre allerdings Zauberin.«

Shén Zilúng rannte der Frau entgegen und umarmte sie. »Danke, dass Sie mich gerettet haben!«

Virginia Zimunga strich ihr sanft übers Haar.

»Wo kommen Sie denn jetzt auf einmal her?«, fragte Adam. Er war sehr erleichtert, die Zauberin wiederzusehen, ebenso wie Shén Zilúng, die nicht von Zimungas Seite wich. Ihre Augen strahlten, als wäre sie davon überzeugt, dass nun alles gut werden würde.

»Oh, ich bin einfach nur in der Nähe geblieben«, erklärte Mrs Zimunga. »Ich dachte mir, dass vielleicht meine Unterstützung benötigt wird.« Sie nickte dem Sergeant freundlich zu. »Sie können mir vertrauen, Sergeant. Ich weiß, dass sehr viele Menschen verschwunden sind. Ich bin davon überzeugt, dass wir sie hier unten finden.«

»Dann können Sie mir auch sagen, wer die Entführer sind?«, fragte Lakota.

»Nein, ich verfüge zwar über eine ähnliche Gabe wie Shawi,« Sie lächelte der Polizeischülerin aufmunternd zu, »aber was sich dort im Tunnel befindet, kann ich ebenfalls nicht deuten. Jedes Lebewesen strahlt ganz individuelle Schwingungen aus, und normalerweise fühle ich, ob es eine Katze oder eine Maus ist. Doch das hier ist anders. Immerhin spüre ich sehr schwache Signale von menschlichen Wesen.«

»Dann sollten wir nachsehen«, sagte Sergeant Lakota. »Allerdings steht es jedem frei, jetzt an die Oberfläche zurückzukehren und dort zu warten.«

Niemand ging auf Lakotas Angebot ein, auch wenn Nia sichtlich Mühe hatte, ihre Furcht zu verbergen. Im Schein der Öllampen stiegen sie, einer nach dem anderen, vom Bahnsteig auf die Gleise.

* * *

Die Gruppe folgte dem Verlauf der Schienen. Die Tunnelwände

schienen dabei immer näher an sie heranzurücken. Wasser, schmutzig schwarz und ölig im Licht der Lampen, hatte sich am Boden gesammelt. Eine elektrische Zugmaschine mit mehreren Lastenanhängern blockierte die Gleise. Während sie sich an dem Hindernis vorbeizwängten, glaubte Adam an der Decke kurz einen winzigen Lichtpunkt sehen zu können. Er war winzig und strahlte einen schwachen violetten Schimmer aus. Als er Delani darauf aufmerksam machen wollte, war der Punkt verschwunden.

Sergeant Lakota blieb plötzlich stehen. »Halt«, sagte er leise. »Hört ihr das auch?«

»Was denn?«, fragte Shén Zilúng.

Adam hielt seine Lampe in die Höhe, um besser sehen zu können. Das Licht reichte nur aus, um ein paar Meter Tunnel vor ihm zu erhellen, doch es war auf einmal so still, dass auch er es jetzt hören konnte. Ein leises Geräusch. Fast wie das Flüstern vieler Menschen.

»Die Entführten sind hier«, sagte Virginia Zimunga.

Vorsichtig, Schritt für Schritt, gingen sie weiter. Dann sahen sie die Menschen.

Die Chinesin stieß einen Schrei aus.

Der Boden des U-Bahn-Schachts war mit unzähligen Leibern bedeckt. Sie lagen so dicht beieinander, dass man befürchten musste, auf sie zu treten.

Sie verursachten das Geräusch, aber sie flüsterten nicht miteinander. Es war ihr vielstimmiges Atmen. Wenn man genau hinsah, konnte man erkennen, wie sich der Brustkorb jedes Einzelnen kaum merklich hob und senkte.

»Was ist mit ihnen?«, fragte Nia mit ängstlicher Stimme.

Virginia Zimunga legte einem Jungen die Hand auf die Stirn und kontrollierte dann seinen Puls.

»Sein Herzschlag ist extrem verlangsamt, und er hat eine sehr niedrige Körpertemperatur.«

»Es sind ausschließlich junge Menschen«, stellte Nkala fest.

Shén Zilúng sah sich hektisch um. »John!«, rief sie leise. »John! Bist du hier?«

»Pssst!«, machte die Zauberin. »Selbst wenn John hier ist, kann er dich nicht hören. Er wird sich wie alle hier in einer Art Tiefschlaf befinden. Ich fürchte jedoch, dass die Entführer ganz in der Nähe sind.«

Adam betrachtete eine junge Frau neben dem Gleisstrang. Ihr Gesicht war völlig starr, aber ihr Körper wies keinerlei Verletzungen auf.

»Was sollen wir tun?«, fragte er und sah sich nervös um. »Es sind so viele. Wir können sie unmöglich alle hier rausbringen.«

»Wir brauchen Verstärkung«, sagte Delani und blickte den Polizisten Nkala herausfordernd an.

»Das können wir vergessen«, erwiderte Nkala. »Niemand wird kommen. Auch nicht eure Landsleute. Die bleiben schön beim Präsidenten, spielen Aufpasser und lassen es sich gut gehen. Simbabwe ist denen doch ansonsten scheißegal.«

Virginia Zimunga untersuchte mehrere der Bewusstlosen. Berührte sie mit den Handflächen und schloss dabei ihre Augen, um sich zu konzentrieren. »Furchtbar«, seufzte sie. »Sie träumen nicht einmal. Ihre Hirnaktivitäten sind nur darauf beschränkt, den Körper am Leben zu erhalten.«

»Aber sie müssen doch essen.« Nia hielt ein paar Meter Abstand zu den leblosen Menschen, als gäbe es für sie eine unsichtbare Grenze, die sie nicht überschreiten konnte. »... und trinken«, fügte sie hinzu. »Wer weiß, wie lange sie schon hier liegen.«

»Ich frage mich vor allem, was der Sinn des Ganzen ist«, meinte Adam.

Weit hinten im Tunnel, da wo das Licht der Öllampen nicht hingelangte, entdeckte er zwei der violetten Punkte an der Decke. Weitere kamen hinzu und verharrten in ungefähr zwanzig Meter Entfernung.

»Da!« Adam machte seine Begleiter darauf aufmerksam. Im gleichen Moment wurde ihm klar, woran ihn ihr violettes Schimmern erinnerte.

»Ich glaube, das sind Spinnen. Wie die, die Nkala gefangen hat.«

Nkala griff in seine Uniformjacke und holte das Holzkästchen hervor. Er hielt es an sein Ohr und riss die Augen weit auf.

»Hört euch das an«, sagte er und reichte das Kästchen an Adam weiter.

Adam konnte deutlich fühlen, wie sich die Kreatur in ihrem Gefängnis bewegte. Das Trippeln ihrer acht Gliedmaßen übertrug sich durch das dünne Holz auf seine Hand.

Die Anzahl der violetten Punkte in der Dunkelheit war auf mindestens hundert angewachsen.

Adam hielt die Schachtel an sein Ohr. Die gefangene Spinne stieß ihr Furcht einflößendes Zischen aus. Das Geräusch war so laut, dass es alle hören konnten.

»Diese Dinger!« Shén Zilúng deutete auf die violetten Punkte in der Dunkelheit. »Sie sind in den Nächten aus der Grube gekommen.«

Schlagartig erinnerte sich Adam an das, was der kleine verängstigte Junge in Gugulethu gesagt hatte. Seine Schwester war auf der Suche nach den lila Lichtern gewesen! Atemlos erzählte er der Zauberin davon.

Virginia Zimunga nickte nur stumm.

Adam reichte die Schachtel an Nkala zurück. Erst jetzt bemerkte er, dass einige der Spinnen zwischen den Leibern der Entführten umherkrochen.

»Diese winzigen Viecher können unmöglich die Menschen hierher gebracht haben«, sagte Delani.

»Das ist richtig«, bemerkte Virginia Zimunga. »Aber was letzte Nacht Shén Zilúng bedroht hat, war größer. Viel größer.«

»Wie ein mittelgroßer Hund, sagten Sie?« Delani wandte sich fragend an die Chinesin, und diese nickte bestätigend.

»Es kommen immer mehr!« Nia starrte in die Dunkelheit des Tunnels und stolperte ein paar Schritte rückwärts.

Wände und Decke leuchteten in einem phosphoreszierenden Licht. An einigen Stellen verdichteten sich die Spinnen zu kalt schimmernden Inseln. Andere bildeten schlangengleiche Muster auf dem Boden. Wie auf ein geheimes Kommando stießen sie einen Laut aus. Kein Zischeln, es glich eher einem leisen Heulen und klang beinahe wie ein Wehklagen.

»Irgendetwas nähert sich«, sagte Virginia Zimunga. »Ihre Gedanken sind wie schwarze Schatten. Bösartig und stumpf. Die glühenden Spinnen haben nach ihnen gerufen.«

Vor ihnen .... zwischen den menschlichen Leibern am Boden ... ließ sich eine schemenhafte Bewegung ausmachen. Schlangenartige Körper näherten sich.

Adam konnte sie bereits riechen. Widerlich, säuerlich. Es war der Geruch aus den Katakomben von Gugulethu.

Virginia Zimunga entzündete eine Magnesiumfackel. In dem grellen Licht waren die Angreifer nun deutlich zu erkennen.

»Rührt euch nicht vom Fleck«, sagte Lakota kaum hörbar. Der Gesichtsausdruck des sonst so gelassenen Polizisten drückte unverkennbares Entsetzen aus. Adam blieb wie erstarrt stehen.

Einige der Kreaturen waren nicht größer als ein Schoßhund, andere hatte die Ausmaße einer Bulldogge.

Acht Gliedmaßen trugen einen länglichen, schwarzgrau gefleckten Körper. Im insektenartigen Kopf klaffte ein Maul, so ausgefranst wie eine Wunde und mit Kieferklauen versehen, die hektisch auf und zuschnappten. Dabei stießen sie Laute aus, die entfernt an Gelächter erinnerten. Voller Häme und Boshaftigkeit. Adam musste an Vendas Worte denken. Genau das hatte der südafrikanische Captain auf seiner letzten Patrouille auch gehört.

Virginia Zimunga streckte ihnen in einer Geste der Abwehr

die Handflächen entgegen. Die Kreaturen brachen ihren Vormarsch ab. Verharrten mit zitternden Leibern auf der Stelle.

»Ich kann sie nicht lange aufhalten«, ächzte Virginia Zimunga angestrengt. Schweißperlen standen auf ihrer Stirn. »Es sind Lebewesen. Parasiten. Nahezu ohne Intelligenz. Aber da ist noch etwas ... eine abartige Kraft ... ich kann mir das nicht erklären.«

Einer der Parasiten, kaum einen halben Meter im Durchmesser, hatte sich unbemerkt an der Tunnelwand vorgearbeitet. Seine Augen visierten Adam an. Plötzlich hielt das Wesen inne, änderte den Kurs und raste auf Shén Zilúng zu.

Nkala zielte und traf den Angreifer in vollem Lauf. Das Biest wurde von der Wucht des Projektils durch die Luft gewirbelt.

»Rückzug!«, rief Virginia Zimunga.

Jetzt schob sich die Masse der Parasiten langsam vorwärts. Zögernd. Zentimeter um Zentimeter.

Nkala hob erneut sein Gewehr. »Nicht schießen!«, bellte Sergeant Lakota. »Wir könnten die Menschen treffen. Alle zurück zum Ausgang! Sofort!«

Adam starrte gebannt auf die Flut bedrohlich vorrückender Kreaturen. Seine Begleiter zogen sich eilig zurück. Nur die Zauberin stand noch zwischen ihm und den Angreifern.

»Was ist mit Ihnen?«, rief Adam ihr zu. »Wir müssen verschwinden!«

Die Frau sagte etwas so Absurdes, dass er glaubte, sich verhört zu haben.

»Komm zu mir«, verlangte Virginia Zimunga.

»Was soll ich?«

»Adam! Du kannst mir vertrauen.«

Er zögerte. Die Zauberin hatte ihm an Bord der Kwa Zulu wahrscheinlich das Leben gerettet. Er konnte sie jetzt unmöglich im Stich lassen. Ohne die Parasiten aus den Augen zu lassen, tastete er sich vorwärts.

»Stell dich direkt neben mich«, sagte Virginia Zimunga, ohne ihn anzusehen.

Eigentlich wollte er nur davonlaufen. Zu schrecklich war der Anblick der Angreifer. Sie starrten ihn aus lidlosen, schwarzen Augen an. Aber selbst wenn er es gewollt hätte: Er wäre nicht imstande gewesen, sich Virginia Zimungas Befehl zu widersetzen. Fast schien es, als setzte sie auch hierbei noch ganz spezielle Kräfte ein.

»Geh jetzt langsam auf sie zu, Adam!«

Das Licht der Magnesiumfackel wurde langsam schwächer.

Adam wagte den ersten Schritt. Dann den zweiten. Er wusste, dass es verrückt war, und konnte doch nicht anders. Er spazierte direkt in den Tod.

Mit einem Mal geschah das Unglaubliche. Die Meute stoppte. Als er vorsichtig, um nicht auf einen der Bewusstlosen zu treten, einen weiteren Schritt riskierte, wichen die Kreaturen zurück.

»Das reicht!«, sagte Virginia Zimunga. »Wir gehen zu den anderen.«

»Was geschieht hier?«, fragte Adam.

»Nicht jetzt.« Die Fackel erlosch. »Wir reden später.«

Es blieb ihnen nur noch das Licht von Adams Öllampe.

»Halten Sie die Lampe«, bat er Virginia Zimunga.

»Was hast du vor?«

Er ging in die Knie und ergriff ein kleines Mädchen. Es war federleicht.

»Auch wenn es die Einzige ist, die wir retten können. Ich muss es tun.«

Virginia Zimunga berührte das Mädchen kurz. »Ja, sie ist die Richtige!«

Adam hatte keine Zeit, über die Bemerkung nachzudenken.

In die Meute vor ihnen kam Bewegung. Dutzende von Kieferklauen reckten sich ihm entgegen. Mit der Bewusstlosen in den Armen bewegte er sich rückwärts in Richtung Ausgang.

Die Kreaturen stießen ihr unheimliches Lachen aus, aber sie rührten sich nicht von der Stelle.

***

Als sie den Bahnsteig erreichten, wurden sie von Sergeant Lakota und dem Polizisten Nkala erwartet.

Adam übergab das Mädchen an Lakota.

»Ich hätte auch ein Kind retten können«, sagte Nkala. »Aber ich habe nur an mich gedacht.«

»Ihnen wäre es nicht möglich gewesen«, erwiderte Virginia Zimunga. »Die Biester hätten Sie nicht gelassen.«

Der Polizist sah sie verständnislos an und wollte gerade etwas erwidern, als aus dem U-Bahn-Schacht ein vielstimmiges Zischen, verzerrtes unmenschliches Lachen und das Trippeln zahlloser Kreaturen drang.

Adam drehte sich erschrocken um. »Sie wollen uns doch nicht entkommen lassen!«

Der Lärm kam schnell näher.

»Weg hier! Schnell!« Lakota legte sich das Mädchen über die Schulter und rannte los. Adam und Virginia Zimunga folgten ihm.

Als Adam im Laufen noch einmal zurückblickte, sah er, wie Nkala seine Lampe absetzte. Breitbeinig stand er am Bahnsteig und zielte mit dem Gewehr auf den Tunnel.

»Nkala!«, rief er. »Nkala! Nicht!«

Die Flut der Angreifer schoss in schwarzgrauen, fettig glänzenden Wellen aus dem Schacht.

Der Polizist gab eine Salve von Schüssen auf die Kreaturen ab. Zwischen ihnen bewegten sich die Spinnen als violette Schemen.

Die Horde überschwemmte jetzt den Bahnsteig. Nkala gab seinen letzten Schuss ab. Er stieß einen gellenden Schrei aus, als ihn die Verfolger erreichten.

Adam und seine Begleiter hatten erst die Hälfte des Weges nach oben erklommen.

»Wir schaffen es nicht!«, brüllte er. »Ich werde versuchen, sie noch einmal aufzuhalten!«

»Nein!« Virginia Zimunga gab ihm einen heftigen Stoß, der ihn weitertaumeln ließ.

Von oben stürmten ihnen plötzlich vier bewaffnete Männer in Uniformen entgegen.

»Kopf runter!«, brüllte einer der Soldaten.

Adam sah, wie der Mann eine Handgranate schleuderte, und warf sich zu Boden.

Eine Sekunde später donnerte die Explosion.

* * *

Adam blinzelte ins Tageslicht. Ein hochgewachsener Mann in einem weißen Anzug erwartete sie bereits. Adam erkannte ihn sofort wieder. Er hatte den Medizinmann Quinton bei dessen Besuch im Krankenhaus in Kapstadt begleitet.

»Wir bringen euch hier raus!«, verkündete Mr Miller.

Ein großer Militärhubschrauber stand auf der Straße und wirbelte mit seinen langsam drehenden Rotorblättern Staub und Unrat auf.

Miller deutete auf das bewusstlose Mädchen in Lakotas Armen. »Was ist mit ihr?«

»Wir nehmen sie mit«, stieß Adam schnell hervor. »Unbedingt!«

Eine Qualmwolke stieg aus der U-Bahn hervor. Shawi und Delani kamen eilig näher. Die Soldaten bewegten sich rückwärtsgehend auf den Helikopter zu. Bereit, jede der Kreaturen, die sich ins Freie wagte, ins Visier zu nehmen.

Nkala hatte es nicht geschafft.

Mr Miller drängte zum Aufbruch: »Einsteigen! Der Helikopter hat nicht endlos Treibstoff.«

Adam entdeckte Nia in der Einstiegsluke. Sie winkte ihm zaghaft zu.

»Aber da unten sind Menschen! Wir müssen ihnen helfen!«, flehte Adam.

Miller ignorierte ihn und marschierte mit weit ausholenden Schritten auf den Hubschrauber zu. Sein weißer Anzug war noch immer völlig makellos.

»Geh«, sagte Virginia Zimunga. »Es ist nicht zu ändern. Die meisten sind ohnehin verloren.«

»Nein!« Adam war außer sich. Er war wütend und verzweifelt. »Mit den Soldaten können wir es schaffen!«

Die Frau reichte ihm einen Zettel. »Lies das, Adam. Es ist eine Nachricht von deiner Tante.«

Irritiert griff Adam nach dem Zettel. Darauf stand nur eine scheinbar willkürliche Folge von Ziffern und Buchstaben.

Von einer Sekunde zur anderen schaltete sein Verstand ab. Er hörte, sah und fühlte nichts mehr.

* * *

Adam vernahm eine Stimme. Direkt neben seinem Ohr. Er hatte die Bedeutung der Worte nicht verstanden, aber augenblicklich kehrten alle seine Sinne zurück.

Die Welt um ihn herum war voller Lärm.

Er befand sich an Bord des Hubschraubers.

Erbost wollte er aufspringen, aber Virginia Zimunga hielt ihn mit sanfter Gewalt fest.

»Sie haben mich reingelegt!«, rief Adam empört. »Mit diesem verdammten Zetteltrick.«

»Oh!« Die Zauberin sah ihn verblüfft an. Sie hob die Stimme, damit Adam sie verstehen konnte. »Wer hat dir davon erzählt?«

»Quinton.«

Die Zauberin nickte. »Quinton hat mir den Auftrag gegeben,

auf dich aufzupassen. Er hätte es gern selbst übernommen, aber zurzeit darf er Kapstadt auf keinen Fall verlassen.«

»Ich verstehe das alles nicht!«

Virginia Zimunga strich ihm begütigend über die Wange. »Man wird dir alles erklären. Sofort nach unserer Rückkehr. Versprochen!«

Adams Begleiter und die Soldaten hockten auf dem Boden des Frachtraums. Nia beugte sich nach vorn und verbarg das Gesicht in den Händen. Sie wurde von einem Weinkrampf geschüttelt. Das bewusstlose Mädchen hatte Sergeant Lakota neben sich in eine Decke gehüllt. Shawi tat so, als würde sie alles nichts angehen. Aber Adam konnte deutlich sehen, dass ihre Hände zitterten.

Ein Uniformierter stand in der halb geöffneten Einstiegsluke und starrte mit der Waffe im Anschlag in die Tiefe.

Adams Magen rebellierte kurz, als der Hubschrauber eine scharfe Kurve flog. Hinter ihm schluchzte Nia vor Angst laut auf.

Delani kroch näher zu seinem Freund. »Wir haben gerade erst abgehoben«, sagte er. »Du warst nur ein paar Minuten weggetreten.«

»Was ist mit der Frau aus China?«, fragte er.

»Sie wollte die Stadt nicht verlassen«, erwiderte die Zauberin. »Die Kreaturen in der U-Bahn ... es waren die gleichen wie in Gugulethu, nicht wahr?«

»Ja, auf jeden Fall. Ihr Gestank verrät sie. Und ich bin mir sicher, dass die violetten Spinnen auch dort sind. Ein kleiner Junge in Gugulethu sprach von lila Lichtern.«

Adam stand langsam auf. Virginia Zimunga ließ ihn diesmal gewähren.

Die Tür zum Cockpit im Bug war nicht verschlossen. Adam konnte sehen, dass der geheimnisvolle Mr Miller den Hubschrauber höchstpersönlich flog. Er tastete sich zu einem der kreisrunden Fenster in der Bordwand.

Aus der Höhe erkannte Adam, wie gigantisch Harare war. Die Hütten und Zelte der Flüchtlinge breiteten sich bis zum Horizont aus. Millionen Menschen. Ausgeliefert. Ohne jeglichen Schutz.

»Wir lassen sie im Stich«, sagte Adam zu sich selbst. Seine Hände ballten sich zu Fäusten.

»Harare ist bereits besiegt«, hörte er Virginia Zimungas Stimme hinter seinem Rücken. »Wir müssen Südafrika vor diesem Schicksal bewahren.«

Eine tiefschwarze Windhose raste von Osten heran, begleitet von zuckenden Blitzen. Der Tag wurde schlagartig zur Nacht.

Kapitel 6

Masuku

Sie hatten dem Sturm ausweichen müssen und daher erheblich mehr Treibstoff verbraucht, als vorgesehen war.

In Musina, der nördlichsten Stadt Südafrikas, legten sie bei der dortigen Militärgarnison eine Zwischenlandung ein, um den Hubschrauber aufzutanken. Danach war der Weiterflug reibungslos verlaufen. Die Probleme begannen erst kurz vor dem Ziel.

Der Hubschrauber stürzte den grauen Steilhang des Tafelbergs hinab. Direkt auf das Häusermeer Kapstadts zu.

Adam klammerte sich an einem Haltegriff fest.

Die Triebwerke stotterten, setzten kurz aus und sprangen wieder an.

Delani starrte seinen Freund entsetzt an. »Was ist hier los?«, schrie er.

»Bleib ruhig, Kleiner! Alles ganz normal!«, schnauzte ihn ein Soldat an. »Das ist einer der letzten einsatzfähigen Hubschrauber! Das Ding ist über dreißig Jahre alt, da gibt es schon mal das eine oder andere Problem.«

Adam sah durch ein Fenster, wie die Dächer der Stadt auf ihn zurasten. Der Hubschrauber neigte sich zur Seite und überflog trudelnd eine Straße. Menschen starrten mit offenen Mündern in die Höhe.

Der Rumpf pflügte durch die Äste eines Baumes, dann

tauchte ein verwilderter Park auf. Kinder rannten in Panik davon. Nur noch wenige Meter trennten den Hubschrauber vom Erdboden.

»Festhalten!«, tönte Mr Millers Stimme aus dem Cockpit.

Der Militärhubschrauber setzte auf, machte einen kurzen Sprung und landete krachend auf dem Rasen. Irgendwo verbog sich Metall mit infernalischem Kreischen. Dann gab es einen heftigen Ruck, der Adam durch den halben Frachtraum schleuderte.

Er landete direkt vor den Stiefeln eines Soldaten. Der Mann half ihm hoch und grinste. »Miller hat es hingekriegt. Nicht schlecht für einen Kerl im weißen Anzug, was?«

»Jemand verletzt?« Das war die Stimme von Sergeant Lakota.

Nia blutete ein wenig aus der Nase. Sie machte einen völlig geistesabwesenden Eindruck. Der Flug und der Beinahe-Absturz hatten ihr schwer zugesetzt.

Mr Miller kam aus dem Cockpit. Eine Strähne seines schwarzen Haares hatte sich aus der perfekten Frisur gelöst und war ihm in die Stirn gerutscht. Seine Miene zeigte keinerlei Anzeichen von Aufregung. »Die Landung wurde sicher bemerkt, ich nehme an, dass schon Rettungsfahrzeuge unterwegs sind.« Er deutete auf Adam und Virginia Zimunga. »Sie begleiten mich.«

Die Zauberin wandte sich an Sergeant Lakota, der das bewusstlose Mädchen in den Armen hielt. »Passen Sie gut auf sie auf. Wir lassen einen Krankenwagen kommen.«

Adam stieg aus dem Hubschrauber. Sein Herz klopfte. Er war für den Moment einfach nur unglaublich erleichtert, wieder unversehrt in seiner Heimatstadt angekommen zu sein.

»Das war eine tolle Leistung«, sagte er zu Mr Miller.

»In der Tat«, erwiderte Miller, brachte seine Frisur in Form und kläffte eine Gruppe neugierig näher kommender Jugendlicher an. »Haut ab! Hier gibt es für euch nichts zu sehen!«

Mehrere Einsatzfahrzeuge näherten sich mit eingeschalteten Sirenen.

***

Henri Dannerup schaltete das Radio ein.

Aus dem Hintergrund tönte die Stimme eines Nachrichtensprechers.

»Die aktuellen Nachrichten:

Nach der Zusage von Innenministerin Masuku, die Lebensmittelrationierungen teilweise aufzuheben, hat sich die Lage in Johannesburg weitgehend beruhigt.

Auch heute wurden in Kapstadt die Gespräche mit der großbrasilianischen Regierungsdelegation unter Führung von General Cardoso fortgeführt. Cardoso bot Südafrika militärische Unterstützung an, um, wie er es bezeichnete, einen starken Überlebenspakt gegen das weltweite Chaos, das beide Staaten bedroht, zu schmieden. Vor einer Stunde kehrte die Delegation an Bord des U-Boots Humberto Branco zurück.

Eine Meldung vom Sport: Das Polo-Team von ...«

Henri Dannerup schaltete mit einem verächtlichen Schnaufen das Radio aus. Er wog über hundertfünfzig Kilo und hatte für Sport noch nie etwas übrig gehabt. Mit nackten Füßen ging er auf den winzigen Balkon und blickte auf den Ozean. Aus der Höhe der vierten Etage des einst noblen Apartmenthauses schien das Meer nahezu unbewegt und breitete sich jenseits der verwaisten Fahrspuren der Schnellstraße wie ein dunkler Spiegel aus.

Ein paar Hundert Meter weiter links konnte er das U-Boot der Brasilianer im Hafen sehen. Ein gigantisches Ungetüm, dessen schwarze Metallhülle alle Helligkeit in der unmittelbaren Umgebung aufzusaugen schien.

Vor ein paar Minuten war Henri vom Anblick eines von Norden kommenden Hubschraubers aus seiner Lethargie gerissen worden. Seit Jahren hatte er keinen Hubschrauber mehr gesehen. Und wie um zu bestätigen, dass die Zeit dieser Fluggeräte abgelaufen sei, stotterte der Motor, und das Ding begann abzustürzen.

Henri beugte sich weit über das Geländer des Balkons. Unter ihm kämpften zwei verwilderte Hunde miteinander.

»Pass auf, dass du nicht fällst«, sagte eine Stimme hinter ihm.

Henri erschrak so heftig, dass er das Gleichgewicht verlor und in die Tiefe gestürzt wäre, wenn ihn nicht jemand mit einem kräftigen Ruck zurückgehalten hätte.

Schnaufend wandte er sich um.

Ein fremder Mann stand hinter ihm. »Du kannst mich sehen?«, fragte der Mann.

Henri nickte verwirrt. »Wer sind Sie? Wie sind Sie hier reingekommen?«

»Durch die Tür natürlich«, erwiderte der Fremde ruhig. »Wie denn sonst?«

»Was wollen Sie?« Henri Dannerup blickte sich suchend nach irgendeinem Gegenstand um, mit dem er sich verteidigen konnte. Der Fremde war in einen hellgrauen langen Mantel gehüllt, dessen Saum bis zu den Schuhen reichte. Dazu passte der gleichfarbige Hut, den er sich tief in die Stirn gezogen hatte. Das bleiche Gesicht war völlig ausdruckslos. Selbst die Augen schienen erstarrt. Die Hände verbarg er in eng anliegenden Handschuhen. Grau wie der Rest der Kleidung.

Henri Dannerup sah genauer hin. Der Fremde trug eine Maske. Eng anliegend wie eine zweite Haut war sie über das Gesicht gespannt. Ließ nur Platz für Augen und Mund. Dannerup konnte keine Nasenlöcher entdecken.

»Was wollen Sie?«, fragte Henri noch einmal und fügte hinzu, weil er davon überzeugt war, einem Einbrecher gegenüberzustehen: »Ich bin kein reicher Mann. Bei mir gibt es nicht viel zu holen.«

Der Fremde deutete ein Lächeln an. »Ich werde dir nichts nehmen. Im Gegenteil. Ich bin hier, um dir etwas zu geben.«

»Was?«

»Du bist einsam, mein Freund. Deine Mitmenschen meiden dich. Dabei sehnst du dich doch so sehr nach Nähe. Nach einer Frau.«

»Ja«, hauchte Henri, und mit einem Mal wurde er von so einem intensiven Gefühl der Traurigkeit übermannt, dass er nur mit Mühe die Tränen zurückhalten konnte. Er konnte es sich nicht erklären, aber gleichzeitig war er dankbar für die Anwesenheit des Fremden. Es war, als hätte der Mann in dem grauen Anzug ganz tief in sein Innerstes blicken können. Dahin, wo der Schmerz saß und ihn langsam verzehrte.

»Komm mit«, sagte der Mann. »Ich möchte dir etwas zeigen. Es wird dir gefallen.«

Henri folgte ihm durch das kleine Wohnzimmer in den Flur. Der Mann stellte sich vor den Spiegel, den Henri benutzte, um den Sitz seiner Kleidung zu kontrollieren, bevor er zur Arbeit ging. Er hasste diesen Spiegel, weil er ihm immer wieder die Unansehnlichkeit seines Äußeren zeigte. Eigentlich, das wusste Henri, hasste er sich selbst. Schon oft hatte er versucht abzunehmen, aber jedes Mal nach kurzer Zeit die Diäten frustriert abgebrochen.

»Sieh in den Spiegel«, forderte der Fremde.

Henri Dannerup gehorchte und sah sein Ebenbild. Schnell wandte er den Blick ab.

»Schließ die Augen«, verlangte der Mann jetzt. Henri tat wie geheißen, obwohl ihm eine innere Stimme riet, dies nicht zu tun. Er konnte dieser eigenartigen Gestalt, die in seine Wohnung eingedrungen war, doch nicht so einfach vertrauen. Aber die Stimme des Fremden wurde immer leiser.

Henri Dannerup hörte, wie der Mann ein paar Schritte machte und dann stehen blieb.

»Öffne jetzt die Augen.«

Henri sah sich um. »Hallo?«, rief er zaghaft, denn der Fremde war verschwunden. Henri kehrte ins Wohnzimmer zurück, suchte den Balkon ab, aber der Besucher blieb unauffindbar.

»Hier bin ich!«

Henri wirbelte herum. Der Mann saß in einem Sessel. Nur wenige Meter von ihm entfernt. Er konnte ihn dort unmöglich übersehen haben.

»Ich kann entscheiden, wer mich wahrnehmen darf«, erklärte der Fremde und schwang sich aus dem Sessel.

»Wie ... funktioniert das?«, stammelte Henri.

Mit zwei Schritten stand der Mann unmittelbar vor Henri. Da er mindestens zwei Meter groß war, musste er ein wenig in die Knie gehen, um Henri direkt in die Augen zu sehen.

Henri fühlte sich plötzlich ganz entspannt. Die warnende Stimme in ihm war endgültig verstummt. Er war sich jetzt ganz sicher, dass ihm der Besucher nichts Böses wollte.

»Du kannst mich Ta Un nennen«, sagte der Fremde.

»Ta Un«, wiederholte Henri und verlor sich in den Augen seines Gegenübers. Die Iris war ein einziger großer schwarzer Punkt. Es existierte keine Pupille. Henri beunruhigte das nicht im Geringsten.

»Sieh noch einmal in den Spiegel.«

Henri folgte Ta Un in den Flur. Der Anblick traf ihn unvorbereitet und direkt. Er stolperte rückwärts und spürte die Wand im Rücken. Dann ging er ganz langsam wieder vorwärts und streckte die Hand nach seinem Spiegelbild aus. Es veränderte sich nicht. Es zeigte keinen stark übergewichtigen Mann von weit über vierzig Jahren und schütterem Haar. Henri blickte ein schlanker, überaus gut aussehender Mann mit vollem dunklem Haar entgegen, der kaum die Zwanzig überschritten haben mochte. Der Körper war durchtrainiert und makellos. Das Verblüffendste war, dass er jede Bewegung von Henri absolut zeitgleich imitierte.

Henri hob seine Hand auf Augenhöhe.

Schlanke Finger anstelle der viel zu kurzen Stummel, für die er sich immer geschämt hatte.

Henri Dannerups Äußeres einschließlich der Kleidung war komplett verändert.

»Haben Sie das gemacht, Ta Un ?«

Ta Un nickte. »Jeder wird dich jetzt so sehen, falls du es wünschst.«

»Ob ich mir das wünsche?« Henri jauchzte laut auf und drehte sich im Kreis, um sich im Spiegel von allen Seiten zu betrachten. Anstelle der ausgebeulten Trainingshose und dem schmutzigen T-Shirt trug er eine Jeans und ein weißes Hemd. Er zupfte an dem Ärmel. »Ich kann es anfassen. Es ist echt.«

»Es ist eine perfekte Täuschung.« Ta Un klatschte in die Hände. Der feine weiße Stoff verwandelte sich unter Henris Fingern in nackte Haut. Im Spiegel glotzte ihn wieder der alte Henri Dannerup an.

»Oh nein!«, jammerte er.

»Hör zu.« Ta Uns Stimme klang jetzt sehr eindringlich. »Wenn du willst, kannst du jederzeit so aussehen wie gerade. Wann immer dir danach ist. Oder wenn es dir nützlich erscheint.«

Henri schniefte, dann grinste er vor Freude. »Ich darf es selbst bestimmen. Das ist gut. Schließlich kann ich ja so nicht zur Arbeit gehen.«

»Genau«, bestätigte Ta Un.

»Wie funktioniert das?«, fragte Henri.

»Wichtig ist für dich nur, dass es funktioniert.« Die leblosen Augen fixierten Henri. »Es ist mein Geschenk für dich. Allerdings muss ich dich zuvor um einen Gefallen bitten.«

Ganz kurz schlichen sich Zweifel wie flüchtiger Rauch in Henris Gedanken. Und Angst. Aber als er wieder in Ta Uns Augen blickte, verflüchtigten sich alle schlechten Gefühle.

»Wer bist du?«, wagte er kaum hörbar zu fragen.

»Dein allerbester Freund«, erwiderte der Fremde, der sich Ta Un nannte.

***

Nachdem Kapstadt 2017 zum Sitz der südafrikanischen Regierung erklärt wurde, bezog das Innenministerium das ehemalige Kongresszentrum in unmittelbarer Nähe des Hafens. Der Polizeiwagen hielt direkt vor dem gläsernen Hochhaus mit dem geschwungenen Vorbau, der an den Bug eines Schiffes erinnerte.

Mr Miller öffnete die Tür und sprang aus dem Wagen.

»Du wirst erwartet«, sagte er zu Adam.

»Hier?« Adam sah zu den schwer bewaffneten Soldaten, die den Eingang des Gebäudes sicherten.

Virginia Zimunga war nach ihm ausgestiegen und schob ihn sanft vorwärts. »Wir müssen Bericht erstatten.«

»Was ist mit den anderen?«

»Zunächst will man nur mit dir sprechen«, erwiderte die Zauberin.

Mr Miller zeigte den Wachen seinen Ausweis, und sie wurden zu einem der Aufzüge begleitet. Die Kabine stoppte in der siebten Etage.

Ein weicher Teppichboden verschluckte die Geräusche ihrer Schritte. An den Wänden hingen Gemälde und vergrößerte Fotografien, die Szenen aus der Geschichte Südafrikas zeigten. Es herrschte eine so absolute Stille, dass sich Adam fragte, ob in dieser Etage überhaupt jemand arbeitete. Der Ort schien völlig isoliert von der lärmenden Stadt zu sein.

Virginia Zimunga deutete auf eine Sitzecke mit bequemen Polstersesseln.

»Warte hier einen Moment. Wir holen dich gleich.«

Zusammen mit Mr Miller ging sie über den Flur zu einer Tür. Während alle anderen Türen mit dreistelligen Zahlen versehen waren, hatte man bei dieser auf eine Nummerierung verzichtet. Adam beobachtete, wie Miller seine Jacke glättete und den

Kragen penibel ordnete, ehe er mit Virginia Zimunga in das Zimmer trat.

Adam blickte durch eine riesige Fensterfront auf die Stadt hinab. Die Abenddämmerung zog auf. Trotz der Energiesparmaßnahmen glitzerte Kapstadts Zentrum wie ein Meer aus Diamanten. Aber dahinter, am Horizont, begann das Dunkel.

Ein Foto an der gegenüberliegenden Wand zeigte eine junge Schwarze, die sich mit erhobenen Händen einem gepanzerten Militärfahrzeug in den Weg stellte. Es musste aus der Zeit der Apartheid in Südafrika stammen, als sich die Weißen für die Herren des Landes hielten und jeden Protest gegen diese Ungerechtigkeit mit Gewalt niederschlugen.

Adam zuckte zusammen – hinter ihm hatte sich plötzlich die Tür wieder geöffnet.

Mr Miller winkte ihn mit einer ungeduldigen Handbewegung hinein.

Das Büro war geräumig und funktionell eingerichtet. Ein großer Schreibtisch, mehrere Sessel und einer der seltenen Computer aus südafrikanischer Produktion. Er wurde lediglich für Schreibarbeiten und Archivierungen genutzt. Datenübermittlung war seit dem Auftauchen des Supervirus Little Boy im Jahre 2017 unmöglich geworden, selbst innerhalb eines Gebäudes. Jeder Versuch scheiterte innerhalb kurzer Zeit.

Virginia Zimunga saß in einem der Sessel vor dem Schreibtisch. Sie forderte Adam auf, sich ebenfalls zu setzen. Mr Miller blieb in der Mitte des Raumes stehen. Es war Adam unangenehm, den Mann hinter sich zu wissen. In Millers Nähe fühlte er sich immer etwas unwohl.

Eine Seitentür öffnete sich. Eine Frau kam herein und setzte sich an den Schreibtisch. Adam erkannte sie sofort. Ihr Porträt hing in jeder Polizeidienststelle und auch in seinem Unterrichtsraum.

»Ich grüße dich, Adam van Dyke.« Innenministerin Masuku lächelte ihn an.

Sie sah fast genauso aus wie auf den Bildern. Nur vielleicht etwas abgespannter, fand Adam. Er wusste nicht, wie er die Innenministerin anzureden hatte, deshalb erhob er sich kurz und nahm ziemlich steif Haltung an.

»Wo du gerade schon stehst, richte deinen Blick doch bitte kurz auf die Wand hinter dir«, sagte Masuku freundlich.

Als Adam sich umdrehte, blickte er auf eine riesige Fotowand. Sie zeigte mindestens hundert Gesichter: allesamt von Kindern. Schwarze, Weiße, Asiaten. Die meisten von ihnen lachten, aber manche von ihnen wirkten bedrückt und traurig. Einige weinten sogar. Alle schienen Adam direkt anzusehen.

»Von meinem Platz aus habe ich sie ständig vor Augen«, erklärte die Ministerin. »Sie erinnern mich an meine wichtigste Aufgabe. Die Zukunft unserer Kinder zu sichern.«

»Du kannst dich wieder setzen«, flüsterte Virginia Zimunga Adam zu.

Masuku schüttete aus einer Karaffe Wasser in ein Glas und reichte es Adam über den Schreibtisch hinweg

Er spürte erst jetzt, wie durstig er war. Am liebsten hätte er es mit einem Zug ausgetrunken, aber er zwang sich zu kleinen Schlucken.

»Mrs Zimunga hat mich über die Geschehnisse in Harare informiert«, begann Masuku. »Sie hatte den Auftrag, dich und die anderen zu beschützen. Polizeichef Kobese wusste davon nichts. Er nahm an, er könnte euch unbemerkt nach Harare abschieben, damit ihr nie wieder von dort zurückkehrt.«

»Aber warum sollte er das tun?«, fragte Adam verwirrt.

»Wir vermuten, dass es in erster Linie um dich ging, Adam.«

»Weil du unversehrt aus dem Labyrinth von Gugulethu zurückgekehrt bist«, erklärte Virginia Zimunga. »Und wenig später hat dich der Attentäter im Waisenhaus verschont. Das ist sehr außergewöhnlich.«

»Ich verstehe das nicht.« Adam konnte keinen Zusammenhang zwischen all den Ereignissen erkennen. Außerdem war

Kobese für ihn immer ein Vorbild gewesen. Der Mann war eine lebende Legende!

»Kobese wurde höchstwahrscheinlich massiv unter Druck gesetzt«, sagte die Innenministerin. »Wie wir inzwischen vermuten, wurde sein einziger Sohn entführt, und nun ist auch er selbst verschwunden.«

»Wissen Sie, wer dahinterstecken könnte?«, fragte Adam.

»Leider nein«, gab die Innenministerin zu. »Aber wir glauben, dass hinter Kobeses Erpressung, dem Attentat im Waisenhaus und vielen anderen Verbrechen eine Gruppe steckt, die nur ein einziges Ziel verfolgt.« Masuku machte eine Pause und holte tief Luft. »Südafrika soll geschwächt, vielleicht sogar vernichtet werden. Unser Land ist einer der allerletzten Orte auf der Welt, wo die Menschen noch halbwegs in Sicherheit und Freiheit leben. Aber kommen wir zunächst auf dich zurück, Adam.« Sie nickte Virginia Zimunga zu.

»Wir fragen uns, warum du mehrmals verschont wurdest. Im U-Bahn-Tunnel in Harare konnte ich miterleben, wie diese Kreaturen vor dir zurückgewichen sind«, erklärte die Zauberin. »Wie gesagt, noch haben wir keine Erklärung für dieses Phänomen. Aber auch unsere Gegner wissen davon. Wohl deshalb bekam Kobese von ihnen den Auftrag, dich nach Harare zu schicken. Und weil sie ganz sicher sein wollten, gab es zusätzlich einen Attentäter an Bord der Kwa Zulu.«

Als Adam das Glas auf dem Schreibtisch abstellte, zitterte seine Hand. An Masukus Blick konnte er erkennen, dass sie es bemerkt hatte.

»Sie glauben, dass der Bombenleger und diese Dinger in Gugulethu und Harare irgendwie zusammengehören?« Seine Stimme klang ungewohnt hell und aufgeregt. Er räusperte sich.

Mr Miller trat vor und stellte sich direkt neben ihn. »Unsere Sondereinsatzgruppe beschäftigt sich damit«, sagte er, scheinbar ohne Adam zu beachten. »Die Kreatur, die Adam in Gugulethu begegnete, ist bekanntermaßen nicht die einzige ihrer Art hier. Immer mehr tauchen in Südafrika auf, und wie wir jetzt wissen, sind sie in Harare dabei, die Stadt zu übernehmen. Wir haben versucht, sie in Gugulethu ausfindig zu machen. Ohne Erfolg.«

Adam schwirrte der Kopf. In wenigen Tagen hatte sich alles verändert. Nichts war mehr so, wie er es kannte. Er öffnete den Mund und fand doch keine Worte.

Masuku betrachtete ihn mitleidig und sagte, an Virgnia Zimunga und Mr Miller gewandt: »Ich würde mich gern einen Augenblick allein mit ihm unterhalten.«

»Selbstverständlich.« Virginia Zimunga erhob sich und verließ mit Mr Miller das Büro.

»Ich habe mir deine Akte von der Polizeischule kommen lassen.« Die Innenministerin sah Adam aufmerksam an. »Die Bewertungen deiner Ausbilder sind hervorragend. Zudem hast du in der letzten Zeit außerordentlichen Mut bewiesen. Mr Miller und Virginia Zimunga sind davon überzeugt, dass du über eine besondere Fähigkeit verfügst. Ich weiß, dass es alles sehr viel für dich ist, und dennoch muss ich dir eine wichtige Frage stellen.«

Adam gab sich äußerlich möglichst unbewegt, aber seine innere Anspannung steigerte sich von Minute zu Minute.

»Bist du bereit, für mich zu arbeiten?«, fragte die Innenministerin, hob jedoch die Hand, bevor Adam antworten konnte. »Einen Moment noch. Es handelt sich um die Sondereinsatzgruppe, von der Mr Miller sprach. Sie versucht, alles über jene herauszufinden, die unser Land bedrohen. Und ganz egal, ob es sich dabei um Menschen handelt oder nicht – es ist gefährlich. Sehr gefährlich. Ich frage dich, weil wir mit dem Rücken zur Wand stehen. Es ist eine Invasion. Das Schlimmste ist, dass wir bisher fast nichts wissen.«

Adam sah, wie sich die Augen der Ministerin mit Tränen füllten. »So viele sind schon verschwunden.« Masuku wischte sich mit der Hand übers Gesicht. »Entschuldigung. Es ist sicher nicht sehr ermutigend, deine Innenministerin so zu erleben.«

Sie räusperte sich und schwieg. Offensichtlich wollte sie Adam die Möglichkeit geben, sich das Ganze erst einmal durch den Kopf gehen zu lassen, doch Adam brauchte keine Bedenkzeit.

»Ja«, sagte er. »Ich möchte Ihnen helfen.«

Die Ministerin erhob sich, kam um den Schreibtisch herum und reichte Adam die Hand. Ihr Händedruck war fest und ermutigend. »Danke! Ich lasse dich jetzt zu deiner Tante bringen. Morgen früh wird dich jemand abholen. Falls du es dir bis dahin doch noch anders überlegt hast, wird er dich zur Polizeischule fahren. Wenn nicht, beginnt für dich ein neues Leben. Du wirst es niemandem gegenüber begründen müssen. Wenn du meinem Mitarbeiter morgen in Uniform die Tür öffnest, weiß er, dass du zur Schule möchtest. Zivile Kleidung bedeutet: Du bist im Team.«

»Darf ich etwas fragen?«

»Sicher, Adam.«

»Ich nehme an, dass Mr Quinton auch zum Team gehört. Er hat mich mit Mr Miller im Krankenhaus besucht.«

»Quinton?« Jetzt lächelte Masuku wieder, als hätte allein der Name des Medizinmanns ihre Stimmung aufgehellt. »Ja, er gehört natürlich dazu.«

»Werde ich ihn wiedersehen?«

»Bestimmt«, antwortete die Ministerin. »Eine seiner Aufgaben ist es, junge Mitstreiter mit besonderen Begabungen für unsere Arbeit ausfindig zu machen.« Masuku schien einen Moment nachzudenken. »Seiner Meinung nach ist es kein Zufall, wenn ausgerechnet in dieser schlimmen Zeit vor allem junge Menschen diese Begabungen entwickeln. Quinton ist von der Existenz des Guten überzeugt. Und diese Kraft schafft gerade ein Gegengewicht zu dem Bösen, das dabei ist, die Welt zu überfluten.«

Kapitel 7

Team Q

Mr Miller lieferte ihn persönlich zu Hause ab und gab Adam in seiner militärisch-ruppigen Art zu verstehen, dass er auch gegenüber seiner Tante über die Vorkommnisse absolutes Stillschweigen zu bewahren hätte.

Tante Vanessa war überrascht und erfreut, Adam nach so kurzer Zeit schon wiederzusehen. Er begründete seine Rückkehr wahrheitsgetreu mit der katastrophalen Lage in Harare, denn er wollte ihr so wenig Lügen wie möglich auftischen.

»Ich bin zukünftig für eine besondere Ausbildung vorgesehen«, sagte er dann. Als seine Tante ihn fragend ansah, sah er sich gezwungen, nun doch zu schwindeln, und fügte hinzu: »Also, ähm, es handelt sich dabei eher um Ermittlungsarbeit für das Innenministerium, mehr nicht.«

Prompt hellte sich das Gesicht seiner Tante auf.

»Dann musst du nicht zur Streife auf die Straße«, sagte sie erfreut. »Das ist sehr gut, Junge. Und diese Masuku ist eine sehr fähige Politikerin.«

Adam lag in der Nacht lange wach, und immer, wenn er an die widerlichen Kreaturen in Gugulethu und Harare dachte, geriet seine Entscheidung ins Wanken. Letztlich war es Quinton, der ihn bei seiner Zusage bleiben ließ. Obwohl er den Medizinmann bisher nur zweimal gesehen hatte, vertraute er ihm.

***

Am nächsten Morgen klingelte ein korpulenter Mann an der Haustür. Er gab vor, ein Mitarbeiter des Innenministeriums zu sein, und stellte sich als Henri Dannerup vor. Dannerup schwitzte stark und sein teigiges Gesicht war so blass, dass sich Adam unwillkürlich fragte, ob der Mann krank sei.

Adam zögerte kurz, aber dann traute er sich doch, Henri Dannerup nach dem Dienstausweis zu fragen.

»Gut gemacht!« Der Mann zückte den Ausweis und hielt ihn Adam unter die Nase. »Ich wäre enttäuscht gewesen, wenn du einfach so mitgekommen wärst.« Er musterte Adams legere Kleidung. »Keine Uniform! Dann ist ja alles klar, Adam van Dyke!«

Sie stiegen in einen uralten Toyota, der erst nach dem vierten Versuch ansprang und auch dann ziemlich unrund lief.

»Im nächsten Monat wird mein neuer Mercedes geliefert«, sagte der Mann und umklammerte das heftig vibrierende Lenkrad.

»Mercedes?«, fragte Adam. »Werden die wieder gebaut?«

Der dicke Mann zwinkerte ihm zu. Er hatte einen Scherz gemacht, und Adam war tatsächlich darauf reingefallen. In Südafrika wurden schon längst keine Autos mehr hergestellt. Die Fabriken waren seit Jahren geschlossen, weswegen man versuchte, die alten Fahrzeuge so lange wie möglich fahrbereit zu halten. Der Toyota setzte sich ruckelnd in Bewegung. Ab Tempo dreißig drang von der Vorderachse ein mahlendes Geräusch in den Innenraum.

»Mach mal das Handschuhfach auf«, sagte der Mann.

Adam starrte auf ein halbes Dutzend flacher blauer Verpackungen mit der Aufschrift *Dairy Milk*.

»Ist das etwa …?« Adam wagte es nicht, die Frage zu beenden.

Dannerup kicherte. Sein mächtiges Kinn hüpfte dabei auf und ab. »Ist es!«, bestätigte er. »Greif nur zu.«

Adam nahm einen der Riegel in die Hand, schaute noch einmal ungläubig zu Dannerup, und als der ihm aufmunternd zunickte, riss er die Verpackung auf.

Schokolade! Vollmilch! Er konnte sich kaum noch an den Geschmack erinnern.

Er faltete die Alufolie behutsam auseinander und starrte die Kostbarkeit mit großen Augen an. An einigen Stellen wies sie einen weißlichen Belag auf.

»Das ist nicht weiter schlimm«, erklärte Dannerup. »Sie ist nun mal schon etwas älter.«

Schokoriegel und Autos hatten eine Gemeinsamkeit: Beides gab es nicht mehr zu kaufen.

Adam biss ein winziges Stück ab und ließ es auf der Zunge schmelzen. »Oh!«, machte er verzückt.

»Ja, das ist gut«, stimmte ihm der Mann zu. »Steck dir noch zwei ein. Sozusagen als Begrüßungsgeschenk beim Team Q.«

»Team Q?«, fragte Adam zurück, während seine Geschmacksnerven ihn mit Glücksgefühlen überschwemmten.

»So nennen wir intern das Sondereinsatzkommando, zu dem du von nun an gehörst. Q wie Quinton.«

»Sie meinen den Medizinmann?«

»Ja, er ist der Boss vom Ganzen.«

Adam entspannte sich. Wenn Quinton nicht nur ein Mitglied der Gruppe war, sondern ihr Leiter, war seine Entscheidung richtig gewesen. Er stopfte sich zwei Dairy Milk in die Jacke. »Ich dachte, Mr Miller wäre der Leiter.« Eigentlich hatte er das nicht nur vermutet, sondern auch befürchtet.

»Der doch nicht«, grinste Henri Dannerup und hupte einen Hund von der Fahrbahn.

Der dicke Mann wurde Adam immer sympathischer. »Und Sie arbeiten auch für das Team Q?«

»Nicht direkt. Ich bin ein Berater der Innenministerin.«

»Aha«, machte Adam und biss ein sehr großes Stück von dem Schokoriegel ab.

* * *

Henri Dannerup parkte den verrosteten Wagen vor einem Hintereingang des Innenministeriums. Adam schaute an dem riesigen Gebäude hoch. Ein Transparent – mindestens zehn mal zehn Meter – hing an der Außenwand. Darauf blickten eine hellhäutige Großmutter und ein kleiner schwarzer Junge voller Begeisterung in ein aufgeschlagenes Buch.

LIES EIN BUCH! WISSEN IST ZUKUNFT!, wurde unter dem Bild in roten Lettern verkündet.

Dannerup schüttelte den Kopf. »Bücher allein werden uns nicht retten«, murmelte er.

Der Hintereingang wurde von drei Soldaten bewacht. Ohne zu zögern öffneten sie die Tür für Dannerup und seinen jungen Begleiter. Adam entdeckte im Glas der Eingangstür mehrere Einschusslöcher. Die Kugeln hatten sich allerdings kaum mehr als einen Zentimeter hineinbohren können.

»Ein Anschlag vor ein paar Tagen«, erläuterte Dannerup und klopfte mit dem Fingerknöchel gegen die Scheibe. »Panzerglas. Da brauchen diese Anfänger schon ein größeres Kaliber.«

In diesem Teil des Innenministeriums herrschte ein geschäftiges Treiben. Angestellte eilten durch die Gänge. Manche riefen sich im Vorbeigehen einen kurzen Gruß zu. Für mehr hatten sie offenbar keine Zeit.

Henri Dannerup stemmte die Arme in seine speckigen Hüften. »Hier wird es jeden Tag schlimmer. Wusstest du, dass unser Land in erster Linie von diesem Gebäude aus regiert wird?«

»Was ist mit dem Präsidenten?«, fragte Adam und wäre beinahe von einem jungen Büroboten umgefahren worden, der mit einem Rollwagen voller Aktenordner den Flur entlang vorbeiraste.

Henri Dannerup schirmte seinen Mund mit der Hand ab. »Schwer krank« sagte er leise. »Die Ärzte rechnen täglich mit seinem Ableben. Bei uns laufen jetzt alle Fäden zusammen.«

»Was tuscheln Sie da?« Eine Frauenstimme ließ Dannerup zusammenzucken.

Er wandte sich um und entspannte sich augenblicklich. »Mrs Zimunga!«

Heute trug sie, wie Adam sofort registrierte, ein rotes Gewand wie an Bord der Kwa Zulu. Er fragte sich, ob die jeweilige Farbe ihrer Kleidung eine besondere Bedeutung hatte.

Die Zauberin ignorierte Dannerups ausgestreckte Hand, nickte ihm zur Begrüßung nur kurz zu und wandte sich sofort an Adam.

»Schön, dass du dich entschieden hast. Wenn du mir bitte gleich folgen möchtest.«

»Bis später!«, rief ihnen Henri Dannerup hinterher und winkte. Adam winkte zurück und fragte sich, an wen ihn der Mann erinnerte. Eine Sekunde später fiel es ihm ein. Es gab keinen Fernsehsender mehr in Südafrika, aber seine Tante hatte eine Sammlung von Filmen auf DVD und sogar noch auf Videobändern. Sie liebte vor allem uralte Komödien. Die Filme waren noch schwarz-weiß, und ihre Lieblingsschauspieler waren Stan Laurel und Oliver Hardy. Henri Dannerup hatte eindeutig eine gewisse Ähnlichkeit mit Oliver Hardy.

»Das Mädchen aus Harare befindet sich hier«, sagte Virginia Zimunga.

»Wie geht es ihr?«

Vor der Zauberin glitt eine Fahrstuhltür zur Seite.

»Du wirst sie gleich sehen.« Sie steckte einen Schlüssel in ein Schloss unterhalb der Etagenknöpfe. Die Tür schloss sich, und Adam spürte, wie die Kabine in die Tiefe glitt.

»Im Gebäude existiert eine unterirdische Klinik.«

Als sich die Tür im nächsten Moment öffnete, wurden sie schon erwartet. Ein Arzt in einem weißen Kittel begrüßte sie.

»Das ist Dr. Vajpayee.«

Der Mediziner führte sie in einen Raum mit fünf Krankenbetten. Nur eines davon war belegt. Eine Krankenschwester beugte sich über das kleine Mädchen. Die bewusstlose Patientin war an zahllose medizinische Geräte angeschlossen.

»Sie befindet sich in einer Art Koma«, erläuterte Dr. Vajpayee. »Wir ernähren sie künstlich. In ihrem Blut fanden wir Spuren einer unbekannten giftigen Substanz. Sie muss für den Zustand des Mädchens verantwortlich sein. Bisher ist uns eine hundertprozentige Analyse nicht gelungen.«

»Ich glaube, dass die Substanz von den Spinnen stammt«, sagte Virginia Zimunga.

»Das ist in der Tat sehr wahrscheinlich«, stimmte ihr der Arzt zu. »Die Untersuchungen weisen in diese Richtung. Es gibt eine Bisswunde am linken Unterschenkel des Mädchens. Nach Meinung der hinzugezogenen Experten handelt es sich dabei eindeutig um einen Spinnenbiss.«

»Meine Theorie ist, dass die leuchtenden Spinnen und diese großen Kreaturen zusammenarbeiten, also in einer Art Symbiose leben«, fuhr die Zauberin fort. »Die Spinnen betäuben die Menschen und führen dann die großen Viecher zu den Opfern. Vielleicht treffen sie sogar eine Art Vorauswahl. Die Parasiten bringen die Menschen dann in ein Versteck. Von ihrer Größe und Kraft her sind sie dazu sicher in der Lage.«

»Und dann?« Adam betrachtete mit wachsendem Grauen das Mädchen. Ihr linkes Augenlid zuckte. »Meinen Sie, dass die Menschen ... gefressen werden?«

»Es ist noch viel schlimmer«, stellte Virginia Zimunga fest. »Die Menschen werden zu Wirtskörpern.«

»Was heißt das?«, fragte Adam entsetzt.

»Die Brut der Parasiten wächst im menschlichen Körper heran. Wenn sie schlüpfen, stirbt der Wirt.«

»Mein Gott!«, ächzte Adam und starrte das bewusstlose Mädchen an.

»Sie hat Glück gehabt. Sie ist noch nicht von den Parasiten befallen. In dem U-Bahn-Schacht konnte ich genau fühlen, welche Menschen die Brut noch nicht in sich trugen.«

»Deshalb sagten Sie zu mir, dass sie die Richtige sei.« Adam trat ganz nah an das Krankenbett. Er verspürte den Drang, das Mädchen zu berühren. Vielleicht würde sie es doch spüren können. Vielleicht wäre es ein winziger Trost in ihrer Dunkelheit. »Können Sie ihr helfen, Doktor? Ich meine ...«

Adam schüttelte sich. »In ihr steckt doch kein ... Parasit.«

Dr. Vajpayee seufzte. »Bisher sind sämtliche Versuche, die Kleine aus dem Koma zu holen, gescheitert. Es wäre überaus nützlich, wenn wir zumindest eine der Spinnen zur Untersuchung dahätten.«

Nkala ist es gelungen, eine Spinne zu fangen, dachte Adam und versuchte zugleich, nicht daran zu denken, wie der Polizist sich den Angreifern entgegengestellt hatte und von ihnen regelrecht überflutet wurde. Nkala war weit weg und mit großer Wahrscheinlichkeit tot.

»Es gibt vereinzelt Zeugen, die in der Nacht violett glühende Punkte gesehen haben wollen«, sagte Virginia Zimunga. »An Orten, an denen Menschen verschwanden. Du hattest also recht, Adam. Diese Spinnen gibt es auch hier. Von den Entführten fehlt bis auf wenige Ausnahmen jegliche Spur. Allerdings dürfen wir auch nicht zu viele Personen über die Ausmaße der Gefahr informieren. Eine Massenpanik wäre die Folge. Südafrika ist schon instabil genug.«

»Aber woher stammen diese Biester überhaupt?«, fragte Adam ratlos. »Das ist in der Tat die entscheidende Frage«, erwiderte Virginia Zimunga. »Genau hier müssen wir ansetzen. Wir glauben nämlich, dass sie von außerhalb in unser Land geschleust werden. Und ich sage bewusst ›geschleust‹. Wir sollten nicht den Attentäter im Waisenhaus vergessen. Es ist davon auszugehen, dass auch er damit zu tun hatte. Wir wissen nur noch nichts über die genauen Zusammenhänge. Wo beispielsweise können die Feinde einsickern? Adam, du hast ja die befestigte Grenze im Norden gesehen. Sie riegelt Südafrika vom Rest des Kontinents ab, und die Kontrollen sind äußerst streng. Personen werden nur noch in Einzelfällen durchgelassen, der Luftverkehr nach Simbabwe und auch nach Namibia ist mittlerweile eingestellt. Das heißt, wir müssen an einen Ort, der noch durchlässig ist. Und zwar so schnell wie möglich.«

* * *

Das Luftschiff der südafrikanischen Armee folgte dem Verlauf der Küste. Die Wogen des Atlantiks brachen sich schäumend am Ufer. Weiter draußen türmten sich pechschwarze Wolken auf. Wie eine Mauer aus zähem Teer, die das Festland abzuriegeln drohte. Kein Schiff konnte es wagen, auf ein Meer hinauszufahren, das von plötzlich heranrollenden haushohen Wellen und unberechenbaren Stürmen durchpflügt wurde. Das Luftschiff flog zum nordwestlichsten Punkt des Landes, und zwar in die Nähe der Stadt Alexanderbaai. An der Grenze zu Namibia war dort das größte Flüchtlingslager Südafrikas entstanden.

Sie waren zu dritt: Adam, Virginia Zimunga und Shawi. Vor Ort sollten sie vom Sicherheitspersonal unterstützt werden.

Adam war sehr überrascht, Shawi an Bord anzutreffen. Delani oder sogar die scheue Nia wären ihm zwar deutlich lieber gewesen, trotzdem freute er sich, wenigstens ein vertrautes Gesicht um sich zu haben.

Virginia Zimunga erklärte, Shawi wäre auf Quintons ausdrücklichem Wunsch aufgenommen worden.

»Es ist klar, dass an deinen Fähigkeiten noch gearbeitet werden muss«, sagte die Zauberin und lächelte Shawi an. »Aber das muss warten oder in der Praxis geschehen. Uns läuft die Zeit davon.«

»Willkommen im Team Q!« Adam streckte die Hand aus. Shawi musterte ihn ein, zwei Sekunden mit gewohnter Kühle.

Endlich schlug sie ein, murmelte sogar ein »Danke« und fragte dann: »Wieso Team Q?«

»Das ist der inoffizielle Name für die Einsatzgruppe«, erwiderte Virginia Zimunga. »Q steht für Quinton, unseren Chef.« Sie wandte sich an Adam. »Shawi ist übrigens auf dem gleichen Informationsstand wie du.«

»Und ich habe mir auch schon einige Gedanken gemacht.« Adam mochte den hochnäsigen Unterton in Shawis Stimme nicht, war aber insgeheim dennoch gespannt, was sie zu erzählen hatte. »Vielleicht werden unsere Grenzsoldaten bestochen oder unter Druck gesetzt und lassen die Angreifer deshalb ins Land. So wie Kobese.«

»Das wird bereits überprüft«, erwiderte Virginia Zimunga. »Wir müssen uns auf jeden Fall um die Flüchtlinge kümmern. Sie kommen mit Booten und Schiffen. Unsere Küstenwache kann sie leicht abfangen. Anschließend werden sie dann ins Lager gebracht.«

»Was ist mit der Ostküste?«, fragte Adam nach.

»Im Osten schafft es kaum ein Schiff, an Land zu gehen. Die Gewässer vor Mosambik sind zu gefährlich. Wer nicht in den Strömungen umkommt, wird von den Piraten gekapert.«

Virginia Zimunga öffnete den kleinen Koffer, der neben ihr stand. Sie reichte Adam und Shawi zwei in Folie geschweißte Ausweise. »Die Zeit der Uniformen ist für euch vorbei.«

Spezialeinheit des Innenministeriums, las Adam über seinem Foto.

»Und hier sind eure Dienstwaffen. Verbergt die aber unter den Jacken.«

Kapitel 8

Delanis Entdeckung

Auch für Delani hatte es eine Veränderung gegeben. Der Unterricht an der Polizeischule fiel bis auf Weiteres aus. Die Schüler wurden vorübergehend mit erfahrenen Beamten für verschiedene Aufgaben eingesetzt.

Delani fand, dass er dabei das große Los gezogen hatte. Gemeinsam mit der nach seiner Meinung überaus netten und gut aussehenden Polizistin Rossina musste er das U-Boot der brasilianischen Delegation im Hafen von Kapstadt überwachen.

Ein ruhiger Posten, wie er festgestellt hatte.

Vom Dach eines Lagerhauses waren zwei Überwachungskameras und ein Wärmedetektor auf den Leib des schwarzen Ungetüms gerichtet. Außer Rossina und ihm gab es noch zwei weitere Kamerateams.

Delani war sich nicht ganz sicher, ob die Beobachtung allein der Sicherheit der Gäste aus Übersee diente oder ob ihnen die südafrikanische Regierung nicht traute.

Die Polizistin griff nach Stift und Schreibblock. »Ich notiere: 12 Uhr, weiterhin keinerlei Aktivität festzustellen.«

Delani gähnte. Das Herumsitzen machte ihn schläfrig. »Vielleicht liegen die Brasilianer noch in den Kojen.« Einer der beiden Monitore vor ihm zeigte nur noch grauweiße Streifen. »Monitor zwei hat schon wieder einen Aussetzer.« Delani verpasste ihm einen Schlag mit der flachen Hand. Das Bild erschien wieder auf dem Bildschirm. »Na, geht doch!«

Delanis Augen brannten. Trotzdem starrte er weiterhin abwechselnd auf einen der beiden Monitore. Der linke zeigte das Deck des U-Boots, der rechte die unmittelbare Umgebung. Delani fragte sich, ob die Besatzung nicht längst über die Bewacher in den umliegenden Gebäuden informiert war.

Das U-Boot strahlte Macht und technologische Überlegenheit aus, fand Delani. Er fragte sich, wie das Leben in Südamerika war. Ging es den Leuten dort besser? Gerüchten zufolge gab es dort sogar wieder Fernsehempfang.

Der linke Bildschirm hatte erneut eine Störung. Für Sekunden war das Bild noch unschärfer, als es ohnehin schon war.

»Was ist denn schon wieder los?«, ereiferte sich Delani. »Die haben ein hochmodernes U-Boot, und wir hocken hier mit antiken Monitoren und Videorekordern.«

Er stutzte. Auf dem linken Bildschirm war ein Schatten zu erkennen, der sich, kaum mehr als ein Flimmern in der Luft, über das Deck bewegte.

Die Polizistin runzelte die Stirn. »Ich versuche es mal mit dem Wärmedetektor.«

Delani ließ die Erscheinung nicht aus den Augen. »Dieses … Etwas bewegt sich weiter … Okay, es ist an Land, die zweite Kamera hat es erfasst. Wenn es eine Störung wäre, müssten beide Kameras spinnen. Funktioniert der Wärmedetektor?«

»Jetzt tut er es.«

Delani und die Polizistin starrten fasziniert auf den Monitor des Wärmedetektors. Inmitten einer Welt, die aus Orange- und Gelbtönen bestand, bewegte sich ein blaugrüner Schatten.

»Das ist unmöglich«, staunte Rossina. »Die Lufttemperatur beträgt vierundzwanzig Grad, aber dieses Ding ist deutlich kälter. Es kann kein Mensch sein.«

»Aber es hat die Umrisse eines Menschen«, stellte Delani fest.

Er richtete sich vorsichtig auf und blickte über die Mauerbrüstung zum U-Boot hinüber. Die Gestalt war mit bloßem Auge nicht zu erkennen. Delani konzentrierte sich auf die Stelle, an der er den Unsichtbaren vermutete.

»Was zeigt der Monitor? Wo ist er jetzt?«

»Ungefähr zwanzig Meter links vom Boot entfernt.«

Delani kniff die Augen zusammen. Und dann ... konnte er die Gestalt wahrnehmen. Nicht nur als Schemen, sondern klar und deutlich.

»Ich, ich sehe ihn. Vielleicht muss man einfach nur wissen, wo genau er sich befindet. Das ist verrückt!«

»Aber wer oder was ist es?«, fragte Rossina und beugte sich jetzt auch über die Mauerbrüstung. Sie folgte mit den Augen Delanis ausgestrecktem Arm.

»Ja, da ist er.« Der Polizistin stockte der Atem. »Könnte ein Mann sein. Ein sehr großer Mann.«

Delani griff nach seiner Waffe. »Wir müssen ihn verfolgen.«

»Nein«, widersprach die Polizistin. »Wir müssen Meldung erstatten.«

»Dann gehe ich allein.«

Rossina wollte protestieren, doch Delani rannte bereits über das Dach zur Treppe.

* * *

»Mist!«, fluchte Delani.

Er stand vor dem Lagerhaus und sah sich hektisch um. Vermutlich hatte er keine Chance, den Fremden ausfindig zu machen. Zumindest wenn er mit seiner Vermutung recht hatte und die Gestalt nur wahrnehmbar war, wenn man schon wusste, wo sie sich befand. Wenigsten hatte Delani noch gesehen, wie sich die graue Gestalt entlang der Uferstraße bewegte. Der direkte Zugang zum U-Boot wurde von südafrikanischen Soldaten abgeriegelt. Sie hockten gelangweilt in ihren Fahrzeugen. Für Delani war es offensichtlich, dass sie nichts bemerkt hatten.

Als er an ihnen vorbeihetzte, machte einer der Soldaten eine spöttische Bemerkung.

Hinter der Absperrung hatten sich ein paar Schaulustige versammelt, angezogen vom ungewohnten Anblick des U-Boots.

Ein weißer Mann mit einem Strohhut hielt einen Hund an der Leine. Eine große Dogge, wie Delani verwundert feststellte. Kaum jemand hielt sich noch ein Haustier. Erst recht nicht von dieser Größe.

Der gerade noch vor sich hin dösende Hund wurde plötzlich wild. Er kläffte, richtete sich auf die Hinterpfoten auf und zerrte dann so heftig an der Leine, dass sein Besitzer ihn nicht mehr halten konnte. Die pechschwarze Dogge rannte los. Das Kläffen war einem bedrohlichen Knurren gewichen. Delani konnte es trotz der Entfernung hören. Nach etwa zehn Metern schien der Hund gegen ein unsichtbares Hindernis zu prallen. Er jaulte kurz auf, wirbelte um die eigene Achse und blieb mit gebrochenem Genick auf dem Asphalt liegen.

»Wotan!«, schrie der Besitzer entsetzt auf.

Delani mischte sich unter die Schaulustigen, um Deckung zu suchen. Er fixierte die Umgebung des toten Hundes, konzentrierte sich, und da war er wieder: der große Mann im grauen Mantel. Ungerührt entfernte er sich von der Dogge, deren Angriff er offensichtlich mit Leichtigkeit gestoppt hatte.

Delani konnte beobachten, wie der Fremde in der Ferne verschwand und dabei immer konturloser wurde.

»Polizei!«, kreischte der Mann mit dem Strohhut und zerrte an Delanis Uniformjacke.

»Wir werden uns darum kümmern«, versprach Delani.

Der Mann wollte ihn zu dem toten Hund bringen, aber Delani wehrte ihn ab. Er war nur einen winzigen Moment abgelenkt gewesen, aber das reichte, um den Fremden vollständig aus den Augen zu verlieren. Jetzt blieb ihm nichts anderes übrig, als sofort Meldung zu erstatten. Vielleicht war das auch besser, dachte er sich. Schließlich hatte er gesehen, was der Kerl mit der Riesendogge angestellt hatte.

Eines war jedenfalls klar: Der Fremde war von Bord des brasilianischen U-Boots gekommen.

Jetzt verstand er auch, warum alle Meldungen direkt an das Innenministerium und nicht an die Polizeizentrale weitergeleitet werden sollten.

Die Regierung traute den Besuchern aus Südamerika nicht. Und auch nicht mehr der eigenen Polizei.

Delani wünschte sich, Adam wäre bei ihm. Sein Freund hätte bestimmt mehr Durchblick. Aber der war ja für einige Zeit versetzt worden.

Kapitel 9

Das Flüchtlingslager

Die Frachtluken öffneten sich. Proviant, Munition und Ersatzteile wurden zu Boden gelassen und auf Lastwagen verladen. Adam, Shawi und Mrs Zimunga verließen das Luftschiff über eine schmale Leiter.

Das Landefeld war von hohen Sanddünen umgeben. Adam deutete auf die Lastwagen. »Soll ich fragen, ob die uns mitnehmen?«

»Nicht nötig. Es ist kein weiter Weg«, erwiderte die Zauberin. »Hört ihr das?«

Der Wind trug nicht nur das Geräusch des nahen Atlantiks zu ihnen. In das Rauschen der Brandung mischten sich unzählige Stimmen, Geschrei und sogar Fetzen von Musik.

Adam erklomm die Düne zu ihrer Linken. Virginia Zimunga und Shawi folgten ihm. Vom Kamm der Sanddüne konnten sie das von hohem Stacheldraht umzäunte Flüchtlingslager erblicken. Es breitete sich auf einem zwei Kilometer breiten Landstreifen zwischen dem Meer und den Ausläufern der künstlich angelegten Dünen um das Landefeld aus.

»Ich wusste nicht, dass es so viele sind«, rief Shawi, während sie gegen eine Windböe ankämpfte.

Im Norden dehnte sich das Lager bis zum mächtigen Grenzwall aus, der Südafrika vom Kontinent trennte: eine Fünfzehn-Meter-Barriere aus Beton. Nach Süden hin schien das

Lager kein Ende zu nehmen. Adam konnte Hunderte ... Tausende von Hütten und Zelten ausmachen. An einigen Stellen ragten sogar mehrstöckige Gebäude empor, deren Fassaden einen Flickenteppich aus Metallblechen und Brettern bildeten. Ein Haus war fast vollständig aus Ölfässern erbaut worden, während direkt dahinter das in der Mitte auseinandergebrochene Wrack eines Passagierflugzeugs einer Reihe von Flüchtlingen als Unterschlupf diente. *British Airways*, konnte Adam am Rumpf entziffern. Die Pilotenkanzel fehlte ganz. Dutzende Schiffe, vom Fischtrawler bis zum Frachter, waren am sandigen Ufer gestrandet. Das größte, ein Tanker, hatte eine bedrohliche Schieflage. Teile der Außenhülle fehlten. Vermutlich hatte man das Material für Häuser und Hütten verwendet. Die rostigen Spanten ließen den Tanker wie das Skelett eines verendeten Meeresungeheuers aussehen.

Virginia Zimunga deutete auf eine Reihe flacher Gebäude diesseits des Zauns. Auf einem Dach wehte eine zerfetzte südafrikanische Flagge in der Meeresbrise.

»Da ist das Büro des Lagerkommandanten.«

* * *

Lagerkommandant Major Feza empfing sie in seinem Büro. Feza war ein großer, schlanker Mann Ende vierzig, der, wie Adam feststellte, großen Wert auf sein Äußeres legte. Manikürte Fingernägel, absolut knitterfreie Uniform. Geschmückt mit militärischen Auszeichnungen. Er überflog das Schreiben der Innenministerin und reichte es dann an Mrs Zimunga zurück.

»Sie wollen also in das Lager. In diesem Papier steht aber kein Wort darüber, was Sie dort wollen.«

»Die Innenministerin möchte einen aktuellen Bericht über die Zustände im Lager«, erwiderte Virginia Zimunga.

»So, so, die Innenministerin.« Feza tat so, als würde er ein paar Krümel von seiner absolut sauberen Uniform wischen. »Hat Masuku etwa Zweifel an meiner Kompetenz?«

Die Zauberin fixierte den Kommandanten mit einem schmalen Lächeln auf den Lippen. »Nein.«

Feza wurde unter Zimungas Blick sichtlich nervöser. Er wandte sich ab und sah aus dem Fenster. »Sie müssen wissen, dass wir unser Bestes tun, um die Leute zu versorgen. Es ist ihnen erlaubt, in unmittelbarer Nähe des Ufers zu fischen. Sie dürfen sogar Gemüse anbauen und Viehzucht betreiben. Außerdem stabilisiert sich die Lage. Es kommen immer weniger Flüchtlinge.«

»Woran liegt das?«, fragten Adam und Shawi im gleichen Moment.

Der Kommandant musterte die beiden mit einer Mischung aus Verachtung und Erstaunen. Adam konnte sich denken, was der Mann in diesem Moment dachte: Was wollen eigentlich diese halben Kinder hier?

Als Feza sich zu einer Antwort herabließ, wandte er sich ausschließlich an Virginia Zimunga. »Das Versiegen des Flüchtlingsstroms kann verschiedene Gründe haben. Es heißt, dass sich in Teilen Nordafrikas die Situation langsam verbessert. In der Sahara fällt Regen. Wussten Sie das? Andererseits steht ein Großteil der nigerianischen Küste in Flammen. Seit Monaten. Das Öl, die Bohrinseln, Sie verstehen. Da kommt kaum noch einer durch. Das Meer, sagen die wenigen, die es dennoch geschafft haben, sei dort ein zäher, giftiger Brei. Auf dem Landweg wimmelt es nur so von Sklavenhändlern.« Feza klatschte in die Hände und grinste. »Für uns wird so natürlich vieles leichter.«

Virginia Zimunga verzog bei der letzten Bemerkung das Gesicht. »Wir würden gern sofort mit unseren Untersuchungen beginnen, Major Feza.«

Der Kommandant breitete die Arme aus. »Nur zu. Allerdings kann ich Ihnen keinen meiner Leute zur Unterstützung mitgeben. Das ist absolut unmöglich. Es würde die Sicherheitslage gefährden, da wir permanent unterbesetzt sind. Das verstehen Sie bestimmt, oder?«

»Aber es gibt doch bestimmt Wächter im Lager?«, fragte Virginia Zimunga.

»Die Flüchtlinge sind autonom. Wir kümmern uns um die Versorgung und passen auf, dass alle drinbleiben. Sie und Ihre ... äh ... Begleiter sind auf sich allein angewiesen.«

Adam erwartete, dass die Zauberin lautstark protestierte, aber sie verzog keine Miene. »Wir werden das schon schaffen, Major. Vielen Dank für Ihr zuvorkommendes Verhalten.«

* * *

Das stählerne Eingangstor wurde von zwei Wachtürmen flankiert. Der Kommandant gab ein Zeichen, und das Tor öffnete sich.

»Viel Glück!«, rief Feza.

Virginia Zimunga, Adam und Shawi betraten das Flüchtlingslager. Zahlreiche Insassen starrten ihnen entgegen, und Adam erkannte, dass sich viele Weiße unter ihnen befanden.

»Was meint ihr?«, fragte die Zauberin. »Wo sollen wir anfangen?«

»Wenn sich dieses Lager tatsächlich selbst verwaltet, wird es hier eine Reihe von Leuten geben, die das Sagen haben. Und die wohnen garantiert nicht in einer Bude aus Pappe«, erwiderte Shawi. Sie deutete auf die mehrstöckigen Bauten inmitten der notdürftigen Behausungen.

»Gut! Sehen wir uns das mal an«, sagte Virginia Zimunga.

Sie hielten sich auf der Mitte der Gasse, beobachtet von Hunderten von Augenpaaren. Adam fühlte sich an die Situation in Gugulethu erinnert.

Zwei grimmige Frauen bewachten ein halbes Dutzend Schweine hinter einem hölzernen Gatter. Ein muskulöser

Bursche mit zerschlagener Nase drohte ihnen mit der geballten Faust und brüllte etwas in einer Sprache, die Adam nicht einmal im Ansatz verstand. Sie schien nur aus Knack- und Schnalzlauten zu bestehen. Er versuchte, sich an das zu halten, was ihm Sergeant Lakota beigebracht hatte: *Locker bleiben, nicht zu langsam und nicht zu hektisch bewegen, dein Gesicht darf weder Unsicherheit noch Widerwillen zeigen.*

Sie kamen an einer Reihe ehemaliger Armeezelte vorbei. Ihre olivgrüne Farbe war in der Sonne verblichen. Kleine Kinder hockten davor und spielten mit alten Blechbüchsen.

Ein Junge, höchstens zehn Jahre alt und in zerrissenen Shorts, rannte aus einer Seitengasse herbei. »Hey! Sagen Sie mir, was Sie wollen! Ich kann alles besorgen. Schnaps, Medikamente, sogar Konserven aus Europa.«

»Hau ab!«, fuhr Shawi ihn an.

»Moment! Denk an deine Worte, Shawi«, mischte sich Adam ein und wandte sich an den Jungen. »Gibt es einen, der hier das Sagen hat?«

Der Junge starrte Adam von oben bis unten an. »Hey, du hast ja eine Knarre!«

Der Griff der Dienstwaffe ragte aus der Innentasche von Adams Jacke. Shawi rollte mit den Augen.

»Ihr marschiert hier rein, tragt saubere Klamotten und seid bewaffnet«, gab der Junge vorlaut kund. »Ihr seid von der Polizei oder so.«

»Wie heißt du?«, fragte Virginia Zimunga.

»Paco. Ich bin in Spanien geboren, aber ich kann mich an meine Heimat kaum noch erinnern. Dafür kenne ich mich im Lager umso besser aus. Ich bin schon seit über fünf Jahren hier.« Er stellte sich auf die Zehenspitzen. »Was bietet ihr für meine Hilfe?«

Adam überlegte kurz, dann holte er einen der Dairy-Milk-Schokoriegel von Henri Dannerup hervor.

»Was ist das?« Paco streckte die Hand nach dem Riegel aus.

»Schokolade.« Adam hielt die blaue Verpackung in einer für Paco unerreichbaren Höhe.

»Schokolade. Hab schon mal davon gehört«, sagte Paco. »Kann man das essen oder so?«

»Und ob!« Adam öffnete vorsichtig die Verpackung, brach ein Stück vom Riegel ab und reichte es dem Jungen. Paco betrachtete es von allen Seiten, schnupperte daran, knabberte mit seinen Zähnen ein mikroskopisch kleines Bröckchen ab und verkündete dann laut: »Scheiße, Mann!«

»Es schmeckt dir nicht?«, staunte Virginia Zimunga.

Paco rollte mit den Augen. »Ob es mir nicht schmeckt? Sind Sie irre? Das Zeug ist der Wahnsinn.« Er verbeugte sich tief. »Ich bin Ihr Mann!«

Adam ließ die Schokolade in seiner Jackentasche verschwinden. »Du bekommst den Rest, wenn du uns zu einem der Bosse bringst.«

Paco machte ein verdrießliches Gesicht. »In diesem Teil hat Haughey, der Ire, das Sagen.«

Der Junge zeigte auf ein dreistöckiges Gebäude. Aus der obersten Etage ragte als bizarrer Erker die Pilotenkanzel der abgestürzten Maschine der British Airways.

»Zu dem Mistkerl würde ich aber nicht gehen. Ich führe euch besser woanders hin.«

Plötzlich gab es in der unmittelbaren Nähe einen Aufruhr. Zorniges Gemurmel, vereinzelte Schreie, dann ein lautes kratzendes Geräusch und ein schrilles Pfeifen, das schnell erstarb.

Es folgte das blecherne Kreischen einer Stimme aus ramponierten Lautsprechern. »Kommt alle her! Es ist an der Zeit, ein Zeichen zu setzen! Ein sehr deutliches, abschreckendes Zeichen!«

Applaus brandete auf.

»Was ist da los?«, fragte Virginia Zimunga.

Paco zuckte mit den Schultern, und so marschierten sie und Adam in Richtung des Lärms.

Die Gasse machte eine scharfe Biegung, dahinter verbreiterte sie sich zu einem Platz. Das Zentrum des Platzes bildete ein zusammengezimmertes Podest mit einem Galgen. Eine Menschenhorde hatte sich um den Galgen gruppiert, vor dem ein untersetzter Mann stand. Er hielt ein Mikrofon in der Hand, trug einen runden schwarzen Hut und ein grünes Jackett.

Der Junge war ihnen gefolgt, versteckte sich nun jedoch hinter Adam. »Das ist er: Haughey, der Ire!«

Drei Männer schleppten eine Frau in einem orangefarbenen Kleid auf die Bühne. Sie hatten Mühe, die Frau zu bändigen. Einer der Männer blutete bereits aus der Nase.

»Lasst mich los, ihr Idioten! Ihr wisst doch nicht, was ihr tut!« Da sie sich nun in der Nähe von Haugheys Mikrofon befand, wurden ihre Worte ebenfalls über die Lautsprecher auf dem Podest übertragen.

»Was haben die vor?«, fragte Shawi. »Die wollen die Frau doch wohl nicht hängen?«

»Haughey hat was gegen Hexen«, ertönte Pacos Stimme hinter Adams Rücken.

Haughey brüllte jetzt so laut ins Mikrofon, dass sich seine Worte in tosenden Wellen über Adams Kopf brachen.

»Diese Frau ... diese Furie hat sich an Gottes Geboten versündigt! Sie muss ausgemerzt werden! Sie ist ein Geschwür! Ein Geschwür, das sich ausbreitet, wenn wir es nicht vernichten! Rückstandslos! Stimmt ihr mir zu?«

»Ja!«, skandierte die Menge. »Ja! Ja!«

Haughey tänzelte am Bühnenrand auf und ab, während ihn die Meute anfeuerte. Er versuchte sogar eine ungelenke Pirouette, die ihn fast zu Fall gebracht hätte.

»Hängt sie auf!«, kreischte er, und die Lautsprecher sandten den Worten eine pfeifende Rückkopplung hinterher.

»Nein! Nein!« Die Stimme der Frau auf dem Podest ging im Tumult fast unter. »Ich habe euch geheilt! Ich habe eure Kinder geheilt!«

»So läuft das nicht. Das hier ist Südafrika. Hier gibt es keine Hexenverbrennung.« Virginia Zimunga trat entschlossen auf den Platz. »Hey! Sie da oben! Mr Haughey!«, rief sie. Adam war von der Kraft ihrer Stimme überrascht. Virginia Zimunga benötigte keine Lautsprecheranlage.

Haughey erstarrte und schirmte seine Augen mit der Hand ab, um besser zu erkennen, wer es da wagte, ihn zu stören.

»Im Namen der südafrikanischen Regierung! Lassen Sie die Frau frei!«, befahl Virginia Zimunga.

»Ach, du Scheiße! Schwerer Fehler! Ich bin dann mal weg«, hörte Adam den Jungen sagen. Paco tauchte zwischen den Zelten unter.

Die Menge glotzte die Frau an, die verrückt genug war, ihrem Anführer Vorschriften machen zu wollen. Virginia Zimunga ging weiter auf das Podest zu. Adam und Shawi folgten ihr. Die Menschen wichen irritiert zur Seite.

Haughey beugte sich breit grinsend vor. »Sind Sie etwa die südafrikanische Regierung, Lady?«

Adam zückte seinen Dienstausweis und stellte sich neben Virginia Zimunga. »Wir vertreten sie!« Er versuchte, alle Entschlossenheit in seine Stimme zu legen: »Lassen Sie die Frau sofort frei!«

Haughey nahm seinen Hut ab und kratzte sich an seinem fast kahlen Schädel. »Mmm«, brummte er ins Mikrofon. »Und wenn nicht? Werde ich dann etwa verhaftet? Von einer vorlauten Lady und zwei rotznasigen Gören?«

Ein Teil der Zuschauer lachte. Haughey ließ sie eine Weile gewähren, feuerte sie noch an, indem er Grimassen schnitt, und brachte sie dann mit einer schroffen Handbewegung zum Schweigen.

»Außerdem gibt es eine Abmachung zwischen mir und Major Feza«, tönte er. »Er ist das Gesetz auf der anderen Seite des Zauns. Hier bin ich es.«

Wieder applaudierten ein paar Leute, aber eben doch nicht

alle, wie Adam feststellte. Er war davon überzeugt, dass die meisten hier nur Mitläufer waren oder sich sogar vor dem Mann fürchteten.

»Diese Abmachung interessiert uns nicht«, erwiderte Virginia Zimunga. Haugheys Anhänger verstummten. »Schicken Sie die Frau zu uns, Mr Haughey.«

Der Ire wippte auf den Fersen und gab sich absolut selbstsicher. Schließlich stand er einer zierlichen Frau und zwei Halbwüchsigen gegenüber.

»Auch auf die Gefahr hin, dass ich mich wiederhole: Was passiert, wenn ich es nicht tue?«

Shawi machte einen Satz nach vorn. Sie hielt ihre Pistole mit beiden Händen auf Haughey gerichtet. »Dann schieße ich auf Ihr lächerliches Hütchen!«

»Oh!«, machte der Ire. »Ich hoffe, Kleine, dir ist klar, dass dich in diesem Moment ein Dutzend meiner Männer im Visier hat.«

Shawi zeigte sich völlig unbeeindruckt. Sie näherte sich Haughey bis auf wenige Meter. »Und ich hoffe, dass Sie nur bluffen. Waffenbesitz ist in einem Flüchtlingslager untersagt. Wenn uns doch etwas passiert, reißt Ihnen eine Eliteeinheit des Innenministeriums den Arsch auf!«

Adam konnte sehen, dass die Waffe in Shawis Händen nicht zitterte. Shawi war ganz ruhig und konzentriert. Adam zog nun ebenfalls seine Pistole und stellte sich hinter Shawi. Rücken an Rücken sicherten sie sich jetzt gegenseitig, wie sie es gelernt hatten.

Haughey winkte einen seiner Männer an den Rand des Podests und sprach leise mit ihm. Der Mann nickte wortlos und tauchte in der Menge unter.

»Gut! Wir respektieren die Gesetze unserer Gastgeber!«, erklärte Haughey mit öliger Stimme. »Die Hexe gehört Ihnen!«

Die Bewacher ließen die dunkelhäutige Frau los. Sie sprang vom Podest und rannte eilig auf Adam und seine Begleiterinnen zu.

»Danke!« Sie war völlig außer Atem. »Danke! Aber der verrückte Ire wird euch niemals davonkommen lassen.«

»Ich weiß«, knurrte Shawi, ohne ihre Position zu verändern. »Ich spüre genau, dass man ihm nicht trauen kann.«

Es krachte unmittelbar hinter ihnen. Zuerst dachte Adam, der Ire hätte ihn und die Frauen im Visier, doch dann sah er, wie direkt vor dem Podest dichter Rauch aufstieg und allen die Sicht nahm.

Ein bestialischer Gestank stieg ihm in die Nase, und Adam spürte, wie jemand an seinem Arm zerrte.

»Schnell! Hier lang!« Es war der Junge, der sie angesprochen hatte. Paco war zurückgekehrt und führte sie zielsicher durch die engen Pfade zwischen den Hütten und Zelten, vorbei an Ställen mit Ziegen und Hühnern. Zwei Männer mit Knüppeln wollten sich ihnen in den Weg stellen, wichen aber zurück, als sie die Pistolen in den Händen von Adam und Shawi entdeckten.

Adam sah sich um. Keine Verfolger.

Er roch das salzige Meerwasser, hörte die Wellen und erhaschte zwischen zwei gestrandeten Kuttern einen Blick auf den Atlantik. Schiffe und Boote, verbunden mit Ketten und zerfaserten Tauen, bildeten hier am Ufer eine bizarre, verrostete Landschaft.

Paco stoppte am Bug eines alten Frachters. »Die Leiter hoch!«

Eine Strickleiter baumelte vom Deck herab. Adam sicherte die Umgebung und kletterte als Letzter an Bord. Paco holte die Strickleiter ein und gab den anderen ein Zeichen, sich hinter der Bordwand zu ducken.

»Hast du die Stinkbomben geworfen?«, fragte Shawi.

»Klar!« Paco reckte stolz den Kopf in die Höhe. »Die habe ich selbst gebastelt. Mit so was kenne ich mich aus.«

»Danke!«, sagte Virginia Zimunga und klopfte dem Jungen anerkennend auf die Schulter.

»Denkt bloß nicht, dass ihr so einfach davonkommt«, erwiderte Paco. »Ich habe euch das Leben gerettet, dafür bringt ihr mich aus dem Lager.«

Virginia Zimunga schien ernsthaft über den Vorschlag nachzudenken. »Wir werden sehen.«

Adam zog den Kopf ein, als eine neugierige Möwe im Sturzflug über ihn hinwegflog. »Wohnst du auf diesem Schiff?«, fragte er dann und beobachtete, wie sich die Möwe zu einigen Artgenossen auf der Ankerwinde gesellte.

Paco deutete auf die Frau im orangefarbenen Kleid. »Casablanca wohnt hier.«

»Das ist mein Name«, bestätigte die Frau. Aus der Nähe betrachtet wirkte sie viel älter, als Adam zunächst angenommen hatte. Bei der Flucht hatte sie sich flink und ausdauernd wie ein junges Mädchen bewegt. Aber ihr Gesicht war wettergegerbt, um ihren Mund hatten sich tiefe Falten gegraben, und auch wenn ihre dunklen Augen blitzten, so machte sich das eben Erlebte nun doch bemerkbar. Ihre Hände zitterten leicht.

»Ich hoffe nicht, dass dieser Haughey weiß, wo Sie wohnen«, bemerkte Virginia Zimunga.

Die Frau, die sich Casablanca nannte, winkte ab. »Der traut sich nicht her. Das Schiff gehört nicht mehr zu Haugheys Bezirk.«

Adam spähte über die Bordwand in die Tiefe. Dort unten war alles ruhig. Keine Spur von Haughey und seinen Männern.

»Was soll das Ganze?«, fragte er. »Wieso kann dieser Kerl einfach Leute aufhängen?«

»Das hat er doch gesagt«, erwiderte Paco. »Weil es dem Major egal ist, was im Lager geschieht.«

Virginia Zimunga musterte Casablanca eindringlich. »Haughey hat behauptet, Sie seien eine Hexe.«

»Ist sie doch auch!«, ereiferte sich Paco. »Ich helfe ihr sogar manchmal.«

Virginia Zimunga nickte zustimmend. »Es hat schon immer Hexen gegeben. Heilkundige Frauen. Viele verfügen über besondere Begabungen. Sie können Gedanken lesen, Menschen und Tiere beeinflussen und vieles mehr. Es ist nur eine Frage der Bezeichnung. Ich bevorzuge die Bezeichnung Zauberin.«

»Ich grüße Sie!« Casablanca überkreuzte die Arme vor ihrer Brust und senkte kurz den Kopf. »Zauberin. Ich habe es mir gleich gedacht, als ich Sie sah.«

»Und Ihr Name ist Casablanca?«, fragte Shawi.

Die Frau streckte ihre rechte Hand aus und stoppte sie wenige Zentimeter vor Shawis Gesicht. Shawi rührte sich nicht von der Stelle.

»Du sagtest, dass man Haughey nicht trauen kann. Was ist mit mir, Kind?«

»Sie sind ehrlich. Keine Lügen«, erwiderte Shawi.

Casablanca zog die Hand zurück. »Mach weiter so, Mädchen. Du wirst dich schnell weiterentwickeln. Aber du hast mich nach meinem Namen gefragt.« Sie machte eine kurze Pause. Alle konnten sehen, dass es ihr schwerfiel weiterzureden. »Ich habe den Namen meines Geburtsortes angenommen. Zwei Jahre habe ich gebraucht, um mich nach Südafrika durchzuschlagen. Es hieß, hier wäre alles gut. So wie früher.«

»Warum haben Sie Ihre Heimat verlassen?«, fragte Adam. »Angeblich soll es dort gar nicht mal so schlecht sein, habe ich gehört.«

»Das war einmal.« Die Hexe Casablanca lachte verbittert auf. »Aber es sind Seuchen ausgebrochen. Es gab so viele Tote, dass die Leichen einfach ins Meer geworfen wurden, bis man das Wasser nicht mehr sehen konnte. Dieses Lager ist besser als jeder Ort, den ich auf meiner Flucht gesehen habe. Viel besser.«

Paco warf mit einer Schraube nach den Möwen. Sie flatterten einen halben Meter in die Höhe und ließen sich dann wieder auf der Ankerwinde nieder. Ihre Knopfaugen funkelten Paco böse an. Die Vögel machten den Eindruck, als würden sie überlegen, wie sie es dem Jungen heimzahlen konnten.

»Warum wollte Haughey Sie töten?«, fragte Virginia Zimunga.

»Er spielt sich als Vorkämpfer für den Glauben auf«, erwiderte Casablanca. »Hexen seien Verbündete des Teufels. Das übliche Gewäsch.« Sie verzog angewidert das Gesicht. »In Wirklichkeit stören wir ihn bei seinen Geschäften.«

»Was für Geschäfte sind das?«

Paco rückte ganz nah an die Hexe. »Er verkauft den Leuten alles, was sie haben wollen. Vorausgesetzt, die können irgendwie dafür bezahlen.«

Casablanca strich dem Jungen über das zottelige Haar. »Richtig. Vor allem Medikamente und Drogen. Wir Hexen können die Menschen auf andere Weise heilen.«

»Also gibt es hier noch mehr wie Sie?«, wollte Shawi wissen.

Paco kam der Hexe zuvor: »Sie haben sogar ein eigenes Lazarett. In einem anderen Schiff. Ganz in der Nähe.«

»Könnten wir es sehen?«, fragte Virginia Zimunga. Casablanca nickte zustimmend, und als Adam und Shawi die Zauberin verwundert ansahen, flüsterte sie: »Irgendwo müssen wir doch mit der Suche anfangen.«

»Also los, gehen wir!« Casablanca stand auf und ließ die Strickleiter an der Bordwand herunter.

Kapitel 10

Das Lazarett der Hexen

Das Lazarett der Hexen war in einem Containerschiff untergebracht. Das Heck des zweihundert Meter langen Schiffs wurde von den salzigen Wogen des Atlantiks umspült. Der Bug war rauchgeschwärzt, die ehemals weiße Farbe hatte Blasen gebildet und war an vielen Stellen geplatzt. Mit Schweißbrennern war eine Öffnung in den Rumpf geschnitten worden. Drei junge Männer mit schwarzen Locken bewachten den Eingang. Sie hoben ihre Knüppel. Messer steckten in ihren Hosenbünden.

»Alles in Ordnung!«, rief ihnen Casablanca entgegen.

Die Männer betrachteten Adam, Shawi und die Zauberin mit unverhohlener Skepsis, machten aber den Weg frei.

»Hier hat Haughey nichts zu melden«, erklärte die Hexe. »Dieser Bereich wird von den Nordafrikanern beherrscht.«

Casablanca führte sie über steile Treppen auf ein Zwischendeck. Vor ihnen lag ein Korridor mit Kabinen links und rechts. Ein paar Lampen spendeten trübes Licht. Die elektrische Anlage des Schiffs musste noch zum Teil funktionsfähig sein. Die Luft roch nach menschlichen Ausdünstungen und Dieselöl.

Casablanca öffnete eine Tür mit den Worten: »Unsere Entbindungsstation.«

Die Kabine war im Gegensatz zum Rest des Schiffs absolut sauber. Es gab acht Betten. Frauen aller Hautfarben lagen mit ihren Neugeborenen darin.

»Wir tun, was wir können. Aber dagegen kommen wir nicht an.« Die Hexe ging zu einem Bett und hob behutsam die Decke. Mutter und Kind schliefen fest.

»Diese Mutter und ihr Kind haben die Folgen des schrecklichen Krieges vor dem Ausbruch des Tambora zu tragen«, sagte Casablanca. »Damals, als der Nahe Osten im Feuer der atomaren Raketen verbrannte, lebte diese Frau in Ägypten. Radioaktiv verseuchter Staub ging auch auf ihre Heimatstadt nieder und veränderte ihr Genmaterial.«

Shawi schluckte. »Aber das Kleine wirkt so ... normal.«

»Es wird keine Woche überleben können. Nichts funktioniert bei ihm so, wie es sollte.«

»Was ist mit den anderen Kindern?«, fragte Adam.

»Die werden leben. Soweit man das Dahinvegetieren in diesem Lager als Leben bezeichnen kann.« Casablanca deckte die Mutter und ihr Kind wieder zu. »Die südafrikanische Regierung muss uns mehr helfen.«

Virginia Zimunga griff nach der Hand der Hexe und drückte sie. »Wir werden uns dafür einsetzen.«

Auf dem Flur näherten sich Schritte. Ein Mann lachte plötzlich hysterisch auf.

»Augenblick!« Casablanca eilte aus der Kabine.

»Brian!«, hörte man sie auf dem Flur rufen. »Warte! Komm her zu mir!«

»Ich erinnere mich wieder! Ich war auf einem Schiff!«, brüllte eine männliche Stimme. »Aber das hier ist nicht mein Schiff! Das weiß ich genau!«

»Ganz ruhig«, sagte Casablanca. »Ich werde dir alles erklären.«

Adam trat auf den Flur und beobachtete, wie die Hexe mit einem Mann in einer der Kabinen verschwand und die Tür schloss. Das Geschrei des Mannes drang nur noch gedämpft nach außen. Mit einem Mal war er ganz still.

Paco drängte sich an Adam vorbei. »Das ist nur Brian«, erklärte der Junge. »Der ist vorgestern hierher gebracht worden.«

»Was ist los mit ihm?«, fragte Virginia Zimunga.

»Das weiß keiner so genau«, antwortete Paco. »Der ist völlig verwirrt durchs Lager getorkelt. Kann sich an gar nichts erinnern. Ein paar Leute hatten Mitleid mit ihm und haben ihn ins Lazarett gebracht.« Er grinste. »Schwein gehabt, würde ich mal sagen. Der kann froh sein, dass die Leute ihm nicht einfach nur die Klamotten geklaut haben.«

»Woher wisst ihr, dass er Brian heißt? Er kann sich doch an nichts erinnern«, wollte Adam wissen.

»Der Bursche hatte noch seinen Ausweis dabei. Ist Brite.«

»Ich möchte mir diesen Brian näher ansehen.« Virginia klopfte an die Kabinentür. »Adam und Shawi, ihr kommt mit. Paco wartet hier. Klar?«

Der Junge zog einen Schmollmund und verschränkte die Arme. »Wenn's sein muss.«

Adam warf ihm den angebrochenen Schokoriegel zu. Schlagartig verbesserte sich die Laune des Jungen. »Danke, Mann!«

Casablanca öffnete die Tür einen Spalt und spähte hinaus.

»Wir würden gern mit Brian reden«, sagte Virginia Zimunga.

Die Hexe zögerte kurz und winkte sie dann herein.

Die Kabine musste die Schiffsbibliothek gewesen sein, aber bis auf ein paar einzelne Bücher und verblichene Zeitungen war alles verschwunden. In einer Ecke stand ein Fernseher mit zerschlagener Mattscheibe.

Der Mann namens Brian saß mit gefalteten Händen an einem Tisch und atmete schwer. Er starrte auf das Titelbild einer alten Illustrierten. Darauf war eine brennende Bohrinsel abgebildet: *US-Truppen besetzen mexikanische Ölfelder!*, lautete die Überschrift. Die Zeitschrift musste etwa zehn Jahre alt sein.

»Hallo Brian!«, grüßte Virginia Zimunga freundlich.

Der Mann sah mit blutunterlaufenen Augen zu ihr auf. Seine Haut war tiefschwarz.

»Wer sind Sie?«, fragte Brian.

»Mein Name ist Virginia Zimunga. Meine Begleiter und ich sind im Auftrag der südafrikanischen Regierung hier.«

Der Mann riss die Augen auf und sprang so heftig auf, dass dabei der Stuhl umfiel. »Dann habe ich es tatsächlich geschafft! Ich bin in Südafrika! Ich … ich bitte um Asyl!«

»Darum kümmern wir uns später«, sagte Virginia Zimunga ausweichend. »Woher kommen Sie?«

Der Mann schlug sich mit der flachen Hand mehrere Male gegen die Stirn. »Ich kann mich wieder an alles erinnern!«

»Dann erzählen Sie es uns.«

»Ich bin britischer Staatsbürger. Die letzten Jahre habe ich mich in Gibraltar aufgehalten. Aber die Zustände dort wurden unerträglich. So viele Menschen … so viel Gewalt. Und diese verdammte Kälte!« Er hielt kurz inne. »Ich habe für meine letzten Wertgegenstände eine Überfahrt nach Marokko gekauft. Aber da war es noch viel schlimmer. Einfach furchtbar!«

»Und deswegen machten Sie sich nach Südafrika auf?«, fragte die Zauberin.

Brian schien kurz den Faden verloren zu haben. Er blickte ins Leere. Casablanca schnippte vor seinen Augen mit den Fingern.

»Ja, Südafrika! Genau. Ich habe es über Land bis Agadir geschafft. Die Stadt gibt es noch. Allerdings … dort ist alles voller Flüchtlinge, die nach Südafrika wollen. Die zahlen für eine Passage mit ihrer letzten Habe und manche sogar mit Organen.«

Der Mann hatte hellgraue Locken und einen ebenso grauen Bart. Beides bildete einen auffallenden Kontrast zu seiner schwarzen Haut. Adam bemerkte erst jetzt im Licht der einzigen Glühbirne, dass dem Mann ein Auge fehlte. Der Brite wusste Adams Blick zu deuten und grinste.

»Augen sind besonders gefragt. In Agadir gibt es Hinterhofkliniken, die verpflanzen die im Nu an irgendeinen Bonzen. Ich hatte noch Glück. Manchmal holen sie sich die Ersatzteile auch ungefragt.«

»Wie ging es dann weiter?«, fragte Adam.

»Da war ein Franzose mit einer kleinen Yacht. Bernard hieß er. Genau! Bernard nahm mich und zwei weitere Männer mit an Bord.«

»Und wie haben Sie Ihr Gedächtnis verloren?« Adam hatte das sichere Gefühl, einer überaus wichtigen Sache auf der Spur zu sein.

Brian blickte wieder ins Leere. Seine Finger verkrampften sich. »Ich ... ich weiß es nicht. Wir kamen gut voran. Hielten uns immer in Sichtweite der Küste.«

»Ihre letzte Erinnerung!«, drängte Virginia Zimunga.

»Ich war auf dem Boot.« Er schlug plötzlich mit beiden Fäusten auf die Tischplatte ein. »Ich war auf dem Boot! Mehr weiß ich nicht! Und jetzt bin ich hier!« Brian ächzte laut auf, und sein Kopf sank auf den Tisch.

»Er ist leer«, sagte Casablanca. »Seine Erinnerung wurde ab einem bestimmten Zeitpunkt gelöscht.«

»Was habt ihr bloß mit mir gemacht«, klagte Brian, ohne den Kopf zu heben. Sein ganzer Körper zitterte, als würde er unter Strom stehen.

Die Hexe legte ihm begütigend die Hand auf den Hinterkopf. »Verlasst den Raum. Ich kann das regeln.«

»Was haben Sie vor?«, fragte Adam erstaunt.

»Seine Erinnerung zurückholen. Raus jetzt.«

Virginia Zimunga nickte Adam aufmunternd zu. »Komm, ich bin sicher, sie wird es schaffen.«

***

Adam lehnte an der Wand und lauschte. Aus der ehemaligen Schiffsbibliothek drang kein Laut. Neben ihm stand Shawi. Sie hatte die Augen geschlossen und atmete hektisch ein und aus.

»Alles in Ordnung?«, fragte er.

Sie schüttelte den Kopf. »Nein, ist es nicht.«

Adam hatte sie zuvor nur in Harare in einer solchen Stimmung erlebt.

»Die Kinder ...«, flüsterte sie. »Es ist hier so schrecklich. Von allen Seiten fließt die Angst, die Hoffnungslosigkeit auf mich zu. Und Boshaftigkeit von Menschen, die andere quälen.«

Paco stieß Adam an und zeigte auf Shawi. »Ist sie so was wie eine junge Hexe?«

»Sie ist so etwas wie eine Gefühlsleserin«, erklärte Virginia Zimunga. »Das kann eine sehr schwere Bürde sein.« Sie legte den Arm um Shawi. »Wir werden gemeinsam lernen, wie du dich schützen kannst.«

Shawi umschlang auf einmal die Zauberin mit beiden Armen und drückte ihr Gesicht an Virginia Zimungas Brust. Adam betrachtete sie verdutzt. Sie wirkte immer so unnahbar, beinahe gefühllos.

»Es ist alles so sinnlos«, murmelte Shawi, und ihre Schultern bebten.

»Ist es nicht«, sagte die Zauberin leise. »Ist es nicht. Wir dürfen nur nicht aufgeben. Ihr jungen Menschen seid dabei so wichtig. Ohne euch würden wir wahrscheinlich verlieren.«

Adam musste daran denken, was Masuku ihm über Quinton offenbart hatte. Der Medizinmann glaubte fest daran, dass das Gute in diesen schweren Zeiten ein Gegengewicht zum Bösen schaffen würde. Das Gute – damit meinte er bestimmt auch Menschen wie Shawi.

Und ich?, fragte er sich. Trage ich auch dazu bei, dem Bösen, was uns umgibt, etwas Gutes entgegenzusetzen?

Die Kabinentür zur Schiffsbibliothek wurde geöffnet, und Adam schreckte aus seinen Gedanken auf.

An Casablancas rechter Hand war Blut. Er starrte sie an. »Was haben Sie getan?« Für einen Moment war er davon überzeugt, dass die Hexe den Briten umgebracht hatte.

»Nur, was nötig ist«, erwiderte Casablanca.

Adam stürmte hinter Virginia Zimunga und Shawi in die

Kabine. Ehe auch noch Paco hineinschlüpfen konnte, verriegelte Casablanca die Tür von innen.

Brian lag mit entblößtem Oberkörper regungslos auf dem Tisch. Zu Adams Erleichterung machte er einen völlig unverletzten Eindruck.

Casablanca spreizte die Finger ihrer rechten Hand. »Das ist Kermes.« Es schien, als hätte sie Adams Gedanken erraten. »Ein roter Farbstoff, der aus Schildläusen gewonnen wird.«

Sie zeichnete mit der Farbe an ihren Fingerspitzen einen fünfzackigen Stern auf die Brust des Mannes.

»Ein Pentagramm«, flüsterte Virginia Zimunga. »Ein magisches Schutzsymbol. Nur eine Spitze weist nach oben. Das bedeutet, dass hier Weiße Magie angewandt wird.«

Casablanca schüttete etwas Flüssigkeit aus einer Flasche in ein Glas. »Ich werde mich in Brians Vergangenheit begeben müssen, und ich halte es für sinnvoll, dass einer von euch mich dabei begleitet.«

»Was genau meinen Sie damit?«, fragte Shawi verblüfft.

»Wir können in Brians Erinnerungen eintauchen. So etwas sollte nur im Notfall stattfinden, doch ich fürchte, dies ist einer.« Sie nippte an dem Glas und sah dann Shawi und Adam fragend an.

Shawi winkte schüchtern ab.

Casablanca lächelte verständnisvoll. »Was ist mit dir, Adam?«, fragte sie.

»Ich werde es probieren«, stieß Adam hervor. Er blickte zu Virginia Zimunga. Sie nickte zustimmend.

»Du bist ein mutiger junger Mann.« Casablanca reichte ihm das Glas.

Die Flüssigkeit hatte einen Beigeschmack, der Adam an rostiges Metall erinnerte. Er zuckte zusammen, als Casablanca sein Handgelenk umschlang. Ihre andere Hand lag auf dem Pentagramm auf Brians Brust.

»Nun ist alles vorbereitet.« Die Hexe schloss die Augen.

»Brian! Geh zurück! Agadir liegt längst hinter dir. Du bist auf dem Boot. Es ist die Zeit unmittelbar vor deiner Leere ... Semacueza macua ... Macua metemba ... Nyanga, nyanga! Seamacueza metemba ... Nyanga!«

Adam lauschte den fremdartigen Worten und spürte nichts.

Es ist lächerlich, dachte er.

Da legte sich die Dunkelheit über ihn.

* * *

Es war nach Mitternacht, als Brian die stickige Luft im Innern der Yacht nicht mehr aushielt und aufs Deck trat. Außerdem schmerzte sein Schädel. Wie fast immer, seit man ihm in Agadir das Auge entfernt hatte.

Das Meer glich jetzt einem Teppich aus schwarzen und silbernen Flecken. Bei Sonnenuntergang war ein kurzer, aber besonders heftiger Sturm losgebrochen. Khaled, der Algerier, wäre dabei beinahe von den Wogen über Bord gerissen worden. Brian hatte ihn nur mit letzter Kraft festhalten können. Es war, als wären Wind und Ozean zwei Bestien, die sich einen erbitterten Kampf lieferten.

Nun schnarchte der Algerier mit seinem Landsmann Tareq in der Kajüte um die Wette, nur der Franzose stand am Steuerrad.

»Kannst du nicht schlafen?«, fragte Bernard.

»Mein Kopf tut höllisch weh. Kommt von der beschissenen Operation. Hoffentlich haben diese Pfuscher dabei keinen Mist gebaut.«

Bernard hatte trotz der knappen Reserven den Dieselmotor einschalten müssen. Nach dem Sturm herrschte jetzt völlige Windstille. Der Vollmond und die Sterne spendeten das einzige Licht. Niemand durfte sie sehen, das war überlebenswichtig. Eine funktionstüchtige Yacht wie diese war für viele Menschen eine Beute, für die es sich zu töten lohnte.

Bernard hatte einen fairen Preis für die Passage nach Südafrika verlangt. Nur die Hälfte des Goldes, das Brian für sein Auge bekommen hatte.

Der Franzose deutete kopfschüttelnd zum Festland. »Sieh dir das an!«

Die afrikanische Küste war eine tiefschwarze Linie. Doch jetzt schossen aus der Dunkelheit zwei Raketen auf einem Strahl aus Feuer in die Höhe, um Sekunden später auf ihr unsichtbares Ziel niederzugehen. Aus der Ferne drang das Donnern der Explosionen. Zwei Feuerbälle, gleißend hell, breiteten sich an Land aus. Für einen Moment konnten die beiden Männer die Ruinen einer Stadt ausmachen.

»Man sollte meinen, dass denen irgendwann die Munition ausgeht«, bemerkte Bernard.

»Wo sind wir?«, fragte Brian.

»Noch vor Angola. Die Stadt da drüben wird vermutlich Benguela sein. Wir sollten machen, dass wir hier wegkommen.« Bernard beugte sich plötzlich über das Steuerrad. »Mein Gott! Was ist das?«

Einige Hundert Meter vor dem Bug der Yacht kochte das Meer im Mondlicht wie ein Dampfkessel.

Brian spürte, wie Panik in ihm aufstieg. »Das muss eines dieser Seeungeheuer sein!«, brüllte er. Krampfhaft hielt er sich an der Reling fest. Er hatte gehört, dass riesige Wesen die Meere unsicher machten, aber nicht gedacht, dass sie so nah an die Küste kommen würden.

Ein riesiger schwarzer Körper hob sich aus dem Wasser. Wellen rollten auf die Yacht zu und brachten sie ins Schwanken.

»Ausweichen!«, schrie Brian.

»Es ist ...« Bernard umklammerte das Steuerrad und starrte mit weit aufgerissenen Augen nach vorn. Im Licht des Mondes sahen die Panzerplatten wie die Schuppen eines prähistorischen Ungeheuers aus.

»Ein U-Boot!«, stieß Bernard tonlos hervor.

Gestalten tauchten auf dem Kommandoturm auf. Brian und Bernard vernahmen ein helles Pfeifen, dann detonierte eine Granate unmittelbar vor der Yacht auf der Wasseroberfläche.

»Die wollen, dass wir stoppen.« Der Franzose drosselte den Motor. »Wir haben keine Wahl. Die schießen uns sonst in Stücke.«

Khaled und Tareq kletterten hinter ihnen an Deck.

»Was sind das für Leute?«, fragte Khaled in seiner Muttersprache, um sich sofort wieder auf das gemeinsame Englisch zu besinnen. »Woher kommen die?«

»Das müssen Südafrikaner sein«, vermutete Tareq.

Zwei Schlauchboote mit starken Außenbordmotoren wurden vom U-Boot zu Wasser gelassen. Besetzt mit zehn Männern rasten sie auf die Yacht zu.

Bernard stellte den Motor ab. Vom U-Boot wurde ein Suchscheinwerfer eingeschaltet. Sein weißes Licht tauchte die Yacht in grelles Licht. Die vier Männer wandten sich geblendet ab.

»Wir kommen an Bord!«, tönte eine Megafonstimme. »Unterlassen Sie alles, was als Widerstand gedeutet werden kann.«

»Zumindest sind das keine Piraten«, stellte Khaled fest. »Oder habt ihr schon mal von Piraten mit einem U-Boot gehört?«

»Das können nur Südafrikaner sein«, beharrte Tareq. »Ist schließlich gar nicht mehr so weit bis Namibia. Das gehört denen doch praktisch.«

Während ein Schlauchboot die Yacht umrundete, ging das zweite längsseits. Vier Männer kamen an Bord. Ihre Uniformen ließen keinerlei Rückschlüsse auf ihre Herkunft zu. Drei Soldaten richteten ihre Gewehre auf Brian und seine Begleiter. Der vierte trug einen runden Metallbehälter.

»Wir sind auf dem Weg nach Südafrika«, sagte Tareq. »Wir bitten um Asyl.«

Die Männer reagierten nicht.

»Neben dem Kerl ganz links«, flüsterte Bernard. »Was ist das? Dieses Flimmern.«

Brian versuchte vergeblich zu erkennen, was der Franzose meinte.

»Seht mich an!«, sagte eine Stimme.

Aus dem Nichts tauchte eine Gestalt neben den Soldaten auf. Ein Mann. Sein Gesicht war so ausdruckslos, dass es wie eine Maske wirkte. Er trug einen langen grauen Mantel und einen grauen Hut. Eine völlig unpassende Bekleidung für ein Besatzungsmitglied eines U-Boots. Brian spürte, wie ein Frosthauch über seinen Körper fuhr. Der Fremde richtete die leblosen Augen auf ihn.

»Ihr seid alle tauglich.«

Er kam jetzt auf sie zu. Gefolgt von dem Soldaten mit dem Metallbehälter. Brian wusste nicht, ob es an dem grellen Scheinwerferlicht lag, aber aus der Nähe sah der Fremde noch unwirklicher aus. Sein Gesicht war absolut faltenfrei. Es existierten keine Nasenlöcher. Die schwarzen Augen fixierten ihn. Es war wie der kalte Blick eines Reptils, und doch fühlte sich Brian von den seltsamen Augen angezogen. Er konnte den Blick nicht abwenden und spürte, wie sich seine Anspannung löste. Mit einem Mal war Brian ganz ruhig. Er lächelte sogar ein wenig.

»Am 3. Mai um fünf Uhr am Nachmittag kommst du zum Haupteingang des Flüchtlingslagers«, sagte der Fremde, und die Stimme schien Brians ganzen Schädel auszufüllen. Zum ersten Mal seit der Abreise aus Agadir verschwanden seine Kopfschmerzen.

Der Fremde mit dem grauen Mantel ging zu Bernard. Bei jedem der vier Männer wiederholte er den Satz, dann kehrte er zu dem noch immer lächelnden Brian zurück. Brian sah teilnahmslos zu, wie der Soldat den Deckel des Metallbehälters öffnete. Der Fremde griff mit seinen grauen Handschuhen hinein und sagte: »Schließt die Augen und öffnet den Mund. Es wird euch nichts geschehen.«

Brian spürte, wie etwas Glitschiges in seinen Mund glitt. Für eine Sekunde überfiel ihn Panik, er glaubte zu ersticken, doch die Stimme des Fremden beruhigte ihn sofort wieder: »Alles ist gut. Ein Friede wird kommen, den ihr niemals vergesst. Ein Friede, der euch von allem befreit.«

Brian hörte einfach auf zu denken.

* * *

Adam konnte nicht aufhören zu schreien.

»Hörst du mich?« Virginia Zimunga packte seine Schultern und schüttelte ihn. Adam riss die Augen auf und fasste sich an die Kehle. Er schien überhaupt nicht zu wissen, wo er war.

Casablanca versetzte ihm eine Ohrfeige. Augenblicklich beruhigte sich Adam. Er atmete schwer.

»Gut ... schon gut. Ich bin wieder da«, ächzte er. »Auf der Yacht ... da war jemand. Kein Mensch! Und er hat Brian und die anderen gezwungen, die Parasiten zu schlucken.«

»Immer langsam«, sagte Casablanca. »Du brauchst einen Moment, um das, was du in Brians Erinnerung gesehen hat, zu verarbeiten.«

»Was ist an Bord der Yacht geschehen?«, fragte Virginia Zimunga.

»Adam hat recht. Da war etwas Nichtmenschliches. Es besaß die Fähigkeit, sich aus dem Blick der Menschen zu stehlen. Und Brian musste etwas schlucken. Etwas Lebendiges«, bestätigte Casablanca und blickte die Zauberin an. »Sie werden mir irgendwann sicher noch Genaueres über diese sogenannten Parasiten sagen können. Jetzt brauchen wir erst einmal dringend Licht und frische Luft. Ich werde Paco und eine Freundin bitten, dass sie auf Brian achtgeben sollen. Er wird noch eine Weile schlafen.«

Als Adam die ersten Schritte machen wollte, wäre er beinahe über seine eigenen Füße gestolpert. Shawi fing ihn gerade noch rechtzeitig auf und stützte ihn beim Gehen.

An Deck ließ sich Adam erschöpft zu Boden sinken. Es war ein wunderbares Gefühl, die Sonne auf seinem Gesicht zu spüren.

»Ich kann jetzt erzählen, was ich gesehen habe«, sagte er schließlich. Gemeinsam berichteten er und Casablanca nun in aller Ausführlichkeit von Brians Begegnung mit dem Fremden und den Soldaten. Als sie fertig waren, stand Virginia Zimunga auf und sah aufs Meer hinaus.

»Es besteht kein Zweifel daran, dass es die tatsächlichen Erinnerungen von diesem Brian waren?«, fragte Shawi vorsichtig nach.

Casablanca schüttelte den Kopf. »Nicht der geringste.«

»Es gibt in diesen Zeiten nur ein Land, das über U-Boote mit bestens ausgerüsteten Besatzungen verfügt«, stellte Adam fest. »Brasilien.«

»Groß-Brasilien«, verbesserte Virginia Zimunga. »Es wäre sogar möglich, dass es das U-Boot ist, das genau in diesem Moment im Hafen von Kapstadt liegt. Aber wir haben keine Beweise. Und wer ist dieser Fremde, der sich offenbar unsichtbar machen kann?«

»Das ist kein Mensch! Niemals!« Casablanca verzog vor Abscheu das Gesicht. »Trotzdem verfügt er über die Kunst der Hypnose. Ist allen hier klar, dass er den vier Männern an Bord der Yacht den Befehl eingepflanzt hat, sich um fünf Uhr des heutigen Tages am Haupteingang des Lagers zu treffen?«

Adam sah auf die Uhr. »Das ist in einer guten Stunde.«

»Heißt das, Brian wird gleich aufstehen und wie ferngesteuert dorthin gehen?«, fragte Shawi.

»Ich glaube nicht daran«, sagte Casablanca.

»Warum nicht?«, fragte Adam erstaunt. »Sie haben es doch genauso miterlebt wie ich.«

»Ganz einfach: Weil ich glaube, dass die Beeinflussung durch den Fremden bei Brian nicht richtig funktioniert hat. Brian wird der Einzige gewesen sein, in dessen Kopf ein absolutes Vakuum geherrscht hat. Ich bin davon überzeugt, dass diese Gestalt bei den vier Flüchtlingen eigentlich nur die Erinnerung an den Moment des Zusammentreffens mit ihr und dem U-Boot auslöschen wollte. Brian und die anderen sollten wie geplant hier im Flüchtlingslager ankommen. Wenn die Männer all ihre Erinnerungen verloren hätten, wären sie wohl kaum in der Lage gewesen, das Boot bis zur südafrikanischen Küste zu steuern.«

»Und seine Begleiter werden angenommen haben, er sei einfach durchgedreht«, stimmte Virginia Zimunga zu. »So was soll ja vorkommen. Vor allem nach einer Augenoperation in einem Hinterhof.«

»Genau diese Operation könnte auch der Grund sein, warum die Hypnose bei Brian nicht so funktionierte, wie sie sollte«, vermutete Casablanca. »Er hatte ja ständig diese Kopfschmerzen.«

Shawi schüttelte sich. »Ein Auge hergeben gegen Bezahlung!«

Casablanca blickte zu dem Grenzwall, der nur wenige Kilometer von ihnen entfernt einen langen Schatten auf das Lager warf. »Das Leben da draußen, das ist die Hölle, Mädchen. Dort kannst du weitaus mehr als nur ein Auge verlieren. Der arme Paco hat dort seine ganze Familie verloren.«

»Es steht außer Frage, dass sich in dem Metallbehälter der Angreifer die Larven der Parasiten befanden«, sagte Virginia Zimunga nun. »Ich konnte sie bereits in Brians Körper spüren, als ich ihm das erste Mal gegenüberstand. Ich habe euch doch erzählt, dass jedes Lebewesen ganz eigene Schwingungen ausstrahlt. Und in Brian spüre ich die Schwingungen der Parasiten aus Harare. Nicht so ausgeprägt wie bei den ausgewachsenen Exemplaren. Aber sie sind es. Ohne Zweifel!«

Wieder schüttelte Shawi sich, als würde sich eines von den Viechern an ihre Kleidung klammern.

»Natürlich in ihrer Larvenform«, ergänzte Virginia Zimunga ungerührt. »Winzig klein.«

Adam glaubte zu spüren, wie das schleimige Etwas in seinem Mund landete und seine Kehle hinunterglitt ... Brians Erinnerung war so beklemmend real gewesen.

»Wie lange ...« Seine Stimme versagte beim ersten Versuch. »Wie lange brauchen die Larven, bis sie ...?«

»Bis sie schlüpfen? Keine Ahnung«, sagte Virginia Zimunga. »Wir müssen Brian auf jeden Fall schnellstmöglich nach Kapstadt bringen. Zu Dr. Vajpayee in die Klinik des Innenministeriums.«

»Und die anderen drei Männer von der Yacht?« Shawi hatte sich wieder vollständig unter Kontrolle. Ganz im Gegensatz zu Adam. Der hatte das Gefühl, sich dringend übergeben zu müssen.

»Die werden wir hoffentlich gleich am Haupttor treffen.« Die Zauberin wandte sich an Casablanca. »Passen Sie gut auf Brian auf. Wir kommen wieder.«

»Da ist noch etwas«, sagte Adam und kämpfte noch immer mit dem Brechreiz. »Etwas ... Wichtiges!«

»Ruhig und langsam atmen!« Virginia Zimunga presste ihre Hand auf seine Brust. Sofort fühlte er eine angenehme Wärme in seinem Körper.

»Jetzt sprich, Adam.«

»Der Kerl im grauen Mantel sagte zum Abschluss etwas zu Brian und den anderen Männern. Es lautete: Alles ist gut. Ein Friede wird kommen, den ihr niemals vergesst. Ein Friede, der euch von allem befreit.«

»Vielleicht handelt es sich dabei um eine Formel zur Festigung der Hypnose«, vermutete Casablanca.

»Aber ich habe es ja selbst schon gehört«, sagte Adam bedrückt. »Ein zwergwüchsiger Mann hat es gesungen. Erst bin ich ihm in Gugulethu begegnet und später noch einmal. In der Menge vor dem Waisenhaus in Kapstadt.«

Virginia Zimungas Miene verfinsterte sich noch mehr. »Das klingt gar nicht gut.« Sie gab sich einen Ruck. »Aber darum kümmern wir uns später. Jetzt müssen wir zum Haupttor.«

Kapitel 11

FUNKKONTAKT!

Die Sonne brannte erbarmungslos auf das Flüchtlingslager und verwandelte es in einen Schmelzofen. Adam stolperte fluchend über einen Müllhaufen. Es stank entsetzlich nach Abfällen und Verwesung. Selbst die Meeresbrise brachte keine Linderung mehr.

Sie stießen auf einen der Hauptwege. Vor einer Wasserausgabestelle wartete eine ungeduldige Menschenschlange.

»Stopp!«, sagte Adam plötzlich. »Da vorn ist dieser Franzose Bernard.«

Er hatte den Mann sofort erkannt. Die Bilder aus Brians Erinnerungen hatten sich regelrecht in sein Gedächtnis gebrannt. Bernard stand inmitten des träge dahinziehenden Mahlstroms von Menschen.

»Das ist der Franzose?«, wunderte sich Shawi. »Seine Haut ist noch dunkler als meine.«

»In Frankreich lebten viele Schwarze«, sagte Virginia Zimunga und ließ den Mann nicht aus den Augen. »Viel interessanter ist der Kerl, der da mit ihm spricht.«

Bernard lauschte jetzt einem Mann, der ruhig auf ihn einredete. Der Fremde war weiß und von großer, muskulöser Statur. Das blonde Haar trug er militärisch kurz geschoren. Seine gut sitzende und vor allem saubere Kleidung passte nicht an diesen Ort.

Adam, Shawi und Virginia Zimunga zogen sich in den Schutz eines Verkaufsstands zurück, der übel riechenden Fisch feilbot.

»Ich kenne ihn«, wurde Adam mit einem Schlag bewusst. »Er war auch auf Bernards Yacht. Das ist einer dieser Soldaten aus dem U-Boot.«

Die Zauberin runzelte die Stirn, doch bevor sie etwas erwidern konnte, gingen die beiden Männer schon weiter. Hastig tauchte Adam zusammen mit der Zauberin und Shawi in der Menschenmenge unter, um ihnen zu folgen.

Wie erwartet steuerten Bernard und der blonde Hüne zielstrebig den Haupteingang des Lagers an. Bei ihrer Ankunft hatte Adam gar nicht bemerkt, dass es etwas abseits vom großen Stahltor noch einen Nebeneingang gab: einen schmalen Korridor, flankiert von Stacheldraht, der zu einer Gittertür führte. Dahinter standen bewaffnete Wachtposten.

Es passte zum Lagerkommandanten Feza, dass er sie durch das schwere Portal eingelassen hatte. Der Mann liebte zweifelsohne den großen Auftritt.

Adam beobachtete, wie die Soldaten ein Papier kontrollierten, das ihnen der Blonde durch die Gitterstäbe geschoben hatte.

»Da kommt Khaled.« Adam schaute auf die Uhr. »Absolut pünktlich. Fehlt nur noch der zweite Algerier.«

Der Blonde entfernte sich von der Gittertür und sah sich suchend um. Schließlich waren nur zwei der von ihm erwarteten Männer aufgetaucht.

»Wo kann der andere Algerier stecken?«, fragte Shawi.

»Hier im Lager geht man schnell verloren«, erwiderte Virginia Zimunga. »Das werden die mit eingerechnet haben. Deshalb haben sie auch immer mehrere Kandidaten ausgesucht.«

Der Blonde kehrte zu Bernard und Khaled zurück. Die Wächter öffneten die Tür und ließen die drei Männer passieren.

»Schauen wir mal, wohin sie wollen.« Virginia trat entschlossen auf den Ausgang zu. »Innenministerium!« Sie hielt den Soldaten ihren Ausweis entgegen.

»In Ordnung«, brummte einer der Wächter. »Tor öffnen!«

»Die Männer, die hier gerade durchkamen. Wer waren die?«, fragte Adam.

»Ein Beamter der Einwanderungsbehörde mit zwei Flüchtlingen, denen die Einreise bewilligt wurde. Die Papiere waren in Ordnung«, erwiderte der ranghöchste der Soldaten.

»Kommt so was öfters vor?«, fragte Virginia Zimunga nach.

»Hin und wieder. Vor gut einer Woche waren es sogar fünf Flüchtlinge.«

»Wurden sie von demselben Mann begleitet?«

»Ja.« Der Soldat wurde sichtlich nervös. »Stimmt was nicht? Wollen Sie sich lieber mit Major Feza unterhalten?«

»Schon gut«, wiegelte die Zauberin ab. »Es ist alles in Ordnung. Verraten Sie mir nur noch, wohin die Flüchtlinge gebracht werden.«

»Von hier kommt man nur mit dem Bus weg.«

* * *

Der ehemals kleine Ort Alexanderbaai hatte sich in den letzten Jahren vergrößert. Busse verbanden Alexanderbaai mit dem weiter im Süden gelegenen Bitterfontein. Von dort konnte man die Fahrt mit dem Zug bis Kapstadt fortsetzen. Am Busbahnhof herrschte ein ziemliches Gedränge. Seit der private Verkehr aufgrund des Treibstoffmangels fast vollständig zum Erliegen gekommen war, waren die Reisenden auf Busse und Züge angewiesen.

Der Blonde war mit Bernard und Khaled bereits in den Bus gestiegen.

»In zehn Minuten geht es los.« Shawi kehrte mit drei Tickets vom Verkaufsschalter zurück. »Ich frage mich, warum die ausgerechnet den Bus nehmen.«

»Ein Auto würde auffallen. Es gibt auf den Straßen immer wieder Kontrollpunkte. Im Bus sind sie nur einfache Reisende«, vermutete Adam.

»Jedenfalls wissen wir jetzt, wie sie die Parasiten ins Land schmuggeln. Die Grenze ist absolut dicht, das Flüchtlingslager ist der Schwachpunkt«, sagte Virginia Zimunga.

»Aber sagten Sie nicht, dass die Parasiten und die Spinnen in einer Art Symbiose zusammenleben? Wie kommen die Spinnen dann ins Land?«, fragte Adam.

Die Zauberin deutete auf die ferne Grenzmauer. »Vielleicht krabbeln sie einfach drüber. Bei Tage würden sie kaum auffallen. Auf jeden Fall werden die Grenzer ziemlich irritiert sein, wenn sie nun den Befehl bekommen, zukünftig auch noch auf violette Spinnen zu achten.«

Grenzsoldaten in schwarzen Lederstiefeln und Khakiuniformen überprüften die Ausweispapiere und das Gepäck der Reisenden. Der Blonde und seine Begleiter saßen in der ersten Reihe direkt hinter der vergitterten Kabine des Fahrers.

Virginia Zimunga führte Adam und Shawi zum hinteren Buseingang. Als die Zauberin einem Soldaten ihren Dienstausweis zeigte, wollte der Mann gleich salutieren.

»Lassen Sie das!«, zischte Virginia Zimunga.

Doch zum Glück beachtete sie niemand. Dazu veranstalteten die Einsteigenden viel zu viel Tumult. Schon bald war der Bus bis auf den letzten Platz besetzt, und ein paar Leute mussten sich mit Stehplätzen im Durchgang begnügen. Es war drückend heiß. Denn um den Dieselverbrauch so gering wie möglich zu halten, gab es in den Bussen inzwischen auch keine Klimaanlagen mehr.

Der Fahrer startete den Motor.

»Wir müssen so lange wie möglich an ihnen dranbleiben«, sagte Virginia Zimunga.

»Glauben Sie eigentlich, dass die Brasilianer diese Viecher gezüchtet haben?«, fragte Adam. Der Gedanke ging ihm schon die ganze Zeit durch den Kopf.

»Nein!« Sie legte den Zeigefinger auf ihre Lippen als Zeichen, dass er nun zu schweigen hatte.

Nach ein paar Kilometern begann eine Frau damit, auf der Rückbank vor dem Heckfenster einen improvisierten Verkaufsstand aufzubauen. Sie stellte einen Klapptisch in den Gang und baute darauf Wasserflaschen, Obst und Trockenfisch auf.

Lauthals pries sie ihre Waren an. »Den besten Fisch, das frischeste Obst! Billig, billig von Mama Davina!«

Garantiert hatte sie eine Abmachung mit dem Busfahrer und zahlte ihm einen Anteil von ihren Einnahmen.

Adam erhob sich halb von seinem Sitz, um nach den drei Männern im vorderen Teil des Busses Ausschau zu halten. Sie verhielten sich völlig ruhig. Der Franzose und der Algerier schienen zu schlafen. Adam musste immer wieder an die schleimigen Biester denken, die in ihnen heranwuchsen. Ob Bernard und Khaled es bereits spüren konnten?

Adam saß auf der Bank, die gerade genug Platz für Virginia Zimunga, Shawi und ihn bot, ganz außen. Er blickte an seinen Begleiterinnen vorbei. Durch das zerkratzte Kunststofffenster war die karge Steppenlandschaft zu sehen. In der Reihe vor ihm stillte eine Mutter ihr Baby. Mama Davina kreischte noch immer ihre Angebote heraus, während sie die ersten Kunden bediente. Ihr Geschäft lief gut an.

Adam fragte sich immer und immer wieder, was hinter dem Ganzen steckte. War es wirklich die brasilianische Militärregierung? Und wer war der furchtbare Kerl im grauen Mantel, der sich unsichtbar machen konnte?

Er wurde aus seinen Gedanken gerissen, als Shawi ihn mit dem Ellenbogen anstieß.

»Der Blonde ist aufgestanden«, flüsterte sie.

Der Mann näherte sich ihnen auf dem Mittelgang. Adam tastete reflexartig nach seiner Waffe, doch der Mann ging vorbei, ohne sie zu beachten. Er hielt ein paar Geldscheine in der

Hand. Adam wurde klar, dass der Fremde sich wohl nur etwas bei Mama Davina holen wollte.

Er war schon fast am Verkaufsstand am Ende des Busses angekommen, als seine Schritte abrupt stoppten.

Adam riskierte einen Blick. Der Mann hatte sich umgewandt und ging langsam zurück. Er blähte die Nasenflügel, als wollte er Witterung aufnehmen. Direkt neben Adam hielt er inne. Sein Gesicht spiegelte absolutes Erstaunen wieder. Er ging in die Hocke und musterte Adam interessiert. Der Anflug eines Lächelns erschien auf den Lippen des blonden Mannes.

»Wer bist du?«, fragte er. »Nenne mir deine Kennung!«

Adam war wie gelähmt und hatte nicht die geringste Ahnung, was der Mann von ihm wollte. Er hörte, wie Shawi zischend den Atem einzog und mit einer schnellen Bewegung ihre Pistole zückte.

»Keine Bewegung!«, sagte sie mit fester Stimme und erhob sich.

»Nicht gut!«, knurrte der Mann, und das Lächeln verschwand.

Er bewegte sich unglaublich schnell. Sein Arm schnellte vor wie eine sprungbereite Schlange und traf Shawis Hand. Sie schrie auf, die Waffe fiel zu Boden.

»Die haben hier Knarren!«, schrillte eine Frau. Es war die geschäftstüchtige Mama Davina. »Hilfe! Hilfe!«

Der Bus bremste so heftig, dass der Blonde das Gleichgewicht verlor und nach Halt tastete. Mama Divanas Verkaufstisch kippte um und ihre Waren flogen durch die Luft. Eine Wasserflasche traf den Blonden hart an der Schläfe.

Adam schlug mit der Stirn gegen die Lehne des Vordermannes und tastete nach seiner Dienstwaffe. Er erhaschte einen verschwommenen Blick auf den Mann, der sich gerade wieder aufrichtete. Die Fahrgäste vor ihnen flohen in den vorderen Teil des Busses, während sich die Menschen in der letzten Reihe ängstlich zusammendrängten.

»Verlassen Sie den Bus!«, brüllte der Fahrer von vorn.

Er hatte die Türen geöffnet und versuchte, die Insassen in Sicherheit zu bringen. Wer konnte, drängte sich zu den Ausgängen. Der Bus leerte sich bis auf die hinteren Sitzreihen. Shawi hatte ihre Waffe aufgehoben und hielt sie jetzt in der linken Hand. Auch Adam richtete den Lauf seines Revolvers nun auf den blonden Mann.

Adam hörte, wie ein Gewehr entsichert wurde.

»Waffen runter!«, brüllte der Fahrer mit überschnappender Stimme.

Er richtete ein Gewehr auf sie. Adam erinnerte sich daran, dass Fahrer auf Überlandfahrten im Umgang mit Schusswaffen geschult waren.

Der Blonde hob die Hände über den Kopf. »Die haben Pistolen! Helfen Sie mir!« Er schauspielerte gut.

»Lassen Sie die Waffen fallen!«, forderte der Fahrer erneut.

»Wir sind von der Regierung!«, rief Adam.

»Glauben Sie denen nicht!« Der Blonde spielte seine Panik perfekt. »Sehen Sie sich die doch an!« Er entfernte sich mit erhobenen Armen in Richtung Fahrer. Die junge Frau mit dem Baby auf dem Arm folgte ihm in der Hoffnung, aus der Gefahrenzone zu gelangen. Sie stand Adam und Shawi nun genau in der Schusslinie.

»Verdammt noch mal!«, rief Shawi. »Sie machen einen großen Fehler! Der weiße Kerl ist ein Krimineller!«

Der Fahrer hörte nicht auf sie. »Lasst endlich die Pistolen fallen! Das Tragen von Waffen jeglicher Art ist in öffentlichen Verkehrsmitteln strengstens ...« Der Blonde schnitt ihm mit einem Schlag in den Magen das Wort ab. Der Fahrer klappte zusammen, und der Blonde entriss ihm das Gewehr. Er zielte auf die Frau mit dem Kind.

»Vielleicht gehorcht ihr jetzt! Junge, du legst die Waffe auf den Boden. Mädchen, du lässt sie auf die Sitzbank vor dir fallen.« Er brüllte nicht, sondern redete in einem ganz normalen Tonfall. Er schien nicht im Geringsten angespannt zu sein.

»Oder die Mami und ihr Nachwuchs bezahlen für euren Ungehorsam.«

Die Frau schrie auf, presste das Kind gegen die Brust und wandte dem Mann den Rücken zu. Sie starrte Adam mit riesigen Augen an. »Bitte!«, flehte sie. »Bitte!«

Adam versuchte, die Situation und seine Chancen in wenigen Sekunden zu erfassen, so wie er es während der Ausbildung gelernt hatte.

Shawi hatte den Mann im Visier. Aber der blonde Hüne zielte weiterhin auf die Frau, sodass Adam keine freie Schussbahn hatte. Hinter ihnen wimmerten noch weitere Fahrgäste. Sie waren ebenfalls in Gefahr. Bernard und Khaled hockten völlig regungslos auf ihren Plätzen, als würden sie schlafen. Der Busfahrer kroch röchelnd auf allen vieren zum Ausgang.

»Legt die Waffen auf den Boden«, sagte Virginia Zimunga leise. »Sofort!«

Adam zögerte.

»Dann wird er uns alle erschießen«, stieß Shawi hervor.

»Das ist ein Befehl!«, beharrte die Zauberin.

Adam bückte sich und legte die Pistole ganz langsam in den Mittelgang. Shawis Gesicht verzog sich zu einer Grimasse der Verzweiflung, als sie sich widerwillig über die Lehne beugte, um die Waffe auf die leere Sitzbank vor ihr fallen zu lassen.

»Gut!« Der Mann nickte ihnen zu. Er richtete den Lauf des Gewehres auf Shawi.

Der Schuss krachte.

Adam wollte herumwirbeln in dem absurden Versuch, schneller als die Kugel zu sein, um Shawi aus der Schusslinie stoßen.

In seinem Kopf war plötzlich ein lautes Dröhnen, als befände er sich im Innern einer riesigen Glocke. Er erstarrte inmitten der Bewegung. Die Welt um ihn herum versank in einem undurchdringlichen Nebel.

* * *

Ein zweiter Schuss. Laut und unmittelbar.

Adam verlor das Gleichgewicht und prallte gegen Shawi. Der undurchdringliche Nebel war verschwunden. Das Innere des Busses tauchte wieder vor seinen Augen auf. Doch etwas hatte sich verändert: Virginia Zimunga stand aufrecht vor ihrem Sitz und hielt einen winzigen Revolver in ihren Händen.

»Was zum …?!«, entfuhr es Adam.

Die Frau hockte auf dem Mittelgang und schützte ihr Kind mit dem eigenen Körper. Sie schien unverletzt. Shawi richtete sich auf. Auch ihr war nichts geschehen.

Der blonde Mann lag auf dem Rücken. Die Augen weit geöffnet. Er bewegte sich nicht. Adam hob seine Waffe auf und eilte zu ihm. Der Fremde war tot. Eine Kugel hatte ihn in die Stirn getroffen. Adam blickte fragend zu Virginia Zimunga. Die Zauberin schloss die Augen, seufzte tief und ließ die Waffe in ihrem Gewand verschwinden. Sie schwankte ein wenig und musste sich am Vordersitz abstützen.

»Ich bin eine schlechte Schützin«, sagte sie leise. Die Zauberin ließ sich auf den Sitz fallen und atmete schwer. Adam nahm das Gewehr des Busfahrers an sich und eilte zu ihr. Virginia Zimunga schien um Jahre gealtert.

»Wie haben Sie das gemacht?«, fragte Adam.

Die verbliebenen Fahrgäste stürmten unter der lautstarken Führung von Mama Davina ins Freie.

Shawi griff eine der im Bus verstreuten Wasserflaschen von Mama Davina, öffnete sie und reichte sie Virginia Zimunga. Die Zauberin trank gierig.

»Ich hatte keine andere Wahl«, sagte sie dann anstelle einer Antwort. »Er hätte uns erschossen.«

»Es war so, als wäre ich eingefroren«, meinte Shawi.

»Ich musste die Zeit anhalten, sonst wäre Shawi getroffen

worden«, erklärte Virginia Zimunga. »Mehr als zwei Sekunden waren allerdings nicht möglich.« Sie deutete auf die Heckscheibe des Busses. Dort klaffte ein kreisrundes Loch.

Adam sah sie verständnislos an. »Ich verstehe kein Wort.«

Virginia Zimunga griff nach seiner Hand. »Es ist eine der schwierigsten und gefährlichsten Handlungen, zu denen ich fähig bin. Ich werde das vielleicht noch ein einziges Mal in meinem Leben schaffen. Zu mehr reicht meine Energie nicht. In diesen knappen zwei Sekunden bin ich die einzige Person, die noch handlungsfähig ist.«

»Heißt das, Sie haben mich in der Zeit aus der Schusslinie gebracht, Ihre Waffe hervorgeholt und auf den Mann geschossen?«, fragte Shawi ungläubig.

Virginia Zimunga nickte. »Verliert darüber kein Wort. Selbst innerhalb der Magischen Gilde wissen nur wenige, dass so etwas möglich ist. Die Gefahr, dass etwas schiefgeht, ist viel zu groß. Diese Handlung ist mit einem absoluten Tabu belegt.«

»Die Zeit anhalten ... Haben Sie die Zeit auf der ganzen Welt gestoppt?«, wollte Adam wissen.

Die Zauberin lächelte schwach. »Aber nein. Das kann kein lebendes Wesen. Es ist beschränkt auf einen sehr begrenzten Raum.« Sie deutete mit einem Kopfnicken auf die Menschen, die draußen Deckung gesucht hatten. »Die haben davon schon nichts mehr mitbekommen.« Sie versuchte vergeblich, sich aufzurichten. Adam und Shawi mussten sie stützen, während sie sich langsam dem Toten näherten. Sie betrachteten das starre Gesicht des Mannes.

»Ich hätte ihn lieber nur kampfunfähig gemacht«, sagte Virginia Zimunga leise.

Adam betrachtete Bernard und Khaled, die völlig unberührt von den Ereignissen zu schlafen schienen. »Von den beiden können wir vielleicht mehr über den Mann hier erfahren.« Er schluckte und fügte hinzu: »... oder über das, was in ihnen ist.«

Ein Geländewagen hielt neben dem Bus: eine Patrouille der Grenztruppen. Zwei Soldaten stiegen aus.

»Die kommen wie gerufen«, sagte Virginia Zimunga. »Shawi, geh zu ihnen und teile ihnen mit, dass es sich hier um einen Raubüberfall handelt und die Lage unter Kontrolle ist. Mehr nicht, klar?«

Shawi zückte ihren neuen Dienstausweis und eilte davon.

»Und wir zwei untersuchen den Toten, ehe man uns zuvorkommt.« Die Zauberin tastete die Leiche ab. In einer Jackentasche steckte eine Geldbörse mit einem Ausweis.

»Einwanderungsbehörde«, las Virginia Zimunga. »Ausgestellt auf den Namen Benjamin Zabrieski. Garantiert eine Fälschung.«

»Es war wie im Keller des Waisenhauses. Der Kerl dort hat mich auch erkannt.« Erst jetzt wurde Adam diese Ungeheuerlichkeit so richtig bewusst.

»Ich weiß«, sagte die Zauberin nur.

»Aber wieso?« Adam zitterte mit einem Mal. »Was habe ich mit denen zu tun?«, murmelte er, ohne ernstlich eine Antwort zu erwarten.

Virginia Zimunga durchsuchte ohnehin noch immer hektisch die Kleidung des Toten. Sie brachte ein kleines Gerät zum Vorschein. Fünf Zentimeter Seitenlänge. Aus schwarzem Metall.

Adam riss die Augen auf. »So was habe ich schon mal gesehen!«

»Es muss ein Funkgerät sein. Der Bombenleger in Gugulethu hatte auch so ein Ding.«

Virginia Zimunga betrachtete das Gerät von allen Seiten. An der Vorderseite des kleinen Kastens war ein winziges Gitter befestigt, an der Seite ragten mehrere Schalter ohne jegliche Beschriftung hervor. Die Zauberin betätigte den obersten. Ein Knacken ertönte.

Adam und Virginia Zimunga sahen sich an.

»Ich höre!«, drang eine Stimme aus dem Gerät.

Obwohl sie verzerrt und blechern klang, jagte sie Adam einen Schauer über den Rücken.

»Sprich!«, kam es jetzt drängend und hart.

Virginia Zimunga hielt das Funkgerät vor ihre Lippen. »Wer sind Sie?«

Der Fremde reagierte sofort. »Das ist nicht die Stimme, die ich hören wollte.«

»Wer sind Sie?«, wiederholte Virginia Zimunga mit Nachdruck. »Arbeiten Sie für die brasilianische Regierung?«

»Brasilianer!« Es folgte ein seltsames, kaum menschliches Knurren.

»Eure Zeit läuft ab. Und glaubt mir, ihr kommt nicht ins Paradies!« Ein Knacken zeigte an, dass die Verbindung abgebrochen wurde.

Ein Soldat betrat den Bus. Die Zauberin ließ das Funkgerät verschwinden.

Mit den Worten »Zimunga! Innenministerium!« trat sie dem Uniformierten entgegen, ehe der auch nur eine Frage stellen konnte. Der Mann nahm Haltung an.

Adam bekam von alldem kaum etwas mit.

Eure Zeit läuft ab. Das war keine Drohung gewesen.

Es war eine Feststellung.

Kapitel 12

Operation Odysseus

Die Innenministerin hielt sich etwas abseits, um Dr. Vajpayee und sein Operationsteam nicht zu stören. Der Arzt beugte sich über den Körper des bewusstlosen Bernard. Eine Narkoseärztin behielt die medizinischen Geräte im Auge.

»Zustand des Patienten stabil«, meldete sie.

»Beginne mit der Entnahme«, erwiderte Dr. Vajpayee. Ein Assistent tupfte ihm den Schweiß von der Stirn.

Innenministerin Masuku wandte den Blick ab. Sie hatte in ihrem Leben schlimme Dinge gesehen, war aber noch nie bei einer Operation dabei gewesen.

»Es sind vier«, hörte sie den Arzt sagen. »Nein, fünf! Pinzette! Schnell!«

Irgendjemand der Anwesenden stieß ein entsetztes Ächzen aus. Dann herrschte minutenlange Stille. Nur unterbrochen von den akustischen Signalen der Geräte, die Auskunft über den Zustand des Franzosen gaben.

»Wir haben alle fünf entfernt. Wollen Sie die Parasiten sehen, Frau Ministerin?«

Masuku trat zögernd auf den Mediziner zu. Dr. Vajpayee schwitzte immer stärker und nahm seinen Mundschutz ab. In den Händen hielt er eine silberne Metallschale.

»Sind sie noch lebendig?« Masuku deutete auf die Lebewesen, die einen Durchmesser von vier bis sechs Zentimetern besaßen und an Kaulquappen in einem fortgeschrittenen Entwicklungsstadium erinnerten. Nur dass sie acht statt vier Gliedmaßen gebildet hatten.

»Sie zeigen keinerlei Reaktion«, erwiderte Dr. Vajpayee. »Vielleicht sterben sie bei vorzeitiger Trennung vom Wirtskörper. Eine Untersuchung wird genaueren Aufschluss bringen.«

»Eins von den Viechern hat sich bewegt«, stellte Masuku fest.

Der Mediziner beugte sich tiefer über die Schale in seinen Händen. »Tatsächlich«, murmelte er. »Eines der fünf larvenartigen Wesen vibriert geradezu –«

Er schrie auf, und die Schale landete scheppernd auf dem Boden. Das winzige Wesen hatte sich direkt in Dr. Vajpayees Gesicht katapultiert. Dort hing es jetzt wie ein übergroßes, grau glänzendes Muttermal. Ganz langsam kroch es auf den Mund des Mediziners zu. Dr. Vajpayee versuchte, es mit den Fingern von der Haut zu lösen. »Cooper!«, rief er. »Nehmen Sie die Pinzette!«

Sein Assistent stürzte herbei und ergriff den Parasiten mit der chirurgischen Pinzette.

»Sie müssen stillhalten!«, drängte Cooper den panischen Mediziner. »Es versucht, in Ihren Körper zu gelangen.«

Die Larve war nur noch wenige Zentimeter von Dr. Vajpayees Mund entfernt.

Erst beim zweiten Versuch konnte der Assistent seinen Chef von dem Angreifer befreien. Mit angeekeltem Gesichtsausdruck hielt er das Wesen ins Licht eines Scheinwerfers. Die acht Beine zappelten noch einige Male frenetisch, dann erstarben die Bewegungen.

Die Narkoseärztin eilte herbei und desinfizierte die Stelle an Dr. Vajpayees Wange, wo sich die Larve verbissen hatte.

Der Mediziner hatte sich sofort wieder unter Kontrolle. »Was ist mit den anderen Viechern?«

Die vier anderen waren beim Aufprall aus der Schale gefallen. Drei lagen mit zusammengekrümmten Gliedmaßen auf dem Boden. Die vierte Larve entdeckte Assistenzarzt Cooper unter dem Operationstisch. Sie bewegte sich noch, aber als Cooper sie mit der Pinzette ergriff, erstarrte auch sie. Er legte sie zu den anderen in die Schale zurück.

»Machen Sie besser einen Deckel darauf«, ordnete Dr. Vajpayee an. »Und dann ab damit ins Labor. Ich werde mich um die Beendigung der Operation kümmern.«

»Dem Patienten ist nichts geschehen«, stellte die Narkoseärztin mit Blick auf die Instrumente fest.

Die Innenministerin nahm dem Assistenzarzt die Schale aus den Händen. »Ich übernehme das. Helfen Sie Dr. Vajpayee. Ich will, dass auch die beiden anderen Männer von den Parasiten befreit werden.«

* * *

Adam schaute aus dem Fenster auf das erwachende Kapstadt und nippte an einer Tasse heißem Ersatzkaffee.

Die erste Nacht nach der Rückkehr aus dem Flüchtlingslager hatte er im Haus seiner Tante verbracht. Er hatte Tante Vanessa etwas von einem Routineeinsatz erzählt, und sie lebte in dem Glauben, ihr Neffe hätte einen guten und vor allem ruhigen Posten beim Innenministerium.

Obwohl er nicht mehr im Dienst der regulären Polizei stand, war er wie immer von seiner inneren Uhr gegen halb sechs in der Frühe geweckt worden.

Er schaltete das Radio pünktlich zu den Nachrichten ein.

»Radio Kapstadt mit den Sechs-Uhr-Nachrichten«, begann der Sprecher.

»Das meteorologische Institut in Durban hat erhöhte Radioaktivität in der Luft gemessen. Ersten Berechnungen zufolge könnte die Strahlung ihren Ursprung auf dem indischen Subkontinent haben. Ob sie von einer nuklearen Explosion oder einem defekten Atomkraftwerk stammt, ist unklar. Aktuell besteht keinerlei Gefahr. Die Werte sind lediglich siebenmal höher als normal.«

Der Nachrichtensprecher machte eine Pause, wobei deutlich das Rascheln von Papier zu hören war.

»Ein Sprecher des Innenministeriums wies darauf hin, die vereinzelt auftretenden spinnenartigen und violett leuchtenden Insekten nicht zu berühren und ihre Sichtung umgehend den Behörden mitzuteilen. Eine Berührung kann allergische Reaktionen wie Hautausschläge und Fieber auslösen.«

Adam fand es richtig, dass diese Halbwahrheiten verbreitet wurden. So hielten sich die Menschen einerseits von den Spinnen fern, andererseits wurden sie jedoch auch nicht in Panik versetzt.

Es klingelte an der Haustür. Im Flur begegnete er seiner Tante im Morgenmantel. »Ich gehe schon«, rief er ihr zu.

Vor der Tür stand Shawi. Sie trug eine verwaschene Jeans und eine schwarze Lederjacke. Adam hatte den Eindruck, dass sie ihre kurzen schwarzen Locken in der letzten Zeit wachsen ließ.

Auf der Straße wartete ein unauffälliger VW Golf mit einem Fahrer.

»Hallo«, sagte sie. »Wir sollen ins Innenministerium kommen.«

Tante Vanessa war hinter Adam die Treppe hinuntergekommen.

»Oh!«, machte sie und schüttelte Shawi die Hand. »Bist du eine Freundin von meinem Neffen?«

Shawi verzog keine Miene. »Eine Kollegin.«

Adam holte eine Jacke und seine Dienstwaffe, die er nun, auch wenn er nicht im Dienst war, behalten durfte.

»Die Innenministerin Masuku legt wohl Wert auf junge Mitarbeiter«, meinte Tante Vanessa. »Das ist eine gute Einstellung.«

Ehe Adam das Haus verlassen konnte, zupfte sie seinen

Hemdkragen gerade und steckte ihm einen Apfel zu. »Du hast doch noch gar nicht gefrühstückt.«

Shawi lächelte schief.

***

Im Innenministerium wurden sie von Virginia Zimunga erwartet.

»Ich möchte euch zuerst etwas zeigen«, sagte sie. »Etwas Erfreuliches.«

Sie führte die beiden zu einem Raum, dessen Wand zum Flur komplett aus Glas bestand. Er war hell erleuchtet, und seine Einrichtung bildete einen Kontrast zur Nüchternheit des sonstigen Gebäudes. Die Möbel waren in bunten Farben gestrichen. Es gab Unmengen von Spielzeug, und von den Wänden lachten Figuren, die Adam schon längst vergessen hatte: die Manga- und Fernsehhelden seiner Kindheit. Im Raum tollten unter der Aufsicht mehrerer Frauen kleine Mädchen und Jungen umher.

»Ein Hort für die Jüngsten unserer Mitarbeiter«, erklärte Virginia Zimunga.

Die Fröhlichkeit an diesem Ort war nach all den Erlebnissen der vergangenen Zeit eine willkommene Abwechslung für Adam. Ihm fielen die Worte der Innenministerin ein: Das Wichtigste ist es, die Zukunft der Kinder zu sichern.

Selbst Shawi wirkte zwischen den spielenden und lachenden Kindern gelöster als sonst und kickte einem Jungen sogar einen Ball zu.

Dennoch fragte sich Adam, was sie hier sollten. Diente dieser Abstecher der Motivation für ihre Arbeit?

Virginia Zimunga kniete sich neben ein dunkelhäutiges Mädchen, das verträumt eine Puppe in ihren Armen wiegte.

»Ich kenne sie!«, rief Adam. Es war das Mädchen aus der U-Bahn von Harare, das er im letzten Moment vor den angreifenden Parasiten gerettet hatte.

»Oh, mein Gott!« Er setzte sich neben Virginia Zimunga auf den weichen Teppich und wusste nicht, was er sagen sollte. Er konnte die Kleine nur ansehen. Sie machte einen etwas scheuen Eindruck, lächelte nicht und presste die Puppe noch fester an sich. Aber als die Zauberin dem Mädchen übers Haar strich, schloss es kurz die Augen und drückte den Kopf fest gegen Virginia Zimungas Hand.

»Es geht ihr gut«, sagte die Zauberin. »Sie ist von selbst aufgewacht. Einfach so.«

Adam öffnete den Mund, aber die Frau ahnte seine Frage voraus. »Keine Parasiten. Keinerlei Nachwirkungen. Bis auf einen Gedächtnisverlust«, sagte sie leise. »Sie wird bei uns bleiben, aber sie weiß nicht, wie sie heißt oder wer ihre Eltern sind. Daher hielt ich es für eine gute Idee, wenn du ihr einen Namen gibst.«

»Johanna«, sagte er ohne zu überlegen.

»So hieß deine Mutter, nicht wahr?«, fragte Virginia Zimunga.

Adam konnte nur nicken. Da war ein riesiger Kloß in seinem Hals. Hastig stand er auf. Er wollte nicht vor den Kindern und erst recht nicht vor diesem Mädchen weinen, denn er spürte, dass er die Tränen nur mit Mühe zurückhalten konnte.

Auf dem Flur atmete er tief durch und musste sich einige Male über die Augen wischen.

Shawi kam aus dem Kinderhort, zögerte kurz und sagte dann: »Das ist ein guter Name für das Mädchen.«

***

Der Konferenzraum war fensterlos. Neonröhren tauchten ihn in kaltes Licht. Ministerin Masuku wurde von zwei Männern begleitet: Dr. Vajpayee und ihrem Berater Henri Dannerup. Der beleibte Mann erkannte Adam sofort wieder und winkte ihm zu.

Adam saß mit Shawi und Virginia Zimunga in der ersten Sitzreihe. Außer ihnen waren noch mehrere Männer und Frauen anwesend, die Adam noch nie zuvor gesehen hatte. Wenigstens zwei von ihnen, ein kleiner, drahtiger Schwarzer und eine uralte Asiatin mit einem übergroßen Strohhut, sahen für Adam so aus, als wären sie Mitglieder der Magischen Gilde, die Virginia Zimunga erwähnt hatte. Tatsächlich wandte sich die Zauberin der alten Frau mit einem besonders herzlichen Lächeln zu.

Die Innenministerin wirkte angespannt, dennoch begrüßte sie die Versammlung mit einem freundlichen Lächeln. »Guten Morgen! Dr. Vajpayee wird uns nun über den Erkenntnisstand bezüglich der Parasiten informieren.«

Der Mediziner blickte für einen Moment ins Leere, und Adam fand, dass er aussah wie ein Mann, der vor seiner Aufgabe längst kapituliert hatte. Der Gedanke erschreckte Adam.

Dr. Vajpayee räusperte sich, doch als er sprach, klang seine Stimme kraftvoll. Er bediente den Computer, der vor ihm auf dem Tisch stand. Auf einem Bildschirm an der Wand erschien das Foto eines dunkelgrauen Lebewesens. Die längliche Körperform erinnerte ein wenig an einen Fisch. Nur dass der Fisch acht Gliedmaßen besaß.

»Ein Parasit in der Larvenform«, erläuterte Dr. Vajpayee. »Geschätzte zwei Wochen alt. Im Original gut fünf Zentimeter lang. Wir haben ihn einem der drei Männer entnommen, die sich hier in unserer Klinik befinden. Die Männer selbst sind in einem stabilen Zustand. Jeweils fünf Parasiten fanden wir in ihren Mägen. Nach der Trennung von ihrem Wirt starben sie binnen weniger Minuten. Die Larven gelangen über den Mund in den menschlichen Körper. Von dort wandern sie über die Speiseröhre in den Magen. Eines von den Dingern hat es auch bei mir versucht, bevor es verendete.« Dr. Vajpayee nickte dem drahtigen Schwarzen zu. »Bitte, Professor Kanza.«

Der Professor erhob sich. »Ich wurde mit den Untersuchungen der Parasiten beauftragt. Ich vermute, dass sie in weiteren zwei Wochen in der Lage gewesen wären, selbstständig zu leben. Beim Verlassen stirbt der Wirt aller Wahrscheinlichkeit nach.« Professor Kanza kramte in seiner Jackentasche und holte ein zerknittertes Blatt Papier hervor. »Mein Merkzettel«, erklärte er. »Die Parasiten verfügen über kein körpereigenes Gift. In den Berichten las ich, dass die Menschen in Harare massenhaft in einen komaähnlichen Schlaf versetzt wurden. Dafür müssen diese leuchtenden Spinnen verantwortlich sein. Nicht die Parasiten.«

»Das sehe ich auch so«, stimmte ihm Virginia Zimunga zu.

»Damit ich das richtig verstehe«, mischte sich die Innenministerin ein. »Die Spinnen betäuben die Opfer, die ausgewachsenen Parasiten schleppen sie anschließend in ein Versteck, und dort müssen diese Menschen als Wirtskörper für ihren Nachwuchs herhalten? Aber diese drei Männer aus dem Flüchtlingslager, Brian, Khaled und Bernard, waren doch bei Bewusstsein.«

»Sie sind ja auch nicht mit den Spinnen in Kontakt gekommen«, erwiderte Virginia Zimunga. »Ihnen übertrug man die Larven der Parasiten auf eine andere, sehr direkte Weise. Schließlich sollten sie die Parasiten unbemerkt nach Südafrika schmuggeln.«

Niemand zweifelte an den Worten der Zauberin.

»Die Männer aus dem Flüchtlingslager wurden, wie vermutlich schon einige vor ihnen, dazu missbraucht, die Parasiten in unser Land zu schleusen«, fuhr sie fort. »Die Parasiten sind hier. Die vielen in letzter Zeit verschwundenen Menschen sind der Beweis. Ich fürchte, dies ist nur der Anfang eines Vernichtungsfeldzuges gegen unser Volk.«

»Wir müssen dringend diese Biester einfangen und sie untersuchen«, verlangte die Innenministerin energisch. »Es gibt berechtigte Gründe zur Annahme, dass die brasilianische Militärregierung mit der Sache zu tun hat.«

Professor Kanza winkte ab. »Das ist absurd. Niemand, auch

nicht die mächtigste Nation der Erde, ist in der Lage, solche Wesen zu erschaffen.«

»Fragen wir dazu die Vorsitzende der Magischen Gilde«, schlug Masuku vor. »Bitte, Mrs Yoon!«

Die Asiatin mit dem Strohhut hatte sich in der Zwischenzeit eine Pfeife aus weißem Ton angezündet. Sie zog so intensiv daran, dass Adam das Knistern des verglühenden Tabaks hören konnte. Mrs Yoon öffnete den Mund und stieß einen kreisrunden Rauchring aus. Er schwebte ganz langsam zur Decke und löste sich schlagartig auf. »Keine uns bekannte Kraft, selbst nicht die der Schwarzen Magie, kann neues Leben erzeugen. Ausgeschlossen!«

»Demnach muss es diese Wesen, Parasiten und Spinnen, schon immer gegeben haben«, folgerte die Innenministerin. »Doch kommen wir zurück zu der Frage, welche Rolle die Brasilianer dabei spielen. Ich möchte Ihnen dazu einen Gast vorstellen.«

Henri Dannerup ging zu einer Seitentür und öffnete sie. Adam klappte die Kinnlade herunter, als er sah, wer da in den Konferenzraum stapfte.

»Guten Morgen«, sagte Delani in die Runde und blieb abrupt stehen, als er Adam und Shawi in der ersten Reihe direkt neben der Zauberin Virginia Zimunga sitzen sah.

»Öh!«, machte er nur. Adam stellte amüsiert fest, dass sein Freund auch an diesem Ort eine Tüte dabeihatte, die höchstwahrscheinlich gezuckerte Nüsse oder Ähnliches enthielt.

»Du wirst noch Zeit finden, dich mit deinen Freunden zu unterhalten«, sagte die Innenministerin zu Delani. »Setz dich bitte und berichte uns.«

Delani erzählte, was er bei der Überwachung des brasilianischen U-Boots im Hafen von Kapstadt erlebt hatte. Adam hielt es kaum noch auf seinem Stuhl. »Das muss der Kerl gewesen sein, dem Brian und die anderen Männer auf der Yacht begegnet sind«, sagte er zu Virginia Zimunga.

»Ich sehe an deiner Reaktion, dass du die Zusammenhänge erkennst«, sagte die Innenministerin zu Adam, als Delani seinen Bericht beendet hatte. »Alle Anwesenden wurden bereits über die Vorgänge im Flüchtlingslager von Alexanderbaai informiert. Auch wenn die Brasilianer nicht in der Lage sind, Parasiten und glühende Spinnen zu erschaffen, haben sie auf jeden Fall mit der Sache zu tun.«

»Aber wer ist dieser mysteriöse Bursche, der sich unsichtbar machen kann?«, fragte Professor Kanza.

»Der Drahtzieher und vermutlich eines der mächtigsten und vor allem bösartigsten Geschöpfe auf unserem Planeten«, sagte Mrs Yoon und ließ gleich drei identische Rauchringe aus ihrem Mund zur Decke schweben. »So sehe ich das! Wir können nur hoffen, dass er unser Land mit den Brasilianern wieder verlassen hat.«

»Hier ist schließlich noch ein Beweis für die Aktivitäten der Brasilianer«, sagte Masuku. »Mr Dannerup, zeigen Sie uns das Funkgerät.«

Henri Dannerup schien mit den Gedanken ganz woanders zu sein. Er stierte mit leerem Blick auf seine Hände.

»Mr Dannerup!« Dr. Vajpayee tippte ihm mit dem Finger auf die Schulter.

»Ja ... das Funkgerät.« Henri Dannerup verschwand kurz unter der Tischplatte, tauchte mit hochrotem Kopf wieder auf und hielt das winzige schwarze Gerät mit seinen fleischigen Fingern in die Höhe. »Zweifellos ein Funkgerät«, sagte er. »Und laut Aussage von Virginia Zimunga und Adam van Dyke hat es funktioniert. Sie haben mit einer unbekannten Person gesprochen. Doch jetzt lässt sich dem Gerät kein Laut entlocken. Egal was unsere Techniker versucht haben, wir können nichts empfangen.«

»Danke, Mr Dannerup.« Innenministerin Masuku blickte mit besorgter Miene jeden einzelnen der Anwesenden an. »Wenn jemand in der Lage ist, ein technisch weit fortgeschrittenes und vor allem intaktes Funkgerät herzustellen, dann die Brasilianer. Zweifelt noch irgendjemand daran?«

»Wir wissen nichts über die Zustände in Südamerika«, wandte Professor Kanza ein. »Den Aussagen der brasilianischen Delegationen zufolge muss es dort wie im Paradies sein.«

»Wir werden es bald wissen«, erwiderte Masuku. »Ich ordne den Start der Operation Odysseus an.«

Ein Raunen ging durch den Raum.

»Das ist Wahnsinn!«, rief Professor Kanza aus. »Das wird nicht funktionieren! Niemals!«

»Es muss funktionieren!« Die Innenministerin schlug mit der Faust auf die Tischplatte. »Wollen Sie etwa, dass wir uns widerstandslos überrennen lassen, Professor? Wollen Sie unsere Kinder der Brut der Parasiten preisgeben? Wir müssen an die Wurzel allen Übels!«

Kapitel 13

Die Amatola

Draußen auf See blinkte eine einsame Leuchtboje. Adam und Shawi standen am Hafenkai und blickten zur Fregatte Amatola. An Bord brannten nur ein paar Positionsleuchten, in deren Schein man die Ausmaße und das Aussehen des Schiffes nur vage erahnen konnte.

In der unmittelbaren Umgebung der Amatola patrouillierten Soldaten. Es war unmöglich, dass sich jemand unbemerkt dem Schiff nähern konnte.

»Es ist gleich Mitternacht«, sagte Shawi. »Bist du sicher, dass uns Virginia Zimunga genau hier treffen wollte?«

»Ja.« Eine Brise vom Meer trieb Adam Shawis Geruch zu. Eine Mischung aus Seife und etwas, dass er nicht deuten konnte. Tante Vanessa hatte ihm mal gesagt, dass jeder Mensch seinen ganz eigenen Geruch hätte. Manche würden gut riechen, andere hätten leider Pech gehabt. Für die wäre auch das Parfüm erfunden worden.

Damals hatte Adam gelacht. Wenn seine Tante mit ihrer Vermutung recht haben sollte, gehörte Shawi zu den Glücklichen. Sie roch sehr gut.

»Ist was?«, fragte Shawi.

»Nein. Alles in Ordnung.« Er war froh, dass es dunkel war. Sonst hätte sie bemerkt, dass er errötete.

»Was hast du eigentlich deiner Tante erzählt?«

»Dass wir zu einer Spezialausbildung müssen. Dauer unbestimmt.«

Shawi kickte eine verrostete Blechdose zur Seite. Das Scheppern hallte in der Stille wieder. »Ich habe kein gutes Gefühl bei der Sache«, sagte sie. »Wir Menschen haben auf dem Meer nichts mehr verloren. Wenn wir wenigstens ein U-Boot wie die Brasilianer hätten.«

»Haben wir aber leider nicht. Zumindest keines mit der notwendigen Reichweite.«

Ein Wagen näherte sich und hielt direkt neben ihnen. Virginia Zimunga stieg auf der Beifahrerseite aus. Sie war ganz in Schwarz gekleidet und trug in der rechten Hand einen würfelförmigen Koffer aus Leder. »Entschuldigt die Verspätung, aber ich musste noch ein paar Leute einsammeln, die uns begleiten möchten.«

Delani sprang aus dem Wagen, rannte auf Adam zu und umarmte ihn überschwänglich.

»Du?«, staunte Adam. Er hatte sich nach der Konferenz nur kurz mit Delani unterhalten können und sich dabei etwas unbehaglich gefühlt, weil er nicht wusste, wie viel er von seiner Arbeit für das Team Q preisgeben durfte.

»Es ist nicht ratsam, wirklich gute Freunde zu trennen«, tönte eine Bassstimme aus dem Innern des Autos. Als Quinton ausstieg, quietschte die Federung des Fahrzeugs vernehmlich. Auch seine Kleidung war schwarz. »Außerdem wollte ich nicht, dass er über seine Begegnung mit dem grauen Mann plaudert.«

»Das hätte ich nie getan!«, protestierte Delani.

»Ein Scherz, Junge! Nur ein Scherz!«, lachte der Medizinmann und wurde sofort wieder ernst. »Delani ist freiwillig hier«, erklärte er Adam und Shawi. »Er weiß über die Gefahren der Operation Odysseus Bescheid.«

Adam nickte erleichtert. »Werden Sie auch mitkommen?«, fragte er dann. Mit Quinton an Bord würde nichts schiefgehen, davon war Adam überzeugt. Seine bloße Anwesenheit gab

Adam ein Gefühl von Geborgenheit. Doch der Medizinmann schüttelte bedauernd den Kopf.

»Das ist leider unmöglich. Ich werde hier dringend gebraucht«, sagte er. »Ich bin gekommen, um euch Glück zu wünschen. Übrigens gibt es noch ein neues Teammitglied.« Quinton klopfte gegen die Seitenscheibe des Wagens. Adam hatte gar nicht bemerkt, dass sich noch eine Person im Auto aufhielt.

»Die Dame, die so heißt wie die Stadt«, sagte Quinton, an Delani gewandt, während eine Frau im orangefarbenen Gewand aus dem Auto kletterte. »Sie ist mit ihren erstaunlichen Fähigkeiten eine große Bereicherung für uns.«

Die Hexe Casablanca setzte ihre Reisetasche ab und tätschelte Shawi und Adam an der Wange. »Da bin ich wieder! Viele Grüße von Paco. Er findet Kapstadt großartig«, verkündete sie dabei. »Ich bin Virginia Zimunga und diesem großartigen Mann überaus dankbar für diese Möglichkeit, an der Mission teilzunehmen.«

Vom Deck der Fregatte richtete sich ein Scheinwerfer auf die Gruppe.

»Es ist nun an der Zeit, an Bord zu gehen«, sagte Quinton. Er drückte jeden Einzelnen an seine breite Brust. Adam kam als Letzter an die Reihe. »Ich bin davon überzeugt, dass ihr wieder heil zurückkehrt. Ich werde immer bei euch sein.«

Er stieg in den Wagen, der sich sofort wieder ein paar Zentimeter unter dem Gewicht des Medizinmanns senkte, winkte kurz und brauste davon.

»Kandierte Nüsse?« Delani hielt ihm eine Papiertüte hin. »Davon habe ich einen ganzen Vorrat.«

Adam griff zu, obwohl er die Dinger noch immer nicht mochte. Es war gut, den besten Freund an seiner Seite zu wissen.

»Mrs Zimunga, hat die Farbe Ihrer Kleidung eine Bedeutung?«, fragte Shawi. »Weil Sie und Mr Quinton jetzt beide Schwarz tragen.«

»In der Tat.« Die Zauberin nickte energisch. »Schwarz steht

für Widerstand und Kampf. Die Magische Gilde befindet sich im Krieg.«

* * *

Kapstadt war ein leuchtender Juwel am Horizont. Richtung Norden zeigten sich nur vereinzelte Lichter an der Küste. Delani klammerte sich an der Reling fest und blickte sehnsüchtig zum Festland.

»Ich habe es mir einfacher vorgestellt«, sagte er. »Ich vermisse Afrika jetzt schon.«

Ein Unteroffizier hatte ihnen eine gemeinsame Kabine unter Deck zugewiesen. Kurze Zeit später hatte die Amatola die Leinen gelöst und Kurs auf die offene See genommen.

Offiziell hatte die Regierung verlauten lassen, die Fregatte der südafrikanischen Marine würde Jagd auf Piraten machen.

Adam sah zum Nachthimmel empor. Zwischen Wolkenfetzen lugte ein blasser Vollmond hervor.

Schritte näherten sich auf Deck. Ohne sich umzuwenden, wusste Adam, dass es sich nur um Virginia Zimunga handeln konnte. Das Klirren und Klimpern ihrer Armringe und Ketten verriet sie.

Der afrikanische Kontinent war außer Sichtweite. Jetzt fühlte auch Adam ein klammes Gefühl in seiner Brust. Alles was er kannte und liebte, blieb hinter dem Horizont zurück. Vor ihnen lag eine Reise ins Unbekannte. Die Operation Odysseus.

»Der Kapitän möchte uns sprechen«, sagte die Zauberin. »Kommt bitte auf die Kommandobrücke.« Sie trug noch immer den quadratischen Koffer bei sich.

Auf der Brücke starrten eine Handvoll Männer und Frauen angestrengt auf die Instrumente. Gedämpftes, grün schimmerndes Licht gab dem Raum eine eigentümliche Atmosphäre und ließ die Gesichter der Menschen allesamt etwas kränklich aussehen.

»Ich begrüße Sie alle an Bord. Ich bin Kapitän Moses Sagan.«

Der Kapitän war ein eher kleiner Mann. Aber die stämmigen Beine, der gewölbte Brustkorb und die muskulösen Oberarme gaben ihm das Aussehen eines Ringers. Er wirkte, als würde er selbst im schlimmsten Sturm nicht ins Wanken geraten. Ein wenig sah er aus wie Delani, fand Adam. Nur eben etliche Jahre älter.

»Ich nehme an, dass Sie sich seit Langem das erste Mal wieder auf einem Schiff aufhalten.«

»Ich war noch nie weiter als bis zum Bauchnabel im Meer«, flüsterte Delani seinem Freund zu.

Neben dem Kapitän stand Henri Dannerup, der Berater der Innenministerin. Er schwitzte stark, wirkte vollkommen verkrampft, und seine Augen quollen hervor. Es war nur allzu offensichtlich, dass er sich dringend an einen anderen Ort wünschte. Dannerup schluckte vernehmlich, ehe er mit seiner Begrüßung begann.

»Ich befinde mich stellvertretend für die Innenministerin an Bord und soll allen ausdrücklich noch einmal die besten Grüße übermitteln. Ziel der Operation Odysseus ist es, Klarheit über die Verhältnisse in Groß-Brasilien zu erlangen. Und natürlich über die Verwicklung der dortigen Militärregierung in die Geschehnisse, die unser Land bedrohen. Alles selbstverständlich streng geheim.« Henri Dannerup trat schwankend einen Schritt zurück und hielt sich an einem Tisch fest, auf dem eine Seekarte ausgebreitet war. Der Berater schien seekrank zu sein.

Kapitän Sagan deutete auf die Seekarte. »Kommen Sie bitte näher.« Er schaltete eine Lampe über dem Kartentisch ein und fuhr mit dem Finger über den Atlantik bis zu einem Punkt an der nordöstlichen Küste Südamerikas. Die Distanz zwischen dem afrikanischen Kontinent und Brasilen sah für Adam gigantisch aus.

»Unser Plan sieht vor, den nördlichsten Bundesstaat Brasiliens anzusteuern: Amapá, fernab der Ballungsgebiete. Die

Amatola ist das einzige Schiff, dem man eine Atlantiküberquerung zutraut. Unsere Maschinen wurden erst kürzlich überarbeitet. Die Fregatte wurde im sogenannten Stealth-Design gebaut. Das bedeutet unter anderem, dass sie ein äußerst geringes Radar-Echo zurückwirft.«

»Und die Bewaffnung?«, fragte Shawi.

»Eine gute und kluge Frage.« Kapitän Sagan war nun sichtlich in seinem Element. »Ein 76-mm-Geschütz und eine Reihe weiterer mit geringerem Kaliber. Außerdem zwei Doppeltorpedorohre und mehrere Raketenwerfer.« Er lächelte Shawi an. »Zufrieden?«

Während seiner Erläuterungen war die Hexe Casablanca über die Brücke geschlendert und hatte der Besatzung über die Schulter geblickt. »Ihr Schiff macht einen hervorragenden Eindruck, Kapitän.«

»Sie verstehen etwas davon?«

»Mein Vater war bei der marokkanischen Marine«, erwiderte Casablanca. »Aber ich nahm bisher an, dass heutzutage Fahrten auf dem offenen Meer ein zu hohes Risiko darstellen. Es gibt da so Gerüchte.«

»Und trotzdem haben Sie den Mut, freiwillig an Bord zu kommen. Meine Hochachtung!«, erwiderte Kapitän Sagan. »Aber ich will nichts beschönigen. Die klimatischen Bedingungen und auch das Meer selbst unterliegen extremen Veränderungen. Unser Schwesterschiff, die Mendi, ist seit neun Monaten verschollen.«

»Oha!«, machte Delani, und Henri Dannerup stieß ein würgendes Geräusch aus, als müsste er sich nun endgültig übergeben.

Der Kapitän hob begütigend die Hände. »Kein Grund zur Sorge. Wir haben kompetente Unterstützung an Bord.«

Virginia Zimunga stellte ihren Lederkoffer auf dem Kartentisch ab und öffnete ihn. Die Anwesenden sahen gespannt zu, wie die Zauberin eine Reihe merkwürdiger Instrumente auf dem Tisch verteilte. Darunter waren verschiedenfarbige Würfel und eine Art Lineal, das anstelle von Maßangaben jedoch mit geometrischen Figuren und rätselhaften Symbolen beschriftet war. Besonders auffällig war ein etwa zwanzig Zentimeter hohes Metallgestell mit einem Kristallpendel, das an einem hauchdünnen Faden hing. Obwohl das Schiff leicht hin und her schwankte, verharrte das Pendel absolut bewegungslos. Virginia Zimunga berührte den Kristall mit dem Finger. Augenblicklich begann sich das Pendel im Kreis zu drehen. Dabei erzeugte es ein leises sirrendes Geräusch, dessen Frequenz immer höher wurde, bis das menschliche Ohr es nicht mehr wahrnehmen konnte.

Virginia Zimunga schien mit dem Ergebnis zufrieden. »Behalten Sie den Kurs bei, Kapitän.«

Jetzt holte die Zauberin den letzten Gegenstand aus dem Koffer. Er war unter einem roten Seidentuch verborgen. Adam vernahm ein leises Glucksen, als Virginia Zimunga den Gegenstand behutsam auf dem Tisch absetzte.

»Was tun Sie da?«, fragte Adam und trat neugierig näher.

»Unser Abfahrtstermin wurde nicht willkürlich gewählt.« Anstelle einer Antwort deutete die Zauberin auf das Pendel. »Nach den Berechnungen der Meteorologen und meiner Kollegen der Magischen Gilde erwartet uns eine Phase mit weniger verheerenden Stürmen als üblich.«

»Und was ist unter dem roten Tuch?«, wollte Shawi wissen.

»Glaucus atlanticus.« Virginia Zimunga hob vorsichtig das Tuch an. Darunter verbarg sich ein gläserner Behälter. Er war zur Hälfte mit Wasser gefüllt. Auf dem sandigen Boden hockten mehrere Lebewesen von wenigen Zentimetern Länge. An ihren länglichen Körpern waren feine büschelförmige Auswüchse zu sehen, die ein wenig an Flügel erinnerten. Die winzigen Leiber schillerten in intensiven Blautönen.

»Sie sind wunderschön«, staunte Delani.

»Es sind Nacktschnecken, die im Meer leben. Bei Gefahr,

seien es nun mögliche Angreifer oder extreme Klimawechsel, reagieren sie sofort.«

Delani drückte seine Nase fest gegen das Glas des kleinen Aquariums. »So wie jetzt?«

Die eben noch fast regungslosen Lebewesen verfielen in hektische, schlingernde Bewegungen und bildeten dann ein zuckendes Knäuel.

»Wir kommen in eine Kältezone!«, rief Virginia Zimunga.

»Außentemperatur fällt um zehn Grad«, bestätigte der Steuermann. »Fünfzehn Grad. Fällt weiter!«

Aus dem Leib des Schiffes drang ein knirschendes Geräusch.

»Volle Fahrt!«, befahl Kapitän Sagan und eilte zur Fensterfront der Kommandobrücke. Die Feuchtigkeit auf den Scheiben gefror in Sekundenschnelle zu bizarren Eiskristallen und machte das Glas blind.

Die Amatola wurde von dumpfen Schlägen getroffen.

»Was ist das?«, fragte Henri Dannerup aufgebracht. Sein Gesicht war kalkweiß und glänzte vor Schweiß.

»Umhertreibendes Eis«, erklärte Kapitän Sagan. »Diese Kältezonen treten ganz plötzlich auf. Aber meistens sind sie nicht sehr groß. Es ist eines der harmlosesten Wetterextreme.«

»Temperatur steigt wieder«, meldete der Steuermann.

Shawi fasste sich plötzlich an die Stirn und atmete einige Male tief ein.

»Alles in Ordnung?«, fragte Adam besorgt.

Shawi schüttelte sich. »Ich dachte ... ich hätte etwas gespürt. Hass, Bosheit. Aber ich konnte es nicht deuten.«

Virginia Zimunga hatte genau zugehört. »Bist du sicher, dass du dich nicht getäuscht hast?«

»Möglich«, gab Shawi zu.

»Das sind hier für dich viele neue und verwirrende Eindrücke«, sagte die Zauberin. »Du solltest jetzt ein wenig schlafen. Das gilt für uns alle.«

Sie schaute noch einmal nach den Nacktschnecken im Aquarium. »Mmm …«, machte sie. »Ich werde die Glauci atlantici wohl besser gut verstauen. Sie weisen auf einen baldigen Sturm hin. Ansonsten nichts wirklich Ernstes.«

* * *

Wenige Stunden später geriet die Amatola in den Sturm. Das Schiff stürzte in tiefe Wellentäler, regelrechte Kluften. Tonnenweise schwappte Salzwasser über die Reling.

Adam und Delani versuchten ohne Erfolg, ein wenig Schlaf zu finden.

»Wenn dieser Sturm nichts Ernstes ist, möchte ich keinen wirklich ernsthaften Sturm erleben«, keuchte Delani, während er versuchte, seinen Mageninhalt bei sich zu behalten.

Am Morgen beruhigte sich die See und Delani fiel übergangslos in einen tiefen Schlaf. Adam stand auf und wollte an Deck. Er hatte das Gefühl, sein Gleichgewichtssinn sei völlig aus der Spur geraten. Er schwankte wie ein Betrunkener, obwohl die Fregatte jetzt ruhig übers Meer glitt.

Horizont und Wasser schienen miteinander zu verschwimmen. Der Anblick des düsteren Atlantiks unter einem ebenso düsteren Himmel war nicht dazu angetan, seine Laune zu verbessern.

Adam beschloss, auf die Kommandobrücke zu gehen.

Dort sahen Virginia Zimunga und Kapitän Sagan konzentriert auf einen grünlich schimmernden Monitor. Die Zauberin winkte Adam eilig herbei, ohne den Blick abzuwenden. »Adam, komm her! Da folgt uns etwas.«

»Was? Ist es ein U-Boot?«

»Schau auf das Unterwasserradar«, forderte ihn Sagan auf. »Es ist etwa eine knappe Seemeile hinter uns.« Der Kapitän deutete auf einen großen weißen Fleck auf dem Radar. »Kein U-Boot! Es ist eher von ovaler, flacher Form und ein Drittel so lang wie unser Schiff. Also etwa vierzig Meter.«

»Und es lebt«, ergänzte Virginia Zimunga. »Das spüre ich an den fremdartigen Schwingungen.«

»Dann ist es eines von diesen Meeresungeheuern, die schon Fischerboote vor der Küste angegriffen haben.« Adam versuchte, sich ein Wesen von diesen Ausmaßen vorzustellen. Es war gigantischer als der größte Wal. »Kann es uns gefährlich werden?«

»Wir sind immer noch eine Nummer größer. Wenn es sich aber weiter nähert, werden wir einen Warnschuss abgeben ... Augenblick!« Kapitän Sagan stutzte. »Da ist ein zweites Signal. Kommt schnell näher. Direkt hinter unserem ersten Verfolger. Das Ding ist noch viel größer.«

Adam beobachtete auf dem Monitor, wie sich das zweite Signal dem ersten näherte. »Wie groß ist es?«

»Fast zweihundert Meter«, erwiderte der Kapitän.

»Das ist unglaublich!«, staunte Adam. Die Signale überlagerten sich jetzt.

»Es gab diese Giganten schon immer«, erklärte Virginia Zimunga. »Doch erst durch die veränderten Umweltbedingungen verlassen sie die Tiefsee und kommen an die Oberfläche. Da! Das erste Signal ist verschwunden. Vermutlich hat der Koloss den kleineren verspeist.«

»Das könnte zu einem Problem werden!« Kapitän Sagan winkte einen seiner Offiziere herbei. »Geben Sie Alarm. Gefechtsstationen vollständig besetzen.«

Nur Sekunden später dröhnte eine Sirene durch alle Decks der Amatola.

»Derzeitige Geschwindigkeit einundzwanzig Knoten«, meldete der Steuermann.

»Auf sechsundzwanzig erhöhen!«

Die Motoren ließen das Schiff vibrieren.

»Es kommt immer noch näher«, stellte Sagan mit einem Blick aufs Radar fest. »Volle Kraft voraus!« Er wandte sich zu Virginia Zimunga. »Der Abstand bleibt jetzt konstant. Wir können diese Geschwindigkeit aber unmöglich über eine längere Strecke halten. Was schlagen Sie vor?«

»Jede Art von Leben ist zu respektieren, solange sie sich nicht grundlos aggressiv verhält. So lautet eine Verordnung der Magischen Gilde. Bereiten Sie Abwehrmaßnahmen vor.«

»Raketenwerfer ausrichten!«, befahl Kapitän Sagan.

»Komm mit«, sagte die Zauberin zu Adam. »Vielleicht können wir einen Blick auf eines dieser neuen Weltwunder erhaschen.«

Adam und Virginia Zimunga verließen die Brücke und begaben sich zum Heck des Schiffes. Mehrere Besatzungsmitglieder hielten dort bereits Ausschau nach dem Verfolger. Unter ihnen waren auch Delani, Shawi und die Hexe Casablanca.

»Adam!«, rief ihm Delani zu. »Das Ding ist gigantisch. Man kann es sehen. In gerader Linie hinter dem Schiff. Dort ist das Wasser dunkler als an anderen Stellen. Das ist der Körper des Tieres.«

Die Amatola schoss unter voller Auslastung der Motoren über den Atlantik. Als sich Adam an der Reling festhielt, spürte er die Vibrationen noch deutlicher als auf der Kommandobrücke.

Die Distanz zwischen Meeresriese und Schiff blieb unverändert.

»Versucht es, uns anzugreifen?«, fragte Adam.

Die Zauberin legte Zeige- und Mittelfinger an ihre rechte Schläfe und schloss die Augen. »Ich kann keinerlei geistige Signale empfangen. Nur eine Art Rauschen. Sein Verstand ähnelt dem unsrigen nicht mal im Ansatz.« Sie öffnete die Augen und fixierte die riesige dunkle Stelle direkt unter der Meeresoberfläche. »Vielleicht ist es auch nur neugierig.«

Plötzlich erhielt das Schiff einen so heftigen Schlag, dass Adam und alle anderen an Deck zu Boden stürzten. Metall knirschte, irgendwo zersplitterte Glas. Das Geräusch der Motoren erstarb. Die Amatola hatte abrupt gestoppt.

Adam richtete sich auf. Mit einem Mal herrschte eine unheimliche Stille. Kaum ein Lufthauch regte sich.

Ein vielstimmiges, beinahe melodisches Heulen setzte ein. Es klang fast wie das Winseln einer Hundemeute, doch dann stieg ein Schwarm Vögel auf. Große dunkle Exemplare mit einer Spannweite von über einem Meter. Es mussten Dutzende sein.

»Seetaucher«, stellte Virginia Zimunga fest, während sie sich an der Reling hochzog. »Sie leben eigentlich weit im Norden, nur ist es selbst denen da wohl mittlerweile zu kalt. Aber was machen sie so weit draußen auf hoher See?«

»Wir stecken fest!«, rief ein Marinesoldat. »Seht euch das an!«

Alle beugten sich über die Reling. Die Amatola hatte sich in ein Dickicht aus Ranken gebohrt. Ein riesiger Teppich fleischiger, miteinander verwobener Schlingpflanzen. Manche der Ranken waren dicker als der Oberschenkel eines erwachsenen Mannes. Ihre Farbe variierte von einem schlammigen Braun bis zu einem ausgeblichenen Grauton.

»Eine Insel aus treibenden Pflanzen«, stellte die Hexe Casablanca fest. »Sie reicht bis zum Horizont.«

Kapitän Sagan näherte sich vom Bug mit einer Handvoll Männern. »Die Schiffsschrauben sitzen fest. Wir haben uns zu sehr auf den Verfolger konzentriert und dabei diese verdammten Pflanzen zu spät bemerkt.« Er suchte die schwimmende Insel mit einem Fernglas ab. »Mindestens zehn Kilometer im Durchmesser. Wenn wir die Amatola zurücksetzen, können wir dieses Dickicht umfahren. Aber zuerst müssen die Schrauben von dem Zeug befreit werden. Ich schicke Taucher nach unten.«

Virginia Zimunga runzelte die Stirn. »Das ist extrem gefährlich«, wandte sie ein.

Der Vogelschwarm setzte mit lautem Geheul wieder zur Landung an. Die Seetaucher schienen das Schiff nicht länger als Bedrohung anzusehen.

»Es gibt keine Alternative«, sagte der Kapitän. »Unser Verfolger hält zwar noch auf Abstand. Aber er scheint uns zu belauern, sonst wäre er längst zurückgefallen.«

»Es sind jede Menge Lebewesen in der Nähe«, bemerkte die Zauberin mit einem Seitenblick auf die treibende Insel. »Auf der Insel, unter ihr und im Meer. Das normale Treiben im Atlantik. Aber da ist noch mehr. Ihre Schwingungen sind mir so fremd wie die unseres Verfolgers.«

»Was schlagen Sie also vor?« In Sagans Stimme schwang Ungeduld mit.

»Bewaffnen Sie Ihre Leute unter Wasser. Ist das möglich?«

»Wir verfügen über Druckluftgewehre«, erwiderte der Kapitän. »Wir gehen zu dritt da runter. Zwei Mann machen die Schrauben frei. Ich werde sichern.«

»Sie?« Die Zauberin sah ihn ungläubig an. »Sie sind der Kommandant dieses Schiffes!«

»Genau!« Sagan senkte die Stimme. »Auch ich bin ersetzbar. Meine Leute haben sich freiwillig für die Operation Odysseus gemeldet. Sie wissen, dass es eine Fahrt auf Leben und Tod ist. Daher werde ich in gefährlichen Situationen mit gutem Beispiel vorangehen. Ich kann meiner Mannschaft nicht das Letzte abverlangen, wenn ich dazu nicht auch bereit bin.«

»Nein!«, sagte Virginia Zimunga entschieden. »Das kann ich nicht zulassen. Sie werden sich nicht unnötig in Gefahr bringen.«

»Haben Sie nicht gehört, was ich gerade gesagt habe?«, beharrte Sagan.

»Ich vertrete die Magische Gilde und das Innenministerium«, stieß die Zauberin hervor. »Und kommen Sie nicht auf die Idee, sich an Henri Dannerup zu wenden. Der liegt in seiner Kabine und ist so seekrank, dass er nicht mehr oben von unten unterscheiden kann.«

Virginia hatte nicht die Stimme angehoben, aber das Murren einiger Besatzungsmitglieder machte deutlich, dass sie die Auseinandersetzung mitgehört hatten.

»In Ordnung«, sagte Kapitän Sagan kühl und wandte sich, ohne die Zauberin eines weiteren Blickes zu würdigen, an seine Leute. »Ich will hier drei Scharfschützen am Bug, die auf alles schießen, was sich nähert. Außerdem drei weitere Leute, die das Problem unter Wasser beseitigen.«

Alle Anwesenden hoben geschlossen die Hand. Nicht ohne die Zauberin verächtlich anzusehen. Kapitän Sagan wählte zwei Männer und eine Frau für den Tauchgang aus.

»Die Besatzung ist wütend.« Shawi stand direkt hinter Adam.

»Ich weiß.« Adam konnte es spüren, auch wenn er nicht über Shawis besondere Gabe verfügte.

Kapitel 14

Die schwimmende Insel

Isha Singh, ihre Urgroßeltern waren von Indien nach Südafrika ausgewandert, wurde als Erste an einem Seil am Bug der Amatola zu Wasser gelassen. Dann folgten die zwei Männer. Alle drei trugen Taucheranzüge und Atemgeräte, als sie sich in die Tiefe gleiten ließen. Außerdem war jeder von ihnen mit einem Druckluftgewehr ausgestattet, das stählerne Pfeile mit Widerhaken verschoss. Das Wasser war nicht klar, Milliarden von Schwebeteilchen trübten die Sicht, und unter ihnen nahm das Wasser eine bedrohlich schwarze Farbe an.

Nur wenige Meter von Isha entfernt machten sich die Männer daran, die riesigen Antriebsschrauben von den Ranken zu befreien. Währenddessen sicherte Isha nach allen Seiten, so gut es ihr möglich war. Ihr fiel auf, dass es im Wasser keinerlei Leben zu geben schien – bis auf den Teppich aus Schlingpflanzen, der über ihr trieb. Er bildete keine geschlossene Decke, sondern ließ immer wieder Lücken für eindringendes Tageslicht. An seiner Unterseite hingen vereinzelte bleiche Triebe. In der leichten Strömung schwangen sie hin und her, als wären sie auf der Suche nach etwas. Die Amatola hatte sich mit der halben Rumpflänge in die Pflanzen gebohrt, ehe sie zum Stoppen gebracht wurde.

Isha beobachtete die beiden Taucher. Die von ihnen zerschnittenen Ranken schwebten in der Unendlichkeit davon.

Zuerst konnte Isha das ferne Geräusch nicht deuten. Dann sah sie eine Salve von Projektilen, die sich, vom Wasser gebremst, wie in Zeitlupe in die Tiefe bohrten.

Die Scharfschützen am Bug!

Eine Sekunde später wusste sie auch, wem die Schüsse von Bord der Amatola galten. Sie versuchte, in das Mundstück ihres Atemgerätes zu schreien.

* * *

»Stopp!«, rief einer der Scharfschützen. »Wir treffen sonst die Taucher!«

»Was war das?« Delani beugte sich so weit über die Reling, dass er fast das Gleichgewicht verloren hätte. »Verdammt! Was war das?«

Sie waren mit einem Mal da gewesen. Lautlos. Ohne Ankündigung. Unmittelbar unter der Wasseroberfläche waren sie auf die Taucher zugerast. Ein kurzer Kampf. Aufsteigende Luftblasen. Dann verschwanden alle. Angreifer und Beute.

Virginia Zimunga sah zu Kapitän Sagan mit einem Blick, der klar besagte: *Es hätte auch dich erwischt.*

Er ignorierte sie und befahl: »Ein Boot zu Wasser lassen!«

Die Zauberin trat ihm in den Weg. »Was soll das? Wir können nichts mehr für die drei tun! Überprüfen Sie lieber, ob die Schiffsschrauben frei sind.«

Wut flackerte in Sagans Augen auf. Doch ehe er etwas erwidern konnte, kam ihm Shawi zuvor.

»Sie leben noch. Ich kann ihre Gefühle sehr deutlich empfangen. Sie haben große Angst, aber offensichtlich sind sie nicht ernsthaft verletzt.«

»Wo sind sie?«, fragte Sagan.

»Sie bewegen sich auf das Zentrum der Insel zu.«

Der Kapitän drängte die Zauberin zur Seite und starrte auf das Rankendickicht. In etwa zwei Kilometern Entfernung zeichnete sich eine Erhebung ab wie ein länglicher Hügel inmitten der Pflanzen.

»Weitere Taucher zu schicken käme einem Todesurteil gleich«, sagte Sagan.

»Das wird nicht nötig sein.« Shawi deutete auf die Erhebung. »Sie sind dort hinten. Angst ist ein sehr intensives Gefühl.«

»Wir holen sie!«, beschloss Sagan. »Ich gehe mit drei Leuten.«

»Vielleicht ist es besser, wenn ich mitkomme«, bot Shawi an. »Ich kann Ihnen genau sagen, wo sie sind und ob sie noch am Leben sind.«

»Dann komme ich auch mit!« Adam sprach den Satz aus, ohne auch nur eine Sekunde nachgedacht zu haben. Es erschien ihm einfach absolut unmöglich, Shawi allein gehen zu lassen.

»Niemals«, protestierte Virginia Zimunga. »Das kann ich nicht zula…« Sie brach ab, als hätte sie etwas abgelenkt. Ihr zorniges Gesicht entspannte sich. »Gut. Ihr könnt beide gehen. Aber ich werde euch begleiten.«

Ehe Delani auch nur den Mund öffnen konnte, sagte die Zauberin: »Wenn du jetzt auch noch den Helden spielen willst, geht keiner von euch dreien.«

Adam hatte keine Zeit, sich über den schnellen Sinneswandel der Zauberin zu wundern. Er musste sich beeilen, um Shawi und den Kapitän einzuholen.

* * *

Die Ranken bildeten eine tragfähige Decke, beinahe so, als wäre es festes Land. Man musste nur darauf achten, nicht in eines der Löcher zwischen ihnen zu treten.

Adam sah zur Amatola zurück. Ein Teil der Mannschaft hatte an der Reling Aufstellung bezogen und sah ihnen nach.

Kapitän Sagan ging mit einem bewaffneten Marinesoldaten vorweg. Dann folgten Shawi, Adam und Virginia Zimunga. Den Abschluss bildete ein weiterer Soldat mit einem

Maschinengewehr. Die Zauberin trug nun ebenfalls halbhohe Stiefel, was anfangs auch dringend erforderlich war. Pfützen bildeten sich bei jedem Schritt, und manchmal quoll das Wasser zentimeterhoch aus dem feuchten Untergrund. Doch je weiter sich die Gruppe vom Rand der Insel entfernte, desto stabiler wurde der Boden. An vielen Stellen war er sogar mit festem Lehm bedeckt, den die Winde vom Festland hierher getragen haben mussten. Dort hatten sich Pfützen, manchmal fast schon kleine Teiche aus Regenwasser gebildet. Fremde, süße Gerüche entströmten den Blüten, die an den schlammigen Tümpeln wuchsen. Insekten schwirrten umher. Ein grün schillernder Käfer ließ sich auf Adams Ärmel nieder. Aus einer besonders großen Regenwasseransammlung stiegen Scharen summender Fliegen auf.

»Die Insekten und die Pflanzensamen werden von den Vögeln hierher gebracht«, erklärte Virginia Zimunga und wedelte sich ein paar besonders aufdringliche Fliegen aus dem Gesicht. »Außerdem treibt die Insel sicher auch gelegentlich in die Nähe einer Küste.«

»Leben meine Leute noch?«, fragte Kapitän Sagan.

»Ja!«, erwiderte Shawi knapp. »Sie befinden sich bei diesem Hügel vor uns.«

»Ich kann ihre Schwingungen ebenfalls empfangen«, stimmte Virginia Zimunga zu. »Eine ist jedoch schwächer geworden.«

»Seht euch das an!« Kapitän Sagan hielt inne und deutete nach vorn.

Direkt vor ihnen, komplett von den Ranken überwuchert, machte Adam ein Schiff aus. Der Rumpf versank zur Hälfte im Boden der Insel. Der ehemals weiße Anstrich war einem rostigen Braun gewichen. Das Schiff wies keine ernsthaften Beschädigungen auf, nur ein paar Sturmschäden: geknickte Masten und Antennen. Es musste ihm wie der fast doppelt so großen Amatola ergangen sein. Die Schiffsschrauben hatten sich in den Ranken festgefahren, und der Besatzung war es aus irgendwelchen Gründen nicht gelungen, das Schiff wieder frei zu bekommen. Im Laufe der Zeit breitete sich der Pflanzenteppich immer weiter aus, sodass es sich nun weit entfernt vom Rand der Insel befand.

Der Kapitän legte den Kopf in den Nacken und betrachtete prüfend das Schiff. »Meinst du, dass sie da drinnen sind?«, fragte er an Shawi gewandt.

Sie nickte stumm.

»Dann gehen wir rein.« Entschlossen marschierte der Kapitän los.

Das Deck war noch einige Meter vom Boden entfernt. Sie konnten es allerdings mit Leichtigkeit über die eng miteinander verwobenen Ranken erreichen. In der Sonne blichen sie aus, und ihre Oberfläche vertrocknete. Sie knisterten leise, wenn man sie berührte. An Deck bildeten die Pflanzen ein fast geschlossenes Dach. Kaum ein Lichtstrahl drang hindurch. Adam und seine Begleiter bewegten sich durch düsteres Zwielicht. Die Tür zur Heckgalerie stand einen Spaltbreit auf.

Zwei Männer waren notwendig, um sie in ihren rostigen Scharnieren zu bewegen. Ein Schwall unangenehm warmer und moderiger Luft drang aus dem Bauch des Schiffes.

Kapitän Sagan ordnete an, dass einer seiner Männer an Deck blieb. Mit einer Lampe sollte er mit Lichtsignalen den Kontakt zur Amatola aufrechterhalten und im Notfall Verstärkung anfordern.

Der Raum hinter der Tür war ein Labor. Es war angefüllt mit Computern und technischen Geräten, deren Bedeutung Adam völlig unbekannt war. Blinde Monitore hingen an den Wänden. Jemand hatte sich noch die Mühe gemacht, eine Reihe Gläser mit einer Schutzhülle aus Plastik abzudecken. Der Inhalt der Gläser hatte sich längst verflüchtigt oder war zu einem undefinierbaren Gemenge vertrocknet.

Virginia Zimunga hob ein Blatt vom Boden auf. In der hohen Luftfeuchtigkeit hatte sich das Papier bräunlich verfärbt.

»Französisch«, stellte sie fest. »Das hier ist ein Forschungsschiff der Franzosen.«

»Wo ist die Besatzung geblieben?«, fragte Adam.

»An Deck fehlten die Rettungsboote«, antwortete Kapitän Sagan. »Wir können nur hoffen, dass sie es geschafft haben.«

Hinter der nächsten Tür führte eine Treppe zum Unterdeck. Und in absolute Finsternis.

Sagan holte eine kleine Taschenlampe aus seiner Jacke, in derem bläulichen Lichtschein die Stufen vor ihnen erkennbar wurden.

Er scheint wirklich auf alles vorbereitet zu sein, stellte Adam bewundernd fest.

»Sie sind ganz in der Nähe«, flüsterte Shawi.

Aus der Tiefe drang leises Plätschern, und die letzten Stufen verschwanden in tiefschwarzem Wasser. Ein Plastikfass trieb heran und stieß mit einem dumpfen Schlag gegen das Treppengeländer. Die Treppe führte offensichtlich in einen Frachtraum.

»Das Schiff muss ein Leck haben«, stellte Kapitän Sagan fest. »Wenn es nicht von den Ranken gehalten würde, wäre es sicher längst gesunken.« Mit der Taschenlampe suchte er die Wasseroberfläche ab.

Ein Ruf ertönte. »Hier!«

Sofort richtete Sagan den Schein der Lampe in die Richtung, in der er den Rufer vermutete.

Isha und ihre Begleiter waren jetzt deutlich auszumachen. Ihre Oberkörper ragten aus dem Wasser, und zwar direkt vor der metallenen Bordwand. Das Licht der Lampe spiegelte sich in ihren weit aufgerissenen Augen. Isha und ihre Begleiter waren jetzt in etwa zehn Meter Entfernung deutlich zu sehen.

»Könnt ihr euch bewegen?«, fragte Kapitän Sagan.

»Nein!«, antwortete Isha. »Die Biester sondern irgendein Zeug ab. Wir kleben an der Wand fest.«

»Keine Sorge, wir holen euch da raus.«

»Das geht nicht!«, erwiderte einer der Männer. Der zweite Taucher bewegte sich nicht. Er schien bewusstlos zu sein.

»Warum nicht?«

»Die Biester sind irgendwo in der Nähe!«, rief Isha. »Sie werden jeden angreifen, der sich ins Wasser wagt!«

»Es stimmt«, sagte Virginia Zimunga. »Sie sind hier unten. Mindestens vier. Gerade zurückgekehrt.«

Erschrocken starrte Adam aufs Wasser, das sich tatsächlich leicht kräuselte, begleitet von einer kaum wahrnehmbaren Bewegung unter der Oberfläche.

»Warum haben sie die Taucher hierher gebracht und nicht sofort getötet?«, fragte Shawi.

»Nicht nur wir Menschen legen Vorratskammern an«, erwiderte die Zauberin. »Lebend bleiben sie außerdem länger frisch.«

Ein schwarzer Körper durchstieß kurz die Wasseroberfläche. Der Marinesoldat hob sein Gewehr.

»Nicht schießen!«, warnte Virginia Zimunga. »Das würde sie garantiert reizen. Wir können ohnehin nicht alle treffen.«

Widerwillig senkte der Mann den Lauf.

»Können Sie nicht irgendetwas tun?«, fragte Adam die Zauberin. »In Harare ... in der U-Bahn ... da konnten Sie die Parasiten doch einen Moment lang zurückhalten.«

»Bei den Parasiten hat das nur ein paar Sekunden lang geklappt, weil ich diese Spezies nicht kenne. Hier wäre es genauso. Außerdem waren die Parasiten durch deine Anwesenheit verwirrt, Adam.«

»Dann greifen diese Viecher mich vielleicht auch nicht an.« Adam stieg eine weitere Stufe hinab. Nur noch zwei Stufen trennten ihn vom Wasser.

»Ich bin mir nicht sicher, ob das hier funktioniert.« Die Zauberin hielt ihn am Arm fest. »Überhaupt nicht.«

Kapitän Sagan wandte sich zu ihnen um. »Ich verstehe zwar nicht, was Sie da reden. Aber wenn es irgendeine Möglichkeit gibt, die Biester zurückzuhalten, sollten Sie es tun, Mrs Zimunga. Sofort!«

»Gut!« Die Zauberin streckte beide Arme aus. »Aber ich kann für nichts garantieren.« Sie schloss die Augen und murmelte leise einige Worte, deren Bedeutung Adam nicht kannte.

Im Wasser plätscherte es leise. Es war so klar, dass man einige kleinere Kreaturen unter der Oberfläche schemenhaft erkennen konnte. Ihre Körper glichen denen der schlangenartigen Muränen.

»Sie sind verschwunden«, stellte Kapitän Sagan fest.

»Ich konnte sie erschrecken«, sagte Virginia Zimunga. »Sie haben sich zurückgezogen. Aber ein zweites Mal werden sie nicht auf mich hereinfallen.«

Sagan drückte Shawi die Lampe in die Hand und stieg die überfluteten Stufen hinab. Bald reichte ihm das Wasser bis zur Brust. Der Soldat legte sein Gewehr ab und folgte ihm.

Adam überlegte kurz und kam zu dem Schluss, dass es schneller gehen würde, wenn er den beiden Männern half. Virginia Zimunga wollte ihn festhalten, aber da war er schon im Wasser.

Der Boden unter seinen Schuhen war glatt. Bei den ersten Schritten rutschte er aus. Sein Kopf geriet kurz unter die Oberfläche. Vorsichtig tastete er sich weiter.

Kapitän Sagan und sein Begleiter zerrten gemeinsam an der Taucherin. Das Sekret, dass die Wasserlebewesen abgesondert hatten, widerstand zunächst den Bemühungen der Männer. Dann waren die Arme frei.

»Ich klebe noch an der Hüfte fest«, sagte Isha. »Ich werde versuchen, mir den Anzug auszuziehen.«

»Machen Sie das!« Der Kapitän wandte sich dem Mann neben ihr zu.

Adam erreichte den dritten Taucher. Der Mann hatte eine tiefe Wunde an der Stirn. Zuerst dachte Adam, der Taucher sei tot, aber dann bemerkte er, dass der Mann noch schwach atmete. Im Gegensatz zu den anderen Tauchern hatte er seine Ausrüstung verloren.

Adam zog so vorsichtig es ging an dem Verletzten, doch der Bewusstlose rührte sich nicht. Kapitän Sagan kam hinzu und half ihm. Gemeinsam konnten sie beide Arme befreien, aber der Mann klebte immer noch mit dem Rücken seines Tauchanzuges an der Wand des Frachtraums.

»Wir holen ihn aus dem Anzug.« Sagan zückte ein Armeemesser und begann, das gummiartige Material vorsichtig aufzuschneiden.

»Sie kommen zurück!«, rief Virginia Zimunga. »Ihr müsst da raus! Schnell!«

Die Geretteten und der Soldat hatten bereits die Treppe erreicht.

»Verschwinde lieber!«, sagte Kapitän Sagan. »Ich mache das allein.«

Vor ihnen schoss ein schlanker Schlangenschädel aus dem Wasser. Adam starrte in ein Maul mit nadelspitzen Zähnen. Es war groß genug, um seinen Arm mit einem Bissen abzutrennen. Die glänzenden Augen an den Seiten des Kopfs standen mindestens dreißig Zentimeter auseinander.

Kapitän Sagan stieß mit seinem Messer nach dem Angreifer, aber der war schon wieder abgetaucht. Der Soldat auf der Treppe feuerte eine ganze Salve von Schüssen ins Wasser. Es war nicht zu erkennen, ob er getroffen hatte.

»Raus! Raus!«, schrie Shawi, und der Schein der Lampe in ihrer Hand hüpfte auf und ab.

Adam und der Kapitän erwarteten einen Angriff unter der Wasserlinie.

»Wo stecken die Biester?«, knurrte Sagan.

»Sie haben sich entfernt!«, rief ihnen erleichtert die Zauberin zu.

Kommentarlos machte sich Sagan daran, den bewusstlosen Taucher aus seinem Anzug zu schneiden. Adam half dabei nach Kräften, und endlich konnten sie den Mann gemeinsam zur Treppe ziehen.

* * *

»Mutig!« Kapitän Sagan klopfte Adam anerkennend auf die Schulter. Sie hatten das Wrack der Franzosen wieder verlassen. Der Soldat mit der Signallampe übermittelte der Amatola, dass sie einen Verletzten an Bord bringen würden.

»Mutig?« Virginia Zimunga hatte die Fäuste geballt. Auf ihrer Stirn pochte eine Ader. »Das war purer Leichtsinn. Nein, Dummheit!«

»Beruhigen Sie sich«, sagte der Kapitän. »Ich möchte mich bei Ihnen bedanken, dass Sie es geschafft haben, die Biester zu vertreiben.«

»Das habe ich nicht.« Virginia Zimungas Wut verrauchte augenblicklich. »Ein zweites Mal war es mir nicht möglich. Ich hatte das Gefühl, sie wurden gerufen. Vielleicht war es das Muttertier.«

»Das Muttertier?«, staunte Adam.

»Ich sagte doch, dass ich die unbekannte Signatur des Geistes von dem Riesenungeheuer wie ein Rauschen empfand. Bei den Biestern hier war es nahezu identisch.«

»Dann wäre es sogar möglich, dass die Amatola bewusst in diese Falle getrieben wurde«, vermutete Kapitän Sagan. »Als Happen für den Nachwuchs. Hoffentlich lässt uns die Mama wieder einfach so verschwinden.«

* * *

Henri Dannerup hockte schwer atmend auf seiner Koje. Jetzt wo die Amatola festsaß und sich nicht schlingernd über das Meer bewegte, fühlte er sich etwas besser.

Er war bis auf die Unterhose nackt und schaute traurig auf

den mächtigen Bauch, der sich über den Hosenbund wölbte. Wie sehr wünschte er sich den jungen athletischen Körper zurück, den ihm Ta Un gezeigt hatte. Damit könnte für ihn ein neues Leben beginnen. Niemand würde mehr hinter seinem Rücken obszöne Bemerkungen machen. Aber zuvor musste er seine Aufgabe erfüllen. Ohr und Auge für Ta Un sein und nach Beendigung der Operation Odysseus über jedes Detail Bericht erstatten.

Die ganze Zeit über hatte er sich keine Gedanken gemacht und auch nicht die geringsten Skrupel gehabt. Er hatte sich einfach nur ungeheuer euphorisch gefühlt. Dieses Hochgefühl bröckelte. Da war die Angst um sein eigenes Leben. Von seiner sicheren Arbeit im Innenministerium war er in eine bedrohliche Welt katapultiert worden, in der Unwetter und monströse Verfolger aus den Tiefen des Ozeans lauerten. Und er stellte sich Fragen, die er zuvor ignoriert hatte. Wer war Ta Un? War er Bestandteil der Verschwörung gegen Südafrika?

»Ja!«

Henri Dannerup erschrak über den Klang seiner eigenen Stimme. Er hatte, ohne es zu wollen, die Antwort laut ausgesprochen.

Die Tür öffnete sich. Henri Dannerup hob den Kopf. Er war sicher, dass er sie verschlossen hatte.

»Hallo, Henri!«

Dannerup schlang reflexartig die Hände um seinen Oberkörper, um sich zu bedecken.

Es war Ta Un. Hier an Bord der Amatola.

In Henri Dannerup rangen Furcht und Freude miteinander.

»Überrascht?«, fragte Ta Un.

»Ja, ja«, stammelte Dannerup verwirrt.

»Ich dachte, du würdest dich freuen, mich zu sehen.«

»Das ... das tue ich. Aber wenn du auch hier bist, dann brauchst du mich hier doch gar nicht.« Er hatte plötzlich entsetzliche Angst, um den versprochenen Lohn gebracht zu werden.

»Ich benötige dennoch deine Hilfe«, erwiderte Ta Un.

Er ging vor Henri Dannerup in die Knie und sah ihm ins Gesicht. Dannerup nahm nur noch die Augen wahr. Die schwarzen Augen ohne Pupille. Alle Sorgen und Bedenken verflogen.

»Nun steh auf!«, forderte Ta Un. »Sieh dich an, mein Freund.«

Der Bauch war verschwunden. Fett hatte sich in straffe Haut verwandelt. Henri Dannerup fuhr sich mit der Hand über den Schädel und fühlte dichtes Haar. Er sprang auf. Eine Bewegung, die ihm zuvor noch Mühe bereitet hätte.

Der kleine Spiegel über dem Waschbecken zeigte ihm, was er sich so sehr wünschte. Ein junger Mann, für den die Frauen garantiert mehr als nur einen flüchtigen Blick übrig haben würden.

Von einer Sekunde zur anderen verwandelte er sich wieder in den alten Henri Dannerup.

»Du kannst dich doch hier nicht so zeigen.« Ta Un legte ihm eine Hand auf die Brust. Sie war kalt wie Eis. »Aber bald ist es so weit. Ich halte mein Versprechen. Du musst mir jedoch noch einen Gefallen erweisen.« Er holte eine winzige grüne Ampulle aus seinem Mantel. »Hier! Bewahre sie gut auf! Ihr Inhalt ist überaus selten und kostbar. Du öffnest sie erst, wenn ich es dir sage.«

»Ist das Gift?« Henri Dannerup drehte den Glasbehälter zwischen seinen fleischigen Fingern. Er fühlte, wie sich Zweifel wie ein feiner Nebelschleier erneut in seinen Geist schlich.

»Niemandem wird ein Leid geschehen«, erwiderte Ta Un. »Ich habe eben erst die Brut unseres Verfolgers davon abgehalten, den Kapitän und den jungen Adam zu massakrieren. Ist das nicht Beweis genug für meinen guten Willen? Sieh mich als Schutzengel dieser Operation.« Er verzog die schmalen Lippen zu einem Lächeln, das so schnell wieder verschwand, wie es aufgetaucht war.

»Kannst du auch dieses riesige Biest vertreiben, das uns folgt?«, fragte Dannerup.

»Ich will ehrlich sein«, erwiderte Ta Un. »Niemand hat das zuvor probiert. Die Jungen sind noch leicht zu beeinflussen. Ein ausgewachsenes Exemplar hingegen ist sehr alt und sehr erfahren.«

»Eine Frage noch«, bat Henri Dannerup. Seine Stimme klang jetzt wie die eines kleinen Kindes, das zu den über alles geliebten Eltern sprach. »Wo kann ich dich finden?«

»Ich bin überall.«

Ta Un verschwand.

* * *

Unmittelbar nach der Rückkehr auf die Amatola begaben sich Kapitän Sagan, Virginia Zimunga, Shawi und Adam auf die Kommandobrücke. Delani erwartete sie bereits. Obwohl Adam ihm ansah, wie sehr sein Freund darauf brannte, alles über die Rettungsaktion auf der Insel zu erfahren, blieb dafür keine Zeit.

»Sind die Antriebsschrauben frei?«, fragte Sagan.

»Die Taucher haben es geschafft«, meldete der erste Offizier. »Ein Probelauf wurde bereits erfolgreich durchgeführt.«

Virginia Zimunga betrachtete mit gerunzelter Stirn ihre Apparaturen auf dem Navigationstisch. Das Kristallpendel vollzog langsame schlingernde Drehungen. Die Zauberin klopfte mit dem Finger gegen das Glas des kleinen Aquariums. Die Nacktschnecken waren in heller Aufregung und schwammen hektisch hin und her. »Wir sollten uns beeilen«, sagte Virginia Zimunga. »Eine Sturmfront nähert sich.«

»Maschinen starten«, ordnete Kapitän Sagan an.

Adam spürte, wie die Fregatte langsam Fahrt aufnahm und rückwärts aus der Fahrrinne stieß.

»Da ist wieder dieses Signal auf dem Unterwasserradar«, meldete der erste Offizier. »Entfernung fünftausend Meter. Es nähert sich.«

»Das habe ich befürchtet«, meine Virginia Zimunga. »Sie will uns nicht entkommen lassen. Vermutlich ist sie jetzt auch noch sauer, weil wir ihren Nachwuchs verärgert haben.«

Der Kapitän beobachtete das Signal auf dem Radarschirm. »Ganz egal, wie groß es ist, es handelt sich um ein Lebewesen.«

»Natürlich«, bestätigte die Zauberin.

»Dann kann es auch sterben.« Sagan wandte sich an den Steuermann. »Das Schiff wenden und in Angriffsposition bringen. Raketenwerfer und Geschütze auf Angreifer ausrichten. Zwei Torpedos klarmachen.«

»Entfernung des Angreifers unter dreitausend Meter«, gab der erste Offizier an.

»Es kommt direkt auf uns zu. Hier, sehen Sie!« Sagan reichte Virginia Zimunga sein Fernglas. Sie schaute nur eine Sekunde hindurch und gab es dann an Adam weiter.

»Mein Gott!«, entfuhr es ihm. Das gigantische Wesen schob eine meterhohe Bugwelle vor sich her. Adam erkannte eine ungeheure schwarze Fläche. Wie die gepanzerte Haut eines Reptils. Von Tälern zerklüftet und zahllosen Narben zerfurcht.

»Torpedos! Feuer!«, sagte Kapitän Sagan mit ruhiger Stimme.

»Kann es den Torpedos nicht ausweichen?«, fragte Delani.

»Das wird ihm nichts nutzen. Die Torpedos reagieren auf Wärme«, erwiderte Sagan. »Maschinen stopp!«

Adam und Delani rannten aufs Deck. Sie hatten erst die halbe Strecke bis zum Bug des Schiffes geschafft, als die Torpedos ihr Ziel fanden. Zwei Fontänen, rot gefärbt vom Blut des Meeresriesen spritzten in die Höhe. Dunkle Fetzen, Stücke aus dem Leib des Ungeheuers, wirbelten durch die Luft. Doch es hielt weiterhin Kurs auf die Amatola. Über Adams Kopf entließ der Raketenwerfer zischend eine Salve. Das schwere Buggeschütz begann zu feuern.

Im Donnerhall der Waffen vernahm Adam plötzlich ein dumpfes Dröhnen. Er konnte es nicht nur akustisch wahrnehmen, es breitete sich in seinem ganzen Körper aus. Das

Dröhnen schwoll an. Übertönte jetzt sogar das Buggeschütz. Adam wusste, das war die Stimme des Meeresriesen. Sie wurde schwächer, und jeder an Bord konnte spüren, dass die Kräfte des Angreifers versiegten. Die Geschwindigkeit seines Angriffs verlangsamte sich, aber noch immer steuerte das Ungeheuer auf die Amatola zu.

Kapitän Sagan legte es jedoch darauf an, frontal mit dem gepanzerten Bug auf den sterbenden Giganten zu treffen.

Schon im nächsten Moment prallten Schiff und Angreifer aufeinander. Metall kreischte, als wäre die Amatola mit einem Mal zu eigenem Leben erwacht.

***

Der Aufprall hatte den Bug des Schiffes mehrere Meter aus dem Meer gehoben. Die Amatola hatte knirschend standgehalten. Das Meer schäumte blutrot, während der Körper des Angreifers auf die Insel aus Ranken zutrieb. Er war so groß, dass es Adam nicht gelang, sich ein Bild vom Aussehen des Lebewesens zu machen. Auf einmal entdeckte er wild zuckende Leiber im Wasser. Immer wieder stießen sie zu und rissen Fleischbrocken aus dem Riesen.

»Das Biest wird vom eigenen Nachwuchs gefressen.« Adam wandte sich angeekelt ab.

Delani starrte benommen aufs Meer hinaus. »Glaubst du, wir können es schaffen?«, fragte er leise.

Einen Moment herrschte Schweigen. Die Worte hingen über den Jungen in der Luft.

Vom Bug drang Hämmern und das Geräusch einer Metallsäge. Die Männer riefen sich Kommandos zu. Es hatte ein paar Beschädigungen gegeben, und diese mussten so schnell wie möglich provisorisch behoben werden, da Virginia vor einer heranziehenden Sturmfront gewarnt hatte. Es blieb nur wenig Zeit.

»Wir werden und müssen es schaffen, Delani.« Adam legte die Hand auf Delanis Schulter. Normalerweise ließ er körperliche Nähe eher widerwillig zu. Tante Vanessa bildete die einzige Ausnahme. Delani war da ganz anders. Zu seiner offenen und mitteilsamen Art gehörte es einfach, die Menschen anzufassen. Ein gut gemeinter Schubs, ein Klopfen auf den Rücken.

Adam sah seinen Freund fragend an. »Erinnerst du dich daran, wie du mich auf dem Rückflug vom Ausbildungslager in der Kalahari-Wüste gefragt hast, ob ich Angst habe?«

»Ja.« Delani nickte ganz langsam und konnte nicht den Blick von dem toten Meeresriesen lassen. »Wir hatten Angst, und wir haben es zugegeben. Aber es war die Angst vor etwas, das wir kannten. Verbrecher, Aufstände, Gewalt.« Er deutete auf den Kadaver. »Aber was ist das da? Ich frage mich, was noch alles auf uns zukommt. Mir kommt es so vor, als würde sich die Welt von uns abwenden. Als würde sie uns zurufen: Eure Zeit ist abgelaufen!« Er fuhr herum und sah Adam direkt an. Seine Augen waren ganz groß. »Ich habe einen Kerl gesehen, der sich unsichtbar machen kann. Das war kein Mensch! Das schwöre ich!«

Adam suchte nach Worten. Nach irgendetwas, das ihn und seinen Freund aufmuntern konnte. »Quinton sagt, dass das Gute existiert. Es wird ein Gegengewicht zum Bösen erschaffen.«

»Aber dieser Quinton ist nicht hier«, erwiderte Delani trocken.

Henri Dannerup watschelte an ihnen vorüber. »Alles klar, Jungs?« Er stutzte, hielt an und schob den Kopf so vor, dass er ein wenig aussah wie eine Schildkröte. »Es gibt keinen Grund, so verdrießlich auszusehen. Alles wird gut. Großes Ehrenwort!« Er kramte zwei Dairy-Milk-Schokoriegel aus seiner Jacke und drückte sie Adam und Delani in die Hände. Dann zog er eine Grimasse und bewegte sich mit seinem leicht schwankenden Gang zum Reparaturtrupp am Bug.

»Na, der hat sich ja prächtig erholt«, meinte Delani und hielt dann den Schokoriegel prüfend auf Augenhöhe. »Ich dachte, das Zeug gibt es nicht mehr.«

»Schmeckt auch schon ein wenig muffig«, erwiderte Adam und fand, während er Henri Dannerup nachsah, dass der dicke Mann jetzt tatsächlich wie eine Oliver-Hardy-Kopie aussah. Nur das Hütchen und der altmodische Anzug des Originals fehlten.

Delani biss ein Stück von der Schokolade ab, schloss verzückt die Augen und stampfte mit dem Fuß auf. »Gar nicht muffig!«

»Kannst meinen auch noch haben.« Adam steckte seinen Riegel in Delanis Brusttasche.

»Im Ernst?« Delani musterte ihn skeptisch. »Das tust du doch nur, um mich aufzumuntern.«

»Stimmt!« Adam grinste, und Delani grinste nach zwei Sekunden Bedenkzeit zurück.

Vom Bug drang Henri Dannerups laute Stimme, dann folgte Gelächter. Im ersten Moment befürchtete Adam, die Männer dort würden sich über Dannerup lustig machen. Aber der stimmte lauthals in das Lachen ein.

»Der Typ ist wohl Komiker«, meinte Delani und leckte sich die Finger ab.

Kapitel 15

Drei Ampullen

Kapitän Sagan stand auf der Kommandobrücke und strahlte. Beinahe zärtlich strich er über das Metall der Schiffswand.

»Die Amatola hat das Biest besiegt und dabei kaum Schaden erlitten. Es gab einen Wassereinbruch am Bug. Aber wir haben das wieder hingekriegt.«

»Wir sollten uns jetzt beeilen«, sagte Virginia Zimunga mit Blick auf ihre Glauci atlantici. »Der Sturm kommt. Wir müssen ihm ausweichen.« Sie reichte Sagan einen Zettel. »Das ist der von mir berechnete Kurs.«

»Volle Fahrt!« Der Kapitän gab ihn an den Steuermann weiter und sah an der Zauberin vorbei durch die Glasfront der Brücke. Nordwestlich hatte sich der Horizont tiefschwarz verfärbt. Riesige verästelte Blitze krallten sich dort in den Atlantik. Selbst auf der geschlossenen Kommandobrücke spürte die Besatzung, wie der Wind immer stärker wurde. Steuerbords wuchs in etwa zehn Kilometern Entfernung aus einer Masse von Haufenwolken ein Trichter. Die Windhose senkte sich dem Meer entgegen und begann das Wasser aufzuwirbeln. Die dunkle Haut des Atlantiks wurde regelrecht aufgeschlitzt. Eine plötzliche Sturmböe drückte gegen das Schiff und neigte es gefährlich zur Seite.

Im Hintergrund stand Henri Dannerup, balancierte die Schräglage geschickt aus und schien von dem Unwetter völlig unbeeindruckt. Von Seekrankheit zeigte er nicht die geringste Spur. Er erhob seine Stimme gegen das Dröhnen der unter Volllast laufenden Maschinen und dem Brüllen des Sturms: »Alles wird gut!«

Kurz darauf zwinkerte er Virginia Zimunga zu und verließ in seinem typischen Watschelgang die Brücke. Die Zauberin sah ihm schweigend nach.

* * *

Ta Un fing ihn vor seiner Kajüte ab. »Es wird Zeit zu handeln«, sagte er zu Henri Dannerup und drängte ihn durch die Tür.

»Was muss ich tun?«, fragte Dannerup und erinnerte sich im gleichen Moment wieder an die grüne Ampulle. Er hatte sie unter der Matratze versteckt.

»Du wirst in zwanzig Minuten die Ampulle öffnen. Der Ort ist dabei egal. Nur solltest du dabei natürlich unbeobachtet sein. Es wird ein überaus wirkungsvolles Gas ausströmen.«

Henri Dannerup wollte etwas erwidern, aber Ta Un wusste bereits, was der dicke Mann fragen wollte.

»Es ist kein tödliches Gift. Das erwähnte ich doch bereits. Hörst du mir etwa nicht zu?«

Henri Dannerup zuckte zusammen. Der Ton von Ta Uns Stimme hatte sich bei der Frage nur um eine winzige Nuance verändert. Doch Dannerup genügte es. Er wollte lieber nicht wissen, was geschah, wenn der grau gekleidete Hüne tatsächlich wütend wurde.

»Nun, vielleicht bin ich nicht ganz unschuldig an deiner Verunsicherung.« Ta Un klang wieder ganz milde. »Ich werde dir daher etwas verraten. Das alles dient nur dazu, dieses Schiff und die Besatzung heil nach Brasilien zu bringen. Sie werden bald sehen, wie wunderbar dort alles ist.« Ta Uns Hand fuhr an Henris rechtem Ohr vorbei. »Kannst du es hören?«

Henri Dannerup hörte Kinderlachen, den Gesang exotischer

Vögel, das Rauschen eines Bachs. Die Geräusche entstanden direkt in seinem Kopf. Er schloss die Augen.

»Kannst du es riechen?«, fragte Ta Un, und Henri Dannerup atmete augenblicklich den Duft von Zitrusfrüchten und Blumen ein. Geräusche und Düfte vermischten sich zu einer perfekten Einheit, wie er es niemals für möglich gehalten hatte. Eine Symphonie des Glücks. Henri Dannerup kicherte, weil er das Gefühl hatte, etwas – vielleicht ein Schmetterling – habe ihn an der Wange berührt. Er war davon überzeugt, dieses Paradies auch gleich sehen zu können.

Dann war es vorbei. Er starrte auf Ta Un und dann irritiert auf die Kajütenwände.

»Das ist Brasilien?«, staunte er.

Ta Un nickte. »Eine Welt im Einklang mit sich und ihren Bewohnern. Du wirst dort eine besondere Stellung einnehmen. Als mein Assistent. So wie es in den vergangenen Zeiten üblich war. Daher musst du heute schon damit anfangen, mir ein wenig behilflich zu sein. Ich will dir bedingungslos vertrauen können.«

Plötzlich hielt Ta Un die grüne Ampulle zwischen seinen langen Fingern. Henri Dannerup tastete reflexartig nach der Matratze.

»Nicht doch«, sagte Ta Un. »Das ist eine andere Ampulle. Diese hier enthält Pillen und hebt die Wirkung der ersten auf. Wir wollen doch, dass mein Assistent einsatzbereit bleiben kann. Eine einzige Pille genügt.«

Henri Dannerup war sich nicht ganz sicher, ob er wirklich Ta Uns Assistent sein wollte, aber nach Brasilien wollte er jetzt unbedingt. Als schlanker, junger Mann voller Kraft und Anmut. Er nahm eine der winzigen braunen Pillen. Genau wie es Ta Un verlangt hatte. Sie löste sich auf seiner Zunge sofort auf.

»Sieh mir in die Augen«, forderte Ta Un.

Henri Dannerup tat, wie ihm geheißen, und sofort verschwanden auch die allerletzten Zweifel.

Ta Un ging ohne Gruß.

Auf dem kleinen Tisch neben der Koje stand Henri Dannerups alter Wecker. Ein Geschenk von seiner Mutter. Dannerup sah konzentriert auf das Ziffernblatt und sagte laut »Eins!«, als der Minutenzeiger mit einem lauten mechanischen *Klack!* weiterwanderte. Als Henri Dannerup bei »Zwanzig!« angelangt war, zögerte er kurz, hielt dann die Ampulle mit ausgestrecktem Arm so weit weg wie möglich und zog mit Daumen und Zeigefinger der rechten Hand den Korken heraus.

Unwillkürlich hielt er die Luft an. Er erwartete, einen feinen Nebel aus der Ampulle aufsteigen zu sehen oder vielleicht ein leises Zischen zu hören. Aber es geschah nichts dergleichen. Dannerup blähte die Wangen, sein Kopf wurde feuerrot und in seinen Ohren rauschte das Blut. Prustend stieß er die verbliebene Luft aus seiner Lunge und rang nach Atem. Er konnte nun nur noch auf die Wirkung des Gases warten. Nichts geschah. Dannerup fühlte keinerlei Veränderung. Er hielt die Ampulle unter seine Nase und roch daran.

Der Inhalt musste geruchlos gewesen sein.

* * *

Ta Un war zufrieden. Er hatte, unsichtbar für jeden zufällig vorbeikommenden Menschen, vor der Tür zu Dannerups Kajüte gewartet. Ohne große Mühe konnte er so die Gedanken des Mannes verfolgen und dabei überprüfen, ob seine Anordnung befolgt wurde. Henri Dannerup war leicht zu lenken. Ein verlorenes Individuum. Ta Un hatte sich bewusst den seiner Meinung nach labilsten Charakter aus der Umgebung der Innenministerin Masuku ausgewählt. Bedauerlicherweise waren nicht alle Menschen so. Aber es war nur noch eine Frage der Zeit, bis die Ära der Menschheit endgültig endete. Südafrika würde sich nicht mehr lange dagegen aufbäumen können.

Ta Un fühlte mit den Fingern nach den zwei Ampullen in seiner Manteltasche. Sie waren absolut identisch mit der von Henri Dannerup, nur mit dem Unterschied, dass die eine das Gegenmittel enthielt und die andere das Gas. Henri Dannerups gläserne Ampulle enthielt nichts.

Ta Un wusste, dass es unverantwortlich gewesen wäre, die kostbare Substanz dem Menschen auszuhändigen. Egal wie willig er sich auch zeigte.

Vieles war in den langen Zeiten des Rückzugs verschollen und vergessen worden. So auch die Fähigkeit, das überaus wirksame Schläfergas herzustellen. Aber mit jedem Tag wuchs die alte Macht. Ta Un wusste, dass er sich keine Sorgen zu machen brauchte. Trotz einiger widriger Umstände verlief letztendlich alles nach Plan, und er schöpfte immer wieder Kraft aus seinem Hass. Dem Hass auf die Menschheit, die sich so lange für einzigartig und unüberwindbar gehalten hatte.

Eine junge Frau in der Uniform der südafrikanischen Marine kam den Gang entlang. Ta Un machte ihr Platz. Er war nur unsichtbar, aber nicht körperlos, und musste vermeiden, dass sie ihn versehentlich berührte.

Als die Frau auf einer Höhe mit Ta Un war, runzelte sie kurz die Stirn. So, als wäre ihr etwas Unangenehmes in den Sinn gekommen.

Ta Un wunderte das nicht. Er wusste, dass manche von ihnen sensibel waren, und wartete, bis die Soldatin in einer Kabine verschwand. Dann erst machte er sich auf den Weg.

***

Die Amatola war nur mit den Ausläufern des Sturms in Berührung gekommen und doch hatten die ausgereicht, um das Schiff beinahe zum Kentern zu bringen.

Kapitän Moses Sagans Stimmung hatte sich deutlich verschlechtert. Vor der Mannschaft mimte er stets den Optimisten, doch in Wirklichkeit zweifelte er am Gelingen der Operation Odysseus. Er dachte daran, wie viele Seemeilen noch vor ihnen lagen. Und an das, was sie in Südamerika erwarten mochte.

Er wollte versuchen, ein paar Stunden Ruhe zu finden. Sagan wusste, dass die Amatola in den Händen seines ersten Offiziers sicher war. Dann war da doch Virginia Zimunga. Er stand ihr und dem wachsenden Einfluss der Magischen Gilde skeptisch gegenüber, musste ihren Fähigkeiten aber dennoch Respekt erweisen. Außerdem schien die Zauberin als Einzige an Bord niemals müde zu werden. Sie hatte sich seit der Abfahrt in Kapstadt nicht eine Minute Ruhe gegönnt. Er selbst fühlte sich hingegen völlig erschöpft. Trotzdem hatte er angeordnet, bereits in drei Stunden wieder geweckt zu werden.

Kapitän Sagan betrachtete das Foto seiner Familie an der Wand. Es zeigte seine Frau und seinen kleinen Sohn Georgie.

Der Schlaf übermannte ihn.

***

Kapitän Sagan erwachte abrupt. Er hatte von einem weinenden Kind geträumt. Auch jetzt noch, als er die Augen öffnete und in die Dunkelheit starrte, glaubte er die Stimme des Kindes zu hören. Sie klang genau wie die seines Sohnes. Jetzt wurde sie leiser und verhallte wie in weiter Ferne.

Meine Nerven, sagte er sich. Sie gaukeln mir das nur vor.

Die Leuchtziffern der Uhr neben seinem Bett zeigten ihm, dass er nur eine Viertelstunde geschlafen hatte. Er tastete nach dem Lichtschalter.

»Wie …?«

Was er sah, war unmöglich. Als hätte etwas aus seinem Traum den Weg in die Realität gefunden.

Moses Sagan streckte die Hand aus. So behutsam, als würde er versuchen, eine Seifenblase oder ein scheues Tier zu berühren. Mit den Fingern fuhr er über den weichen Samt. Es war die Mütze seines kleinen Sohnes Georgie.

Wie, fragte sich Sagan, war die Mütze an Bord der Amatola gelangt? Er konnte sich nicht daran erinnern, sie als Andenken mitgenommen zu haben.

Träumte er etwa immer noch?

»Ich störe Sie ungern, Moses«, vernahm er eine Stimme.

»Wer ist da?« Hektisch durchsuchte er mit den Augen die Kabine. Er war allein.

»Sehen Sie mich jetzt?«, sagte die Stimme.

Neben Sagans Bett erschien aus dem Nichts eine Gestalt. Groß, mit Hut und langem grauem Mantel. Ein völlig ausdrucksloses Gesicht blickte auf den Kapitän herab.

»Ich ... ich muss noch immer träumen. Das ist nicht real!« Sagan wollte aufstehen, doch der Fremde versetzte ihm einen Stoß, sodass er wieder aufs Bett fiel.

Die Gestalt griff nach der winzigen Samtmütze und betrachtete sie mit kalten Augen. »Daheim in Kapstadt weint Ihre Frau. Sie vermisst ihren Jungen.«

Moses Sagans Verstand wurde augenblicklich von Wut und Hass überflutet. »Was haben Sie getan?« Er prallte mit aller Wucht gegen den Eindringling und versuchte einen Faustschlag gegen dessen Kinn zu platzieren, doch sein Gegner wich so schnell aus, dass der Schlag ins Leere ging. Stattdessen rammte er dem Kapitän das Knie in den Magen. Moses Sagan ging röchelnd zu Boden.

»Beruhigen Sie sich, Moses. Wenn Sie mir entgegenkommen, wird Klein-Georgie wohlbehalten zurückkehren.«

Die Worte durchdrangen die Wogen des Schmerzes, und Sagan keuchte: »Ich bringe Sie um!«

»Oh!«, machte der Fremde. »Wenn Sie sich weiterhin so aufführen, wird Ihr Sohn vor seinem Tod mehr Schmerz fühlen als die meisten eurer Gattung in ihrem ganzen Leben. Haben Sie das verstanden?«

Kapitän Sagan zwang sich zur Ruhe, obwohl in seinem Kopf die Gedanken flatterten wie ein Schwarm aufgescheuchter Vögel. »Wer sind Sie? Was wollen Sie?«

»Ich werde Ihnen Ihre zweite Frage gleich beantworten.« Der Fremde zückte eine kleine grüne Ampulle, entnahm ihr eine bräunliche kreisrunde Pille und schluckte sie. »Jetzt Sie! Nur eine.«

»Wollen Sie mich vergiften?«

»Hätte ich dann zuerst davon probiert? Seien Sie nicht töricht, Moses. Innerhalb der nächsten Minuten wird an Bord ein Gas ausströmen, dass nahezu zeitgleich die gesamte Besatzung betäubt. Die Pillen verhindern, dass auch wir betroffen sind. Ich brauche Sie noch.«

»Das ist Wahnsinn!«, begehrte Sagan auf. »Das lasse ich nicht zu!«

Der Kapitän versuchte, mit einem Satz die Tür zu erreichen, doch sein Gegenüber packte ihn am Kragen und schleuderte ihn ohne große Mühe gegen die Wand.

»Die Pille! Wenn Sie nicht wach bleiben, ist das Schiff führungslos. Alle werden umkommen. Ich bin leider kein besonders guter Nautiker.« Der Fremde legte eine Pille auf Sagans Handfläche.

Der Kapitän starrte den unheimlichen Fremden eine Sekunde lang an. Plötzlich jedoch hob er blitzschnell die Hand und steckte sich die Pille in den Mund. Sie löste sich innerhalb einer Sekunde vollständig auf und hinterließ einen leicht bitteren Nachgeschmack.

»Sind Sie ein Dämon?«, fragte er.

Er erhielt keine Antwort, stattdessen legte ihm der Fremde Handschellen an.

Anschließend entkorkte er eine zweite Ampulle und bemerkte mit dem Anflug eines Lächelns: »Das Gas ist frei. Kommen Sie, wir müssen noch einen Freund abholen.«

* * *

Henri Dannerups Kabine war nur wenige Schritte entfernt. Ta Un stieß den Kapitän vor sich her und registrierte befriedigt, wie hinter einer Tür jemand angestrengt keuchte und dann polternd auf dem Boden landete. Er hatte schon befürchtet, das Gas hätte nach so langer Zeit zumindest ein wenig an Wirkung verloren.

Ta Un machte sich nicht mehr die Mühe, sich aus den Blicken der Menschen zu stehlen. Er musste sich konzentrieren. Vielleicht hatte er doch noch nicht alle Gegner auf dem Schiff ausgeschaltet. Diese Zauberer, Medizinmänner und wie sie sich noch alle nannten, neigten zwar zur Überheblichkeit, trotzdem durfte man sie nicht unterschätzen. Es war nicht ausgeschlossen, dass sich die gerissene Virginia Zimunga mit irgendwelchem Hokuspokus vor dem Schläfergas geschützt hatte. Aber letztlich war auch sie kein würdiger Gegner. Eigentlich würde es ihm sogar Freude bereiten, sie zu erniedrigen und zur Strecke zu bringen.

Er öffnete die Tür zu Dannerups Kabine und stieß Sagan hinein.

Der dicke Mann hatte sich mittlerweile bekleidet und fuhr entgeistert in die Höhe, als er den gefesselten Kapitän entdeckte.

»Sagen Sie mir nicht, dass Sie mit diesem Monstrum zusammenarbeiten!«, fuhr ihn Sagan an.

Dannerup öffnete ein paar Mal wortlos den Mund und sah dabei aus wie ein gestrandeter Fisch.

»Deine Waffe«, sagte Ta Un.

Dannerup nickte mechanisch, bewegte sich wie eine Marionette auf den Spind zu und holte seine Dienstpistole.

»Du passt auf den Kapitän auf«, befahl Ta Un. »Wir brauchen ihn noch.«

»Der Scheißkerl hat meinen Sohn entführt!«, brüllte Sagan.
»Ist das wahr?«, fragte Dannerup mit der Waffe in der Hand.
»Alles wird gut!«, sagte Ta Un besänftigend. Liebend gern hätte er den Kapitän beeinflusst, aber dann würde Sagan nicht mehr voll einsatzfähig sein.

Henri Dannerup nickte schafsmäßig und flüsterte: »Mach mich schön. Bitte!«

»Noch nicht, aber sehr bald«, erwiderte Ta Un.

* * *

Adam hatte endlich Zeit gefunden, Delani von den Erlebnissen auf der schwimmenden Insel zu erzählen. Delani hatte seinen Freund dabei nur ein einziges Mal unterbrochen, als er beim Knabbern der kandierten Nüsse seiner Großmutter feststellte, dass diese geschmacklich nicht gegen Henri Dannerups Schokoriegel ankamen.

»Eine Sache verstehe ich nicht«, sagte Delani schließlich. »Wieso dachte Virginia Zimunga, dass du diese Viecher vielleicht vertreiben könntest?«

»Keine Ahnung«, gab Adam zu. »Aber sie war sich ja selbst nicht sicher. Deswegen war sie so wütend, dass ich's überhaupt probiert habe.«

»Hm ...« Delani kratzte sich nachdenklich am Kinn. »Anscheinend hält sie es trotzdem für möglich, dass die alle etwas gemeinsam haben. Also diese Viecher, die Parasiten und dann noch diese seltsamen Typen, denen du in letzter Zeit so begegnet bist. Etwas abartig ist das ja schon, dass die an dir geschnuppert haben. Vielleicht erkennen dich die Parasiten ja auch am Geruch.« Delani schnupperte übertrieben laut in Adams Richtung. »Obwohl, ich rieche da nichts Besonderes.«

»Wenn du recht hast, Delani, dann frage ich mich, warum ausgerechnet ich?«, sagte Adam, dem dieser Gedanke ausgesprochen unbehaglich war. »Und wer ist der Unsichtbare überhaupt? Ein Mensch, und Typen wie diese beiden Blonden seine Helfershelfer?«

»Wenn er ein Mensch ist, muss er ein Zauberer oder ein Medizinmann wie Quinton sein«, überlegte Delani. »Nur eben von der anderen Seite. Schwarze Magie oder so. Er kann sich außerdem nicht komplett unsichtbar machen. Eine Wärmebildkamera zeichnet ihn auf, und wenn man ganz genau weiß, wo er sich befindet, kann man ihn auch sehen.«

Delani legte die Tüte mit den süßen Nüssen auf den einzigen Tisch in ihrer gemeinsamen Kajüte. »Irgendwie ist mir komisch.«

Adam dachte, dass die Unmengen von Nüssen daran schuld sein müssten, denn nach anfänglichen Problemen war sein Freund nicht mehr seekrank geworden.

Dann spürte auch er Übelkeit in sich aufsteigen. Er konnte noch sehen, wie Delani plötzlich zusammenbrach, spürte eine bleierne Schwere in sich und verlor im nächsten Moment ebenfalls das Bewusstsein.

Kapitel 16

Das wahre Gesicht

Die Glauci atlantici machten einen sehr entspannten Eindruck. Ihre blauen Körper schwebten träge und graziös durch das Wasser des Aquariums.

Virginia Zimunga hingegen fühlte eine innere Unruhe. Sie lauschte den Geräuschen des Schiffes. Dem jetzt ruhigeren Dröhnen der Maschinen und dem immerwährenden Knirschen und Knacken in den metallenen Eingeweiden der Amatola.

»Vor uns ist eine Nebelbank«, meldete der Steuermann.

Virginia Zimunga beugte sich vor. Der Übergang von klarer Nacht zu einer undurchdringlichen Waschküche war so abrupt, als wäre die Fregatte in feste Materie eingedrungen.

»Bleiben Sie auf Kurs«, sagte die Zauberin.

Nebel, egal wie dicht er auch war, stellte für die Nacktschnecken keine Gefahr dar, daher reagierten sie auch nicht auf dieses Wetterphänomen.

Außer der Zauberin und dem Steuermann waren noch der 1. Offizier und ein Matrose auf der Kommandobrücke.

Virginia Zimunga holte ein Handvoll getrockneter Beeren aus ihrer Umhängetasche hervor. Sie enthielten ein leichtes Nervengift, das ihr half, tagelang auf Schlaf zu verzichten.

Ein Scheppern ließ die Zauberin zur Seite blicken. Der Matrose am Radarschirm war plötzlich zu Boden gesunken, neben ihm lag sein Kaffeebecher aus Blech.

Der erste Offizier eilte zu ihm. »Matazima! Was ist mit Ihnen los?«

Während Virginia Zimunga mitansehen musste, wie sich der erste Offizier die Brust hielt und die Augen verdrehte, erhielt sie in glasklarer Deutlichkeit eine telepathische Nachricht. Sie holte ihre winzige Atemmaske aus der Umhängetasche und setzte sie auf.

Der Steuermann sah sie entgeistert an.

»Rufen Sie den Bordarzt und lassen Sie den Kapitän wecken!« Ihre Stimme klang dumpf durch den Filter der Maske.

Der Steuermann nahm den Hörer des Bordtelefons ab. Sie rechnete nicht damit, dass er Erfolg haben würde.

»Brücke ruft Dr. Eyadema! Ein Notfall! ... Dr. Eyadema! ...« Er sah Virginia Zimunga besorgt an. »Auf der Krankenstation meldet sich niemand. Dabei ist sie ständig besetzt!« Der Hörer entglitt seinen Fingern. Der Steuermann versuchte noch, sich mit der anderen Hand am Steuerrad festzuklammern, dann sackte er mit einem lauten Ächzer zusammen.

Virginia Zimunga analysierte so ruhig wie möglich die Situation. Vermutlich hatte in diesem Moment auf dem gesamten Schiff die Besatzung das Bewusstsein verloren. Die Amatola würde unterdessen automatisch an dem eingegebenen Kurs festhalten.

Die Zauberin zögerte kurz, dann nahm sie ihren winzigen Revolver in die rechte Hand und erwartete den Feind. Sie war bereit für den Kampf.

»Wer immer du bist, an mir kommst du nicht vorbei!« Ihre Stimme hallte über die Kommandobrücke.

»Große Worte für eine kleine Schwindlerin, die mit Schnecken hantiert!«

Virginia Zimunga wirbelte herum, die Waffe im Anschlag. Hinter dem Steuer, direkt vor der Glasfront, gegen die sich von außen der Nebel drängte, war eine Gestalt erschienen. Zwei

Meter groß, mit einem bleichen Gesicht, das die Zauberin sofort als leblose Maske erkannte.

»Versuchst du, in meinem Geist herumzuschnüffeln, Quacksalberin? Das funktioniert nicht.«

Tatsächlich konnte Virginia Zimunga nur ganz schwach und undeutlich das geistige Signal des Fremden empfangen.

»Wer bist du?«

Ihr Gegenüber winkte gelangweilt ab. »Immer die gleichen Fragen.«

»Thaba!«, stieß die Zauberin hervor. »Nohana!«

»Was soll das denn jetzt?« Der Fremde wich dem bewusstlosen Steuermann am Boden aus und machte zwei Schritte auf sie zu. »Glaubst du wirklich, du könntest mich mit Sprüchen aufhalten? Du bist so schwach, dass du noch nicht einmal Macht über die Brut des Tiefseebewohners erlangen konntest. Ich musste einschreiten, um deine Freunde zu retten.«

»Nohana!«, wiederholte die Zauberin mit Nachdruck.

Der Fremde schüttelte unwillig den Kopf. »Lass den Unsinn!«

Virginia Zimunga bemerkte, dass ihr Gegenüber nicht völlig immun gegen die alten Beschwörungsformeln war.

»Genug!« Jetzt hallte seine Stimme wie Donner über die Kommandobrücke. »Willst du sehen, gegen wen du dich erhebst?«

Der Fremde nahm den großen Hut von seinem Kopf.

Virginia Zimunga erstarrte. Sie sah mit wild pochendem Herzen zu, wie er beide Hände an die Stirn legte. Sie glaubte, ein Geräusch zu hören.

Ein kurzes, aber intensives Knacken, als würde man einen Hühnerknochen zerbrechen. Dann ließ der Fremde die Maske fallen.

Die Zauberin schrie auf. Wut, Abscheu und tief verwurzelte Furcht brachen aus ihr hervor. Reflexartig betätigte ihr Zeigefinger den Abzug der Pistole. Das Wesen wich der Kugel mit einer einzigen Bewegung aus, die viel zu schnell war, um vom menschlichen Auge erfasst zu werden.

Sie hatte die Beherrschung verloren, trotz jahrelanger Erfahrung. Nichts jedoch hatte sie auf solch einen Anblick vorbereiten können.

Dieser Moment der Schwäche reichte ihrem Gegner. Er stahl sich aus ihrem Blickfeld, und noch während Virginia Zimunga versuchte, ihn wieder auf der Brücke zu erfassen, spürte sie einen Luftzug hinter sich.

Dann traf sie ein Schlag, der sie direkt in tiefe Schwärze katapultierte.

* * *

Ta Un setze sich den Hut auf, und nachdem er sein wahres Gesicht wieder hinter der Maske verborgen hatte, fesselte und knebelte er sehr gründlich die Zauberin. Zugegebenermaßen hatte er nicht damit gerechnet, dass der Magischen Gilde die uralten Beschwörungsformeln bekannt waren. Das Schläfergas hatte sich schon längst verflüchtigt, dennoch nahm er Virginia Zimunga die Atemmaske ab. Dann brachte er sie in eine Kabine und verriegelte die Tür. Man würde sich später eingehend mit ihr beschäftigen.

So intensiv, dass sie alle Geheimnisse der Magischen Gilde preisgeben würde.

Vor dem Eingang zur Brücke wartete noch immer Henri Dannerup mit dem Kapitän. »Henri, führe Moses Sagan zum Steuer.«

Kapitän Sagan blickte entsetzt auf die bewusstlosen Männer. »Wo haben Sie Virginia Zimunga hingebracht?«, fragte er.

»Ihr geht es gut«, erwiderte Ta Un und kettete Sagan mit den Handschellen am Steuerrad fest. »Hier ist Ihr Platz! Setzen Sie neuen Kurs auf St. Helena. Die Insel dürfte nicht mehr allzu weit entfernt sein. Sie liegt ja fast auf unserer Route.«

»Das ist alles nicht so einfach. Vor allem nicht mit den Dingern.« Sagan zerrte kurz an den Handschellen.

»Henri wird Ihnen zur Hand gehen. Sagen Sie ihm einfach, was er tun soll. Aber wenn Sie auch nur den geringsten Fehler machen, wird das Konsequenzen haben. Denken Sie immer an Ihren Sohn Georgie.«

Henri Dannerup watschelte so schnell, wie es sein Körpergewicht zuließ, auf Ta Un zu. »Wäre es jetzt vielleicht möglich …?«

Ta Un verspürte den Drang, den Menschen zu schlagen, aber er sagte nur: »Schau mir in die Augen.«

»Oh ja!«, hauchte Dannerup.

»Hör zu, Sagan werde ich nicht erlauben, dich in deiner neuen Gestalt zu sehen«, wisperte Ta Un. »Es würde ihn nur unnötig irritieren. Er muss das Schiff lenken.«

»Das verstehe ich.« Henri Dannerup war gefangen von Ta Uns Augen. »Aber alle anderen werden mich sehen?«

»So ist es.«

Ehe Ta Un die Brücke verließ, warf er einen Blick auf Henri Dannerup, der hinter Sagans Rücken sein unscharfes Spiegelbild in den Fenstern bestaunte.

Dannerup stieß vor Verzückung einen hellen Kiekser aus. Er war glücklich. Ta Un hatte sein Versprechen eingelöst. Sein Aussehen war nun endlich so, wie er es sich immer erträumt hatte.

Ta Un grunzte verächtlich und verließ die Brücke.

* * *

Finsternis überall. Ringsum.

Versuchsweise bewegte Adam seine Arme und Beine. Er war am rechten Fußgelenk gefesselt. Seine Finger ertasteten eine Kette. Sie verband ihn mit dem metallenen Bettgestell, auf dem er lag. Sein Schädel schmerzte. In seinem Mund schmeckte er etwas Bitteres. Adam hatte das Gefühl, sich übergeben zu müssen.

Das Letzte, an das er sich erinnern konnte, war ein Gefühl, als hätte sich plötzlich ein tonnenschweres Gewicht auf seinen Körper gelegt.

Zuvor war etwas mit Delani geschehen.

Er sah es jetzt wieder klar vor sich.

»Delani!«, rief er.

Keine Reaktion. Er lauschte. Ganz eindeutig befand er sich noch immer auf der Amatola. Er spürte die Bewegung des Atlantiks. Ein leichtes Auf und Ab. Irgendwo unter ihm arbeiteten die Schiffsmotoren. Weitere Geräusche gab es nicht. Dabei hätte er selbst in der Nacht vereinzelte Schritte auf den Gängen hören müssen. Vielleicht auch ein leises Gespräch zwischen Wachhabenden. Eine Tür, die geöffnet und wieder geschlossen wird.

»Delani!« Seine Stimme wurde panischer. »Ist da irgendjemand?«

Die Neonröhre unter der Decke schaltete sich klickend ein. Adam schirmte die geblendeten Augen mit den Händen vor der plötzlichen Helligkeit ab. Er benötigte einige Sekunden, um klar sehen zu können. Das war eindeutig nicht die Kabine, die er sich mit seinem Freund geteilt hatte. Es gab nur eine Koje und in einer Ecke lag eine achtlos hingeworfene Unterhose von beachtlichen Ausmaßen. Auf dem Tisch lagen zwei lilafarbene Schokoriegel der Marke Dairy Milk. Das hier musste Henri Dannerups Kabine sein. Hatte ihn der Berater der Innenministerin aus irgendwelchen Gründen entführt? Und wer hatte eben den Lichtschalter betätigt?

In dem Moment sah Adam den Fremden. Er stand unmittelbar vor der Koje, und Adam zuckte so heftig zurück, dass er mit dem Rücken gegen die Kabinenwand prallte.

Obwohl er von der Fähigkeit des Fremden, scheinbar aus dem Nichts aufzutauchen, gehört hatte, war es ein Schock für Adam, ihm so plötzlich zu begegnen. Leibhaftig wirkte er noch größer, noch bedrohlicher, als Adam es vermutet hatte. Das Schlimmste waren die Augen. Schwarz. Keine Pupillen. Adam hatte es mit keinem menschlichen Wesen zu tun.

»Hallo, Adam van Dyke. Ich wollte dich unbedingt näher kennenlernen.« Die Stimme klang beinahe sanft, einschmeichelnd. »Es gibt für dich nicht den geringsten Grund zur Sorge. Es ist sogar meine Aufgabe, deine Unversehrtheit zu garantieren. Du kannst mir also vertrauen.«

Die Worte, die wie Aufmunterung oder Trost klingen sollten, stießen bei Adam auf Ablehnung und Unglauben. Niemals zuvor hatte ihn ein Lebewesen dermaßen abgestoßen. Nicht einmal die widerlichen Parasiten in Harare. Alles in ihm rebellierte gegen die Anwesenheit des Fremden. Sie bereitete ihm körperliche Schmerzen. Sein Magen schrumpfte zu einer bleiernen Kugel im Zentrum seiner Körpers.

Niemals würde er dieser Kreatur auch nur die Spur von Vertrauen entgegenbringen können. Da war nichts als Lüge und Bosheit.

»Wo sind meine Freunde?«, fragte er, denn trotz aller Furcht machte er sich große Sorgen um deren Schicksal.

»Sie schlafen noch alle. Ich habe dich ein wenig früher geweckt, damit wir ungestört plaudern können«, lautete die Antwort. Die starren Augen betrachteten ihn, als sei er ein besonders interessantes Fundstück. »Du kannst mich übrigens Ta Un nennen.«

»Wenn alle an Bord schlafen, wer lenkt dann das Schiff?«, fragte Adam vorsichtig.

»Der Kapitän. Wer sonst?«

Adam fragte sich, ob sein Gegenüber ihn belog. Passierte hier womöglich das Gleiche wie das, was Brian und die anderen Flüchtlinge aus Agadir erlebt hatten?

Wenigstens schien Ta Un nicht darauf aus zu sein, ihn zu töten. Das hätte er schon längst tun können. Adam brauchte mehr Informationen.

»Wohin fahren wir? Nach Brasilien?«

Ta Un schüttelte in der Imitation einer menschlichen Geste den Kopf. »Nicht sofort. Wir haben Kurs auf St. Helena genommen. Dort werden wir umsteigen. Dieses Schiff ist nicht sicher genug für dich. Bist du schon mal mit einem U-Boot gefahren, Adam? Mir bereitet es Freude.«

Adam wusste ein wenig über St. Helena. Geografie, das Wissen über all die zerstörten oder unerreichbaren Regionen jenseits von Südafrika, hatte ihn schließlich immer fasziniert. St. Helena war eine kleine Insel im Atlantik. Bewohnt und unter britischer Verwaltung.

Nicht unter britischer Verwaltung!, verbesserte er sich. Großbritannien existierte nicht mehr. Nach allem, was man wusste, lag es unter Eis und Schnee vergraben. St. Helena musste jetzt ein Vorposten Groß-Brasiliens sein. Ein Unterschlupf für die U-Boote der Militärregierung.

Ta Un trug graue Handschuhe. Sie knirschten leise bei jeder Bewegung. Die Kreatur streckte die rechte Hand nach Adam aus. Adam wollte zurückweichen, doch hinter ihm war nur noch die Wand.

Er spürte für ein, zwei Sekunden die Kälte der Berührung auf seiner Stirn, dann war es vorbei.

Ta Un atmete tief ein und seufzte. »Es wird gut sein, dich in Zukunft auf der richtigen Seite zu wissen. Wie gut, dass dir in Harare nichts geschehen ist. Das war ein Fehler, denn auf dich kommen großartige Zeiten zu, Adam.«

»Was wird geschehen?«, fragte Adam. Wenn ihm diese Kreatur großartige Zeiten versprach, war das wohl eher ein Grund zum Fürchten.

»Das wird dein Großvater dir erklären. Er wartet auf dich.« Ta Un machte eine Pause und starrte Adam mit regungslosen Augen an. »Er liebt dich.«

Adam brauchte einen Moment, um das Gehörte zu verarbeiten. Die Gedanken wirbelten orientierungslos in seinem

Kopf umher, dann rief er mit überschnappender Stimme: »Du lügst! Mein Großvater ist tot!«

»Nein!«, widersprach Ta Un, und zum ersten Mal konnte Adam den Anflug einer Gefühlsregung in dessen Gesicht ausmachen. Ta Uns Lippen deuteten ein schmales Lächeln an. Er war amüsiert.

»Ich muss nun unsere baldige Ankunft bekannt geben.« Ta Un wandte sich um und achtete nicht mehr auf den Jungen hinter seinem Rücken. Er holte ein kleines schwarzes Kästchen aus einer Manteltasche.

Ein Funkgerät.

»Du bist nur ein Lügner!«, schrie Adam. »Mein Großvater ist tot! Er ist lange vor meiner Geburt gestorben.«

»Ach!«, machte Ta Un nur und betätigte einen winzigen Schalter an der Seite des Gerätes.

***

Die Tür flog mit solcher Wucht auf, dass eines der Scharniere aus der Wand brach. Adam hob schützend die Arme vors Gesicht.

Ein Windstoß fuhr durch die Kabine. Wirbelte Papiere durch die Luft, warf den einzigen Stuhl zu Boden und zerzauste Adam das Haar.

Als er die Arme wieder senkte, stand der Fremde ungerührt in der Mitte des Raums und wandte ihm den Rücken zu. Das Funkgerät lag einen Meter von ihm entfernt auf dem Boden.

»Du schon wieder!«, knurrte Ta Un. »Wie hast du es geschafft, dich zu befreien?«

Adam richtete sich auf, so weit es die Kette am Bettgestell ermöglichte. Er reckte den Hals, um an dem Fremden vorbeiblicken zu können.

Virginia Zimunga stand im Flur. Auch ihre sonst so korrekte Frisur war zerzaust, aber in ihrem Blick lag wilde Entschlossenheit. »Thaba!« Sie spie das Wort der Kreatur entgegen. »Thaba! Nohana!«

Ta Un zeigte sich unbeeindruckt. »Das hatten wir doch schon mal.«

»Thaba! Ninkarrak!« Die Zauberin trat einen Schritt vor und verharrte unmittelbar vor der Türschwelle.

Ta Un stieß ein kehliges Knurren aus. Es war ein Laut, wie ihn kein menschliches Wesen zustande bringen konnte.

»Ama dumu ak thahena!«, fuhr Virginia Zimunga unbeirrt fort.

Die Luft fühlte sich wie elektrisiert an. Adam spürte ein feines Kribbeln auf seinem ganzen Körper. Er suchte nach einem Gegenstand, den er dem Fremden an den Kopf werfen konnte. Aber da war nichts in seiner Reichweite. Außer einem Kissen.

Ta Un streckte die Arme aus. »Es ist genug!«, brüllte er, und es sah so aus, als würde er nun zum Angriff übergehen.

»Ninkarrak!«, ertönte eine tiefe Stimme vom Flur her.

Ta Un zuckte wie unter einem Peitschenschlag zusammen, krümmte sich und wich ein Stück zurück.

Virginia Zimunga trat zur Seite, und neben ihr erschien die Gestalt eines kugelrunden Mannes in einem tiefschwarzen Umhang. Sein Blick fing kurz Adam ein, dann konzentrierte er sich wieder auf die Kreatur.

Quinton! Quinton ist hier, dachte Adam, und Erleichterung machte sich in ihm breit. Er ist gekommen, um mich zu retten!

»Bleib, wo du bist!« Ta Uns Stimme war jetzt wieder ganz ruhig. »Oder ich töte den Jungen!« Er wirbelte eine halbe Körperdrehung herum. Seine rechte Hand umfasste Adams Kehle mit der Kraft eines Schraubstocks. Sofort wurde Adam die Luftzufuhr abgeschnürt. Er versuchte sich zu wehren, doch seine Schläge prallten wirkungslos von der Kreatur ab. Er wurde schwächer, röchelte und sah die Welt durch einen Tränenschleier.

»Sagtest du nicht, du musst die Unversehrtheit des Jungen

garantieren?«, hörte er Quintons Stimme. Adam kämpfte gegen den schwellenden Schmerz in seiner Brust. Seine Lunge schrie nach Sauerstoff. Seine hervorquellenden Augen suchten nach dem Medizinmann. Etwas huschte über den Boden. Blitzschnell. Adam konnte es nicht genau erkennen. Es sprang in die Höhe. Traf Ta Uns starres Gesicht und klammerte sich fest. Der tödliche Griff um Adams Kehle löste sich. Ta Un riss beide Hände vors Gesicht, um sich von dem Angreifer zu befreien.

Es war eine riesige Spinne. Braun, behaart. Mit ihren acht Beinen einen Meter groß. Gegen Ta Uns Kraft konnte sie nicht viel ausrichten. Er löste sich mit einem Grunzen von ihrer Umklammerung und schleuderte sie gegen die Wand. Doch der winzige Moment der Ablenkung genügte Quinton. Er stürmte vorwärts. Metall blitzte im Neonlicht auf. Eine kurze Klinge. Der Medizinmann versenkte sie in der linken Körperhälfte seines Gegners.

Ta Un erstarrte, blickte zuerst auf Quinton und dann auf die Waffe, die ihn verletzt hatte. Er umschloss den Griff der Klinge mit der rechten Hand, zog daran und warf die Waffe mit einem Aufschrei des Entsetzens von sich. Es war seltsam, von dieser unmenschlichen Kreatur solch einen ängstlichen Laut zu hören.

Adam drückte sich in die hinterste Ecke der Koje, während das Wesen auf die Knie sackte und mit einem Ruck den Mantel aufriss. Darunter trug es einen hautengen Anzug aus einem schwarzen Material.

Aus dem Einstich sickerte kein Blut. Feiner schwarzer Rauch drang daraus hervor.

Kein Mensch, überhaupt kein lebendes Wesen dieser Erde, stieß Rauch aus, wenn es verletzt war. Dieses Phänomen erschreckte Adam mehr als alles, was zuvor geschehen war. Ein fauliger und gleichzeitig scharfer Geruch, der in den Augen brannte, erfüllte die Kabine.

Das Wesen, das sich Ta Un nannte, murmelte etwas in einer fremden, hart klingenden Sprache. Adam verstand kein Wort.

Dann war es vorbei. Die Gestalt in dem grauen Mantel fiel zur Seite und blieb regungslos liegen. Aus der Wunde drang kein Rauch mehr, aber der Gestank blieb.

Adam wunderte sich, dass der große Hut noch immer wie angewachsen auf Ta Uns Kopf saß. »Ist er tot?«

Quinton hockte sich neben die Kreatur, legte eine Hand auf ihren Rücken und schien zu lauschen. »Ich weiß es nicht.« Er durchwühlte die Manteltaschen, brachte einen Schlüsselbund zum Vorschein und warf ihn Virginia Zimunga zu. Die Zauberin befreite Adam von der Kette an seinem Fußgelenk und rannte wortlos auf den Flur.

»Uns bleibt keine Zeit. Wir müssen jetzt schnell handeln«, sagte Quinton und fesselte die Kreatur mit der Kette. »Nimm dieses Funkgerät und wirf es über Bord.«

»Warum denn? Vielleicht ...«

»Über Bord damit!«, fiel ihm der Medizinmann ins Wort. »Vielleicht sendet es ein Signal und man kann so die Position der Amatola orten.«

* * *

Virginia Zimunga war völlig außer Atem, als sie die Kommandobrücke erreichte. Nicht allein von der Anstrengung. Der Anblick von Ta Uns wahrem Gesicht hatte sie zutiefst getroffen. Sie hielt kurz inne und sammelte sich. Das Zittern ihrer Hände ließ nach. Dann öffnete sie die Tür.

Henri Dannerup hatte ihr Eintreten nicht bemerkt. Er hockte auf einem Stuhl und behielt den am Steuerrad angeketteten Kapitän im Auge. Die Pistole lag auf seinen Knien. Henri Dannerup machte einen gut gelaunten Eindruck. Er summte sogar eine Melodie.

Die Zauberin zielte mit ihrem kleinen Revolver auf ihn. Auf diese kurze Distanz wäre es selbst für sie eine Leichtigkeit gewesen, den Mann zu treffen. Sie zögerte. Die Magische

Gilde hatte schon zu viele Leben in Gefahr gebracht und auch Menschen sterben lassen. Die Zauberin wollte Dannerup nicht töten, auch wenn es so zu einer Zeitverzögerung kam.

»Henri«, sagte sie leise, aber bestimmt.

Henri Dannerup zuckte zusammen und sah in ihre Richtung. »Oh!«, machte er nur und vergaß vor lauter Erstaunen, nach seiner Waffe zu greifen. Der Boden um ihn herum war übersät mit den lilafarbenen Verpackungen seiner Lieblings-Schokoriegel und Konservendosen. Schließlich war er davon überzeugt gewesen, von nun an bedenkenlos alles in sich hineinstopfen zu können.

Kapitän Sagan beobachtete schweigend das Geschehen.

Henri Dannerup schien erstarrt, nur seine rechte Hand sank unendlich langsam zu der Pistole auf seinem Bein.

Die Zauberin durchdachte das Risiko eines Warnschusses. Die Kugel konnte als Querschläger durch die Brücke wirbeln und vielleicht einen der Anwesenden verletzen. Schließlich bestand hier fast alles aus Metall. Sie entschied sich für die Fensterfront und drückte ab. Das Projektil raste mindestens einen Meter neben Dannerups rechtem Ohr durch das Glas. Der Berater der Innenministerin starrte einen Moment lang entgeistert auf das Einschussloch in der Scheibe, dann sprang er auf, wobei die Waffe von seinem Knie rutschte und polternd auf dem Boden landete.

»Liegen lassen!«, befahl Virginia Zimunga schroff und ging mit der Waffe im Anschlag auf den dicken Mann zu. Er machte keinerlei Anstalten, sich ihrem Befehl zu widersetzen, sondern wirkte eher nachdenklich und verwirrt. »Sie haben mich sofort erkannt. Wie kann das sein?«

Die Zauberin verstand kein Wort. War der Mann komplett von Sinnen?

»Ta Un hat mich doch schön gemacht«, fuhr Dannerup fort. »Ich sehe jetzt ganz anders aus.«

Endlich ahnte Virginia Zimunga, warum der Mann sie alle

so bereitwillig verraten hatte. Das Wesen hatte Dannerup vorgegaukelt, er sei nicht länger Gefangener seines, zugegeben für die meisten Menschen wenig attraktiven, Körpers.

»Er hat Sie getäuscht«, sagte die Zauberin. »Sie sehen so aus wie immer.«

»Nein, nein.« Er deutete auf seinen ausladenden Bauch. »Hier! Ich bin jung, schlank und schön. Ich kann es doch selbst sehen.«

»Das ist es ja. Sie bilden sich das nur ein, weil er Sie hypnotisiert hat. Aber das gilt nicht für andere. Selbst dieses Wesen kann nicht der gesamten Menschheit vorspiegeln, Henri Dannerup hätte seine Gestalt verändert.«

Ohne den Berater der Innenministerin aus den Augen zu lassen, befreite die Zauberin den Kapitän von den Handschellen und übergab ihm Dannerups Waffe. »Passen Sie einen Moment auf. Ich werde ihm die Handschellen anlegen.«

Sagan hielt sie an der Schulter fest. »Die haben meinen Sohn!«

»Auch das war eine Lüge!«, erwiderte die Zauberin. »Wir haben, noch ehe die Amatola ablegte, die Familien aller Teilnehmer der Operation Odysseus in Sicherheit gebracht.«

»Aber dieser Kerl hatte die Mütze meines Sohnes!«

»Er ist ein Blender, der mit den Ängsten der Menschen spielt und ihre Liebe ausnutzt. Er hat Sie nur glauben lassen, da wäre eine Mütze. Auch wenn Sie das ganze Schiff auf den Kopf stellen, Sie werden die Mütze nicht finden. Weil sie nie da war.«

Henri Dannerup versuchte nicht, sich gegen die Handschellen zu wehren. Virginia Zimunga drückte ihn sanft auf den Stuhl. Dannerup betrachtete nur unentwegt sein Spiegelbild in der Fensterfront der Brücke.

Die Zauberin griff nach einem Notizblock und schrieb einige Zahlen und Buchstaben auf die Vorderseite. Sie hielt den Block direkt vor Dannerups Augen.

»Lesen Sie das. Es wird Ihnen guttun.«

Henri Dannerup sah kurz zu ihr auf. Tränen rannen über seine Wangen. Er las, und sein Kopf sackte ihm augenblicklich auf die Brust.

»Ist es noch weit bis St. Helena?«, fragte Virginia Zimunga den Kapitän.

»Noch weit genug«, erwiderte Sagan. »Wir sind in der letzten Zeit nicht besonders gut vorangekommen. Niemand hat mir befohlen, auf volle Fahrt zu gehen.« Er grinste kurz und wurde sofort wieder ernst. »Kommt die Besatzung wieder in Ordnung?«

»Es geht allen gut. Aber wann sie wieder aufwachen, kann ich Ihnen auch nicht verraten. Ich werde hier bei Ihnen bleiben und helfen, so gut ich kann.« Sie schrieb erneut etwas auf den Notizblock und reichte ihn Sagan. »Das ist unser neuer Kurs.«

Der Kapitän zog die Augenbrauen hoch. »Sind Sie sicher?«

»Es muss sein.«

»Das macht es nicht leichter, Mrs Zimunga.«

»Ich weiß, Kapitän.«

Kapitel 17

Rasmus van Dyke

Seinen Freunden und der Mannschaft ging es gut. Das hatte ihm der Medizinmann sofort mitgeteilt. Auch, dass Kapitän Sagan das Schiff unter Kontrolle hatte.

Pik, Quintons Spinne, hatte alles gut überstanden. Sie hockte an der Wand und veränderte immer wieder ihre Position, als wollte sie auf keinen Fall, dass ihr etwas entging. Adam hatte überhaupt keine Furcht mehr vor ihr. Ihr Anblick war zwar nach wie vor ungewohnt, und Adam traute sich auch nicht, sie anzufassen, aber bei einer außergewöhnlichen Person wie Quinton durfte man wohl auch keinen Hund als Begleiter erwarten.

Ta Un lag regungslos und gefesselt auf Henri Dannerups Koje.

»Er muss ständig bewacht werden«, sagte Quinton. »Er ist nicht tot.«

»Was ist das überhaupt für ein Wesen?« Adam hielt Abstand zu dem Körper auf der Koje.

»Das werden wir sehr bald erfahren. Hab noch einen Moment Geduld.« Quinton führte Adam auf den Gang. Die Kabinentür ließ er einen Spaltbreit auf. Gerade genug, um die Kreatur im Auge zu behalten. »Ich muss zunächst einiges erklären und mich bei dir entschuldigen.«

»Entschuldigen?«, staunte Adam. »Sie können sich gar nicht vorstellen, wie froh ich bin, Sie zu sehen.«

»Ich habe dich benutzt, um mehr über diese Kreaturen herauszufinden.« Der Medizinmann sah Adam ernst an. Nichts war von seiner sonstigen Fröhlichkeit geblieben. »Mir war sehr schnell klar, dass du etwas Besonderes bist. Die Parasiten weichen vor dir zurück, und auch jene, die helfen, sie in unser Land zu bringen, erkennen dich.«

»Ich weiß, am Geruch!«, warf Adam ein. »Wie kann das funktionieren? Bin ich einer von denen?«

»Nein! Niemals!« Quinton berührte Adam kurz an der Schulter. »Lass mich erst einmal weiter erklären. Unseren Gegnern schien deine Bedeutung auch klar zu werden. Obwohl sie dich zuerst umbringen lassen wollten. Aber sie haben wohl recht schnell erkannt, dass du ihnen lebendig mehr nützt. Jetzt wollen sie dich in ihre Gewalt bringen.« Der Medizinmann deutete mit einem Kopfnicken auf Ta Un. »Das war die Aufgabe dieser Kreatur. Ich habe fest damit gerechnet, dass sie sich auf die Amatola schleicht. Deswegen wurde das Schiff im Hafen von Wärmekameras überwacht, und meine Vermutung bestätigte sich. Wir wollten auf alles vorbereitet sein, daher gehörten auch Atemmasken und noch einiges mehr zu unserer Ausrüstung. Falls uns die Brasilianer mit Giftgas angreifen. Ich habe mich die ganze Zeit verborgen gehalten und stand per Gedankenübertragung mit Virginia Zimunga in Verbindung. So habe ich ihr auch mitgeteilt, dass sie dich auf die schwimmende Insel lassen soll.«

»Warum?«

»Es hängt mit deiner besonderen Kraft zusammen«, sagte Quinton ausweichend und machte eine Pause. »Ich hätte dich bei Gefahr beschützt, aber das war gar nicht nötig. Dieser Ta Un hat die Brut des Meeresriesen aufgehalten. Ich bin davon überzeugt, dass du Bestandteil einer neuen Kraft bist, die sich gegen die Flut des Bösen stemmt. Plötzlich gibt es junge Menschen wie dich oder auch Shawi und viele andere. Diese Kraft des Guten greift zu unseren Gunsten ein. Es war kein Zufall, dass ihr in dem riesigen Flüchtlingslager ausgerechnet auf die Hexe Casablanca und Brian getroffen seid. Niemals! Wir werden unterstützt, und zwar von einer Macht, die ebenso wenig menschlich ist wie dieser Ta Un.«

Adam versuchte, Quintons Ausführungen zu verstehen. Was der Medizinmann sagte, klang für ihn so ungeheuerlich, dass er die wichtigste Frage beinahe vergessen hätte.

»War es gelogen, dass mein Großvater noch lebt?«

Die Amatola machte jetzt volle Fahrt, wie Adam am Rumoren der Motoren erkannte.

Quinton antwortete nicht sofort. Stattdessen holte er ein Foto aus einer Tasche seines schwarzen Umhangs und reichte es Adam. Die ein wenig unscharfe Aufnahme zeigte einen Mann in einem Regenmantel, der aus einem luxuriösen Auto stieg. Die Augen verbarg er hinter einer Sonnenbrille. Er trug einen Aktenkoffer und schien sehr in Eile zu sein.

»Soll das mein Großvater sein?«

»Laut unseren Informationen ist er es. Rasmus van Dyke, der Vater deines Vaters. Das Foto wurde im Jahre 2007 in einer Kleinstadt namens Driftwood im US-Staat Pennsylvania aufgenommen. Danach hat man ihn nie wieder gesehen.«

»Das war drei Jahre vor meiner Geburt. Meine Eltern haben mir nie etwas über ihn erzählt. Nur, dass er lange vor meiner Geburt verstorben wäre. Wie seine Frau.«

»Es ist verständlich, dass sie dir die Wahrheit vorenthalten wollten«, fuhr der Medizinmann fort und seufzte tief. »Rasmus van Dyke arbeitete früher für den militärischen Geheimdienst des südafrikanischen Apartheidregimes. Er sollte Krankheitserreger entwickeln, die ausschließlich Nichtweiße befielen. Also Schwarze wie mich oder Asiaten wie Shawi. Dein Großvater war ein fanatischer Rassist. 1991, unmittelbar nach dem Ende der Apartheid, verließ er mit seiner Frau Südafrika. Sein Forschungslabor in der Nähe von Kimberley wurde durch einen Brand zerstört. Mehrere von Rasmus van Dykes Mitarbeitern kamen danach durch Unfälle oder Kapitalverbrechen ums Leben. In Wirklichkeit wurden so nur Zeugen beseitigt und Spuren verwischt.«

»Das ist ja furchtbar.« Adam musste sich an der Wand abstützen und rang nach Atem.

»Adam, bitte! Niemand ist für die Taten seiner Vorfahren verantwortlich«, sagte Quinton eindringlich. »Aber da ist noch etwas, das uns erst viel zu spät aufgefallen ist.«

»Was?«

»Die Parasiten haben nach unseren Erkenntnissen nicht einen einzigen Weißen entführt.«

Adam überlegte. Das kleine Mädchen aus Harare, das jetzt den Namen seiner Mutter trug, die Männer auf der Yacht des Franzosen Bernard ... Keiner von ihnen hatte eine weiße Hautfarbe.

»Ist es denn möglich, dass mein Großvater heute noch lebt?«

Quinton nickte. »Warum nicht? Er wäre erst dreiundachtzig Jahre alt.«

»Aber die USA existieren nicht mehr.«

»Auf Pennsylvania und die meisten anderen Bundesstaaten trifft das mit Sicherheit zu«, erwiderte Quinton. »Aber es kann sein, dass Teile des Landes, vor allem im Südwesten, noch halbwegs intakt sind. Außerdem flüchteten Millionen Menschen in Richtung Mittel- und Südamerika. Vielleicht lebt er heute in Groß-Brasilien. Kannst du die Zusammenhänge erkennen, Adam?«

»Sie meinen, dass er dort weiter an seinen kranken Experimenten arbeitet?« Adam versagte beinahe die Stimme. »Und etwas ... mit den Parasiten zu tun hat? Wie soll so etwas möglich sein?«

Quinton deutete mit dem Zeigefinger auf die Kreatur in der Kabine. »Die hängen mit drin. Ta Un!« Er spuckte den Namen förmlich aus. »Es wird sicher noch mehrere von der Sorte geben.«

»Aber was ist das Ziel des Ganzen, Quinton? Was?« Ohne sich dessen bewusst zu sein, hatte Adam vor Aufregung und Verzweiflung die letzte Frage förmlich geschrien.

»Auf jeden Fall die Auslöschung all jener, die nicht von weißer Hautfarbe sind.«

»Aber wie können Sie dann sagen, dass womöglich ausgerechnet ich etwas Besonderes bin? Mein Großvater hat abscheuliche Verbrechen begangen. Mr Quinton, ich bin sein Enkel, und ich bin weiß, so wie er!«

»Du bist das Gegenteil von Rasmus van Dyke«, sagte Quinton ruhig. »Abstammung und Hautfarbe sind bedeutungslos.«

* * *

Quinton betrachtete die Kreatur mit unverhohlenem Hass. »Diese Kabine ist nicht sicher genug. Wir werden ihn besser in die Arrestzelle bringen. Casablanca muss jeden Moment hier auftauchen.«

»Sie hatte also auch eine Atemmaske«, bemerkte Adam.

Der Medizinmann hatte den vorwurfsvollen Unterton nicht überhört. »Wir durften dich unmöglich in unsere Vorbereitungen einweihen. Nur so konnten wir in Erfahrung bringen, was diese Kreatur plant.«

Adam betrachtete die schwarze, gummiartige Kleidung unter dem geöffneten Mantel. »Rauch statt Blut«, sagte er. »Aber der Einstich sieht nicht besonders gefährlich aus. Wieso hat ihn ein einziger Stich außer Gefecht gesetzt?«

Quinton zeigte ihm das Messer. Eine kurze, gerade einmal zehn Zentimeter lange Klinge mit einem schmucklosen Holzgriff. »Sie ist geweiht.«

»Geweiht? Sie meinen mit Weihwasser?«

Der Medizinmann nickte. »Unter anderem. Die Menschen glauben an so vieles und vergessen, dass alles einen gemeinsamen Ursprung hat.«

Auf dem Gang näherten sich Schritte und ein leises Rattern, das Adam zunächst nicht deuten konnte. Er trat vor die Tür.

Casablanca, wie immer ganz orangefarben gekleidet, schob eine Krankentrage auf Rädern in ihre Richtung. Adam fragte sich, warum sie ihre Reisetasche mitgebracht hatte. Sie hing an ihrer Schulter.

»Hallo, Junge!«, begrüßte sie Adam. »Dann wollen wir den Kerl mal abtransportieren.«

Mit vereinten Kräften gelang es ihnen, die Kreatur auf die Trage zu legen. Ihr Gewicht unterschied sich nicht von dem eines Menschen.

Adam kostete es einige Überwindung, das Wesen anzufassen. Eigenartigerweise rutschte der Hut noch immer nicht vom Kopf. Adam widerstand jedoch der Versuchung, an ihm zu zerren.

Die Arrestzelle befand sich im Bug des Schiffes. Ein fensterloser Raum mit karger Einrichtung und einer massiven Stahltür. Sie legten die Kreatur auf die schmale Liege.

»Er oder es …« Casablanca zögerte. »Verdammt! Ich weiß nicht, wie ich das Ding bezeichnen soll. Na, jedenfalls atmet es nicht.«

»Es lebt aber«, sagte Quinton und betastete die Stichwunde. Zum ersten Mal fragte sich Adam, ob das schwarze gummiartige Material nicht in Wirklichkeit die Haut des Wesens war.

»So ist es«, bestätigte Quinton, als Adam ihn darauf ansprach. »Sie fühlt sich kalt und ledern an. Ich glaube nicht, dass dieses Wesen viel mit uns Menschen gemein hat.«

Adam nickte. Schließlich hatte das Ding gequalmt wie ein alter Ofen.

»Hör zu, Adam«, begann Quinton. »Virginia Zimunga hat bereits das wahre Antlitz dieser Kreatur gesehen. Ich werde jetzt die Maske entfernen, um zu sehen, ob es sich wirklich um das handelt, was ich befürchte. Vielleicht wäre es besser für dich, wenn du den Raum verlässt.«

Adam schüttelte energisch den Kopf. »Nein, ich will dabei sein.«

»Nun gut«, brummte Quinton. »Wollen mal sehen ... wie hat er das gemacht?«

Er legte die Hände an die beiden Stirnseiten der Kreatur. Nach ein paar tastenden Versuchen erklang ein deutliches Knacken. »Es ist so weit.«

Der Medizinmann bat Casablanca, an dem Hut zu zerren.

Maske und Hut lösten sich, und die wahre Gestalt der Kreatur kam zum Vorschein.

Casablanca wich mit dem grauen Hut in der Hand zurück. Adam hingegen blieb wie erstarrt stehen.

Er kannte das Wesen.

Die schwarzen Lippen, hinter denen er Zähne wie Glasscherben erkannte. Die Hörner. Bei dieser Kreatur waren sie zentimeterlang und wanden sich aus dem bleichen Schädel.

* * *

Sie hatten die Zellentür verriegelt und sich schweigend in einen benachbarten Aufenthaltsraum begeben. Ein bewusstloser Marinesoldat lag dort am Boden. Casablanca hatte seinen Kopf auf ein Kissen gebettet. Es sah jetzt so aus, als würde er nur ein kleines Nickerchen halten.

Adam betrachtete die Einrichtung des Raumes. Er hatte das Gefühl, gleich den Verstand zu verlieren, und in seiner Schäbigkeit und Schlichtheit hatte der Raum fast etwas Beruhigendes: die Stühle mit den grünen abgewetzten Polstern, das Poster an der Wand – der Tafelberg von Kapstadt bei Sonnenaufgang – und die aufgeschlagenen Sportseiten einer Zeitung auf dem Tisch.

Casablanca brachte ein Glas Wasser. Adam nahm es wortlos entgegen und trank hastig.

Quinton saß ihm direkt gegenüber. Die große Spinne verbarg sich unter dem Stuhl des Medizinmannes.

»Haben wir den ... *Teufel* an Bord?«, wagte Adam schließlich zu fragen.

»Teufel, Satan, Asmodäus, Luzifer«, erwiderte Quinton mit gerunzelter Stirn. »Das genau ist das Problem. Er ist in so vielen Kulturen und Religionen bekannt, und ich weiß im Moment noch nicht, mit was wir es hier wirklich zu tun haben.«

Adam kicherte. Er hatte immer noch das Gefühl, den Verstand zu verlieren. »Und möglicherweise hat er einen Pakt mit meinem Großvater geschlossen. Das ist doch völlig verrückt.«

»Es ist ein lebendiges Wesen. Wir können es besiegen. Unsere Aufgabe ist, alles darüber herauszufinden.«

»Sie sagten, es gäbe noch mehr von denen.«

»Davon bin ich überzeugt«, bestätigte der Medizinmann.

»Was wissen Sie wirklich über diese Kreatur, Quinton?«, fragte Adam, der spürte, dass Quinton ihm etwas verschwieg. »Was war das für eine Sprache, mit der Sie Ta Un angesprochen haben?«

»Fragmente von ihr sind in der Sprache der Sumerer enthalten. Sie ist aber noch viel älter.«

Casablanca hielt ein Glas Rotwein in der Hand. Der Geruch war sehr intensiv. Sie musste einen geheimen Vorrat mit an Bord geschmuggelt haben. Alkohol war auf der Amatola strengstens verboten. Die Hexe trank es mit einem Schluck aus. »Ich habe einen Vorschlag zu machen«, sagte sie dann.

Adam und Quinton sahen sie erwartungsvoll an.

»Ich könnte versuchen, in die Erinnerung unseres Satans einzutauchen. Wie ich es bei Brian getan habe.«

»Meinen Sie, das klappt?«, fragte Quinton. »Das ist definitiv kein Mensch. Was Sie vorhaben, könnte gefährlich werden.«

»Natürlich macht mir der Gedanke daran Angst«, erwiderte Casablanca trocken. »Was meinen Sie, warum ich den Wein trinke?«

»Gut«, sagte Quinton. »Hätten Sie für mich auch einen Schluck? Ich würde Sie gern bei dieser Reise begleiten.«

* * *

Der Medizinmann hatte der Kreatur wieder die Maske mit den Schlitzen für Mund und Augen und den Hut aufgesetzt. Er wollte auf keinen Fall, dass ein Besatzungsmitglied deren wahre Gestalt zu Gesicht bekam.

Casablanca begann mit den Vorbereitungen. Sie holte eine Dose mit Kermes, dem roten Farbstoff aus Läusen, aus ihrer Reisetasche hervor. Einen Moment sah es so aus, als würde sie es sich doch noch anders überlegen. Sie atmete tief ein, dann zeichnete sie das Pentagramm auf die Brust der Kreatur. Die rote Farbe bildete einen starken Kontrast zu der pechschwarzen Haut.

Casablanca schraubte den Deckel von einer kleinen Flasche, nahm einen Schluck und reichte sie an Quinton weiter. Schließlich legte sie die rechte Hand auf die Kreatur und umfasste mit der anderen Quintons Gelenk. »Wenn es klappt, weiß ich nicht, wo wir landen werden«, sagte sie und schloss die Augen. Sie murmelte ihre Beschwörungsformeln.

»Es funktioniert nicht«, stellte sie nach einer Minute fest. Plötzlich jedoch verkrampfte sich ihr Körper. Sie warf den Kopf in den Nacken. Der Medizinmann ächzte und ging in die Knie. Casablanca umklammerte sein Gelenk so fest, dass sich ihre Fingernägel in seine Haut bohrten.

Quintons Spinne raste die Wand hinauf und beobachtete die drei von dort oben mit ihren acht Augen.

Kapitel 18

Weit zurück

Das entsetzliche Schreien kam von der Straße. Ich rannte zur Haustür und riss sie auf.

Der Fallensteller Walter Blaine stand mitten auf der Hauptstraße von Maywood und brüllte so laut, dass jetzt auch die anderen Bewohner ihre Häuser und Werkstätten verließen, um nachzusehen, was Schreckliches geschehen war.

Dass es sich um etwas Schreckliches handeln musste, machte ihnen Blaines Stimme überdeutlich klar. Sie schraubte sich in nahezu übermenschliche Höhen und erzeugte dabei ein hysterisches Kreischen.

Ich war nur ein paar Schritte von dem Mann entfernt. Der Fallensteller fuchtelte wild mit den Armen, als ginge es darum, einen unsichtbaren Feind abzuwehren.

Blaine taumelte, und ich erreichte ihn gerade noch rechtzeitig, um zu verhindern, dass er stürzte.

Walter Blaines Augen waren weit aufgerissen.

»Jacob ist tot«, keuchte er. »Die anderen ... sie sind weg! Alle! Weg!« Er schien mich überhaupt nicht zu erkennen.

Nachbarn näherten sich mit schnellen Schritten. Ich konnte den schwergewichtigen Fallensteller kaum noch halten.

Blaine verdrehte die Augen, bis nur noch das Weiße darin zu sehen war.

»Ist gut, junger Jack. Ich nehme ihn.« Dr. Christopher stellte seine lederne Arzttasche ab, umschlang Blaines Brustkorb mit beiden Armen und ließ den Mann vorsichtig zu Boden sinken. Ich beobachtete nervös, wie der Doktor nach dem Puls des Fallenstellers tastete.

Ich kannte Walter Blaine seit frühester Kindheit. Er war mit meinem Vater gut befreundet. Die meisten Leute mochten ihn nicht. Sie behaupteten, er sei ein Trinker und Raufbold. Zu mir war er immer ganz nett gewesen. Zwar trank er auch im Haus meines Vaters gern einen Schluck zu viel, aber der Schnaps machte ihn nur redselig. Dann erzählte er wilde Geschichten und klopfte mir auf die Schulter, wenn mich mein Vater aufforderte, die Becher nachzufüllen, und sagte, dass er sich auch immer einen so prächtigen Sohn gewünscht habe. Doch Blaine hatte aus welchen Gründen auch immer nie eine Frau gefunden.

Zu meinem zwölften Geburtstag, vor fast genau zwei Jahren, hatte ich von ihm ein Jagdmesser bekommen. Seit jenem Tag trug ich es stets an meinem Gürtel, wenn ich das Haus verließ.

Ich fragte mich, was den erfahrenen Fallensteller dermaßen aus der Fassung bringen konnte. Es schmerzte mich, ihn in so einem Zustand zu sehen.

Eine Menge Dorfbewohner umringten uns mittlerweile. Die Witwe Olsen mit der langen Narbe auf der linken Wange, ihre Tochter Eliza, der bullige Dorfschmied Cox und viele andere. Ich kannte jeden einzelnen von ihnen. Schließlich wohnten in Maywood und Umgebung nur knapp fünfhundert Menschen.

»Was ist los mit Walter?«, fragte Cox. In der rechten Hand hielt er einen mächtigen Hammer.

Dr. Christopher schüttelte nachdenklich den Kopf. »Ich weiß es nicht. Aber er lebt noch. Mr Cox, helfen Sie mir, den Mann in meine Praxis zu bringen.«

Gemeinsam hoben sie den Bewusstlosen auf. Die Leute machten ihnen Platz.

Ich ging neben Dr. Christopher. Der Arzt lebte erst seit einem halben Jahr in Maywood. Es hieß, er stamme aus Boston. Nicht wenige Menschen fragten sich, was ihn in einen so abgelegenen Ort wie Maywood verschlagen hatte. Niemand wagte es jedoch, ihn danach zu fragen. Dr. Christopher war ein verschlossener Mann von höchstens dreißig Jahren und lebte allein in einem kleinen Haus. Aber er hatte sich als fähiger Arzt erwiesen, und die Leute waren froh über seine Anwesenheit. Mich hatte er schon kurz nach seiner Ankunft von einem böse entzündeten Backenzahn befreit.

»Doktor«, sagte ich. »Walter Blaine hat noch etwas gesagt, bevor er ohnmächtig wurde.«

»Was, junger Jack?« Der Arzt warf mir einen kurzen Seitenblick zu. Fast alle Erwachsenen nannten mich so. In Maywood war es Sitte, dem erstgeborenen Sohn den Vornamen des Vaters zu geben. So war ich eben der junge Jack.

Ich holte tief Luft. »Jacob sei tot und alle anderen wären verschwunden.«

»Wer ist Jacob?«, fragte Dr. Christopher.

Ehe ich antworten konnte, ergriff der Schmied das Wort. »Jacob Bukman!«, tönte Cox mit tiefer Stimme und blieb dabei so abrupt stehen, dass der Doktor kurz ins Straucheln geriet. »Er lebt mit seiner Familie auf einer Farm. Ungefähr zweieinhalb Meilen westwärts. War noch vor einer Woche bei ihm und hab seinen Pferden neue Hufeisen verpasst. Wir müssen was unternehmen.«

»Lauf zum Bürgermeister«, sagte Dr. Christopher zu mir. »Berichte Mr Tyler, was geschehen ist.«

Das Haus des Bürgermeisters befand sich in einer Seitenstraße. Es war ein schlichtes Gebäude ohne jeglichen Prunk und unterschied sich in nichts von den Häusern der anderen Einwohner von Maywood. Bürgermeister Tyler war ein Mann, der zupacken konnte und sich nicht vor Entscheidungen drückte. Und seine Tochter Ann galt nach der einhelligen Meinung aller jungen Burschen als das schönste Mädchen von Maywood.

Dem konnte ich nur zustimmen. Aber was konnte sich ein Kerl wie ich schon für Chancen bei Ann ausrechnen. Ich war weder groß noch klein. Hatte die grauen Augen meines Vaters und die strohblonden Haare meiner früh verstorbenen Mutter geerbt. Das Gesamtergebnis war eher unscheinbar.

Als ich gegen Tylers Tür klopfte, vernahm ich ein eigenartiges Geräusch. Überrascht wandte ich mich um.

Eisregen.

Die gefrorenen Tropfen prasselten auf die Dächer und Straßen von Maywood. In Sekunden war der Ort von den erbsengroßen Kugeln bedeckt.

Dabei war es Mitte Juni.

Aber vom Sommer fehlte jede Spur. Es schien eher jeden Tag kälter zu werden. Selbst die Ältesten im Ort behaupteten, 1816 wäre das bisher grimmigste Jahr, das sie jemals in New Hampshire erlebt hatten.

Bürgermeister Tyler öffnete. Er trug eine zerschlissene Wolljacke und sah mich fragend an.

»Sir, ich glaube, es ist etwas Furchtbares passiert«, begann ich und versuchte, die Ereignisse so knapp wie möglich zusammenzufassen.

Tyler lauschte, ohne mich zu unterbrechen.

»Wir werden umgehend zu Bukmans Farm reiten«, sagte er dann. »Teile dem Doktor mit, dass wir uns in einer Viertelstunde bei ihm treffen.«

Ich wusste nicht, wen der Bürgermeister mit wir meinte. Und vor allem nicht, ob ich dazugehören sollte. Deshalb nahm ich all meinen Mut zusammen und fragte: »Darf ich Sie begleiten?«

Trotz der Kälte und des anhaltenden Eisregens hatte Tyler die Haustür aufgelassen. Er drehte sich im Flur nach mir um. »Du bist jetzt vierzehn, junger Jack.« Es war eine Feststellung, keine Frage. »Wo ist dein Vater?«

»Er hilft heute auf der Farm seines Bruders.«

Der Bürgermeister überlegte nur kurz. »Hast du ein eigenes Gewehr?«

Ich nickte eifrig. »Ja, Sir. Ich habe es zu meinem letzten Geburtstag bekommen.«

»Dann bist du alt genug, um Maywood beizustehen. Ich bin sicher, dein Vater wird mir zustimmen. Wir treffen uns beim Doktor, Jack Wallace.«

»Jawohl, Sir.« Ich rannte los, um mich vorzubereiten. Das Pferd musste gesattelt werden, und ich brauchte mein Gewehr.

Das Prasseln des Eisregens hörte abrupt auf. Mit einem Mal war es ganz still im Ort.

* * *

Wir hielten die Pferde in langsamem Schritt. Der Untergrund war von einer dünnen Eisschicht bedeckt. Als der Weg in die dichten Laubwälder führte, wurde das Eis dicker und zerbrach mit einem lauten Knirschen unter den Hufen.

Unsere Gruppe bestand aus Bürgermeister Tyler, Dr. Christopher, dem Schmied Cox, einem jungen Mann namens McCafferty und mir. McCafferty, ein rothaariger Hüne, arbeitete im Ort als Gehilfe. Mal war er Cox zu Diensten, dann half er eine Weile in der Schreinerei meines Vaters aus.

Der Doktor hatte die Witwe Olsen gebeten, nach Walter Blaine zu sehen. Sie ging dem Arzt gelegentlich bei Operationen zur Hand.

Blaine war bisher nicht wieder zu Bewusstsein gekommen.

Wir fragten uns, wo sein Pferd steckte. Schließlich war Blaine zu Fuß in Maywood aufgetaucht. Wir würden auf eine Antwort warten müssen, bis er wieder bei klarem Verstand war.

Fast alle Bäume waren in diesem Jahr kahl geblieben. Nur bei einigen trieben an den obersten Zweigen ein paar kümmerliche Blätter aus. Da, wo die seltenen Sonnenstrahlen sie erreichen konnten.

In früheren Jahren war der Wald für mich ein herrlicher Ort gewesen. Angefüllt mit den Düften süßer Beeren, dem Gesang unzähliger Vögel. Mein Rückzugsgebiet zum Träumen und Nachdenken. Jetzt wirkte er nur noch abweisend und gespenstisch. Nicht länger wie ein Freund.

Die Farm der Bukmans war die einzige in westlicher Richtung. Bisher hatte es für mich keinen Grund gegeben, sie aufzusuchen. Ich wusste auch nicht, ob Jacob Bukman Kinder hatte. Jedenfalls war niemals ein Bukman im Unterricht von unserem Lehrer Mr Olshaker aufgetaucht.

Die Äste bewegten sich in einem Windstoß, rieben aneinander und erzeugten dabei ein trockenes Klappern.

McCafferty hielt die Zügel mit einer Hand und sah sich unbehaglich um. »Wenn es so weitergeht, wird die Ernte dieses Jahr ausfallen. Was ist nur mit dem verfluchten Wetter los?«

Er erhielt keine Antwort. Zu oft war dieses Thema in den letzten Wochen erörtert worden. Niemand wusste Rat.

Von weit entfernt drang das Hämmern eines Spechts zu uns herüber.

Vor uns wich der Wald einer großen Lichtung. Am gegenüberliegenden Ende duckten sich die Gebäude der Bukman-Farm. Ein zweistöckiges, aus Steinen errichtetes Wohnhaus mit einem geräumigen Holzschuppen und Ställen.

Bürgermeister Tyler hatte uns auf dem Weg erzählt, dass die Bukmans seit Generationen hier lebten. Sie hatten in der langen Zeit den Wald gerodet, um Weideland für ihr Vieh anzulegen. Jetzt sah das Gras allerdings sehr kümmerlich aus. Die Weiden wiesen kahle Stellen auf, als wären sie von einer schlimmen Krankheit befallen. Hinter den Zäunen fand sich weder eine Kuh noch ein Schaf.

Ein Gatter stand weit auf.

»Verdammte Viehdiebe!«, grollte Cox, der Dorfschmied, und nahm sein Gewehr von der Schulter. »Garantiert waren es die Indianer.«

»Dafür gibt es bisher keine Beweise«, erwiderte Tyler ruhig, brachte sein Pferd zum Stehen und ließ seinen Blick über die Lichtung schweifen.

In der Umgebung lebten nur noch wenige Penacook-Indianer. Sie mieden uns Weiße. Als Zehnjähriger hatte ich ein halbes Dutzend von ihnen auf einer Anhöhe entdeckt. Ungefähr eine Achtelmeile entfernt. Sie saßen regungslos auf ihren Pferden und beobachteten mich und meine Freunde. Wir wussten damals nicht, wie wir uns verhalten sollten. Mein Freund Ben meinte, wir dürften auf keinen Fall die Flucht ergreifen. Das könnte von den Penacook als Schwäche ausgelegt werden und sie zu einem Angriff reizen. Also verharrten wir einige Minuten zitternd vor Angst auf der Stelle. Der Wind trug ihre fremden Stimmen zu uns herüber. Schließlich lachten sie und machten kehrt. Einer von ihnen hatte uns sogar zugewinkt. Das war meine einzige Begegnung mit den Indianern gewesen. Im Nachhinein musste ich mir eingestehen, dass sie alles andere als wild und feindlich gewirkt hatten.

Unmittelbar vor der Farm ließ uns Tyler absteigen. Wir machten die Pferde an einem Zaun fest.

»Jacob!«, rief er. »Jacob Bukman!«

Keine Antwort. Nur der misstönende Warnruf eines Eichelhähers hallte vom Wald herüber.

Die Haustür war lediglich angelehnt.

»Lassen Sie mich vorgehen, Sir.« Ohne eine Antwort abzuwarten, schob sich Cox am Bürgermeister vorbei und stieß mit dem Gewehrlauf die Tür auf.

Unmittelbar hinter dem Haus begann der Wald. Die Bäume standen so dicht, dass kein Tageslicht bis zum Boden drang. Dort herrschte ein ewiges Halbdunkel.

Ich glaubte, am Waldrand eine Bewegung auszumachen. Vielleicht ein Tier. Als ich angestrengt ins Unterholz starrte, war ich davon überzeugt, beobachtet zu werden. Ich konnte nicht das Geringste erkennen, doch ein seltsames Unbehagen blieb.

Ich wusste nicht, ob ich die Männer darauf aufmerksam machen sollte. Vielleicht würden sie mich verspotten. Dennoch, ich konnte meine Augen einfach nicht von der Stelle zwischen zwei hohen Büschen lassen. Und in dem Moment stieß Cox einen Schrei aus.

Ich sah, wie der Schmied rückwärts aus dem Hauseingang stolperte. Er wandte sich zu uns um, und sein Gesicht spiegelte nacktes Entsetzen wider. Er öffnete den Mund, schaffte es aber nicht, ein Wort über seine Lippen zu bringen.

Tyler drängte den stämmigen Mann zur Seite und eilte mit der Waffe im Anschlag ins Gebäude. Ich wollte ihm folgen. Meinen Begleitern zeigen, dass ich keine Furcht kannte. Dr. Christopher versuchte, mich zurückzuhalten, doch ich entwand mich seinem Griff.

Im Innern des Hauses erfasste mich sofort ein seltsames Gefühl. Es ließ meine Haut kribbeln, der Magen krampfte sich zusammen, und ich spürte, wie sich die feinen Härchen in meinem Nacken aufstellten. Es war, als wäre das Gebäude mit … Bosheit erfüllt. Wie der Geruch eines wilden Tieres, das sich noch vor kurzer Zeit hier aufgehalten hatte.

Zuerst erblickte ich nur Tylers Rücken. Der Bürgermeister stand regungslos im Raum. Den Lauf seines Gewehrs hielt er gesenkt.

»Geh raus, junger Jack«, hörte ich ihn mit seltsam heiserer Stimme sagen.

Direkt vor Tyler hing ein Körper von der Decke.

* * *

Die Rückkehr aus der Erinnerung des Wesens vollzog sich mit Wucht. Quinton und die Hexe taumelten auf einmal und stürzten zu Boden. Casablanca schnappte nach Luft, Blut tropfte aus ihrer Nase. Der Medizinmann versuchte sich aufzurichten, schaffte es aber nur mit Adams Hilfe. Seine Augen waren so gerötet, als seien in ihnen nahezu alle Äderchen geplatzt.

Adam brachte beide in den Aufenthaltsraum, verriegelte gewissenhaft die Tür der Arrestzelle und kehrte zu ihnen zurück.

»So etwas habe ich noch nie erlebt.« Casablanca schüttete Wein in ein Glas und bot es Quinton an, der aber ächzend abwinkte. Die Hexe nahm einen tiefen Schluck und erzählte Adam, was sie in der Vergangenheit gesehen hatten.

»Das verstehe ich nicht«, sagte Adam, nachdem sie ihren Bericht beendet hatte. »War dieses Ding früher etwa ein ganz normaler Junge?«

»Wohl kaum«, antwortete Quinton. Er kühlte sein Gesicht mit einem feuchten Lappen. »Ich nehme an, dass unser Freund in der Arrestzelle die Welt durch die Augen des Jungen gesehen hat. Er hat sich also in dessen Geist eingenistet, ohne dass der junge Jack davon etwas mitbekommen hat. Ein absolut perfektes Ausspionieren des menschlichen Geistes. Überaus interessant ist allerdings, dass die Erinnerung aus dem Jahr 1816 stammt.«

»Dann ist das Wesen weit über zweihundert Jahre alt«, staunte Adam.

»Richtig«, bestätigte der Medizinmann. »Das Jahr 1816 bezeichnet man auch als das Jahr ohne Sommer. Der Mount Tambora in Indonesien hat schon einmal unendlich viel Unheil angerichtet, bevor er die Erde vor zehn Jahren fast endgültig zerstört hat. Auch damals wurden ungeheure Mengen von Staub und Gasen in die Atmosphäre geschleudert. Sie zogen um den Erdball und verminderten für Jahre die Sonneneinstrahlung. Das bedeutete Schneestürme im Sommer, Missernten und Hunger. Besonders Nordamerika und Europa waren davon betroffen. Heute allerdings ist alles noch viel schlimmer.«

»Etwas ist merkwürdig«, sagte Casablanca. »Bisher konnte ich immer den Zeitpunkt bestimmen, zu dem ich in die Erinnerungen der Menschen eintauchen möchte. Hier sind wir ohne mein Zutun ausgerechnet im Jahr des ersten Tambora-Ausbruchs gelandet. Warum?«

»Ich habe dafür gesorgt, dass wir diesmal etwas sehen, das zugleich auch einen entscheidenden historischen Zeitpunkt markiert«, erwiderte Quinton.

Die Hexe stellte ihr Glas mit solcher Wucht auf den Tisch, dass es fast zersprungen wäre. »Sie sind noch nie in die Erinnerungen eines anderen Lebewesens eingetaucht und verfügen dennoch über die Möglichkeit, den Vorgang zu beeinflussen!« Sie betrachtete den Medizinmann mit einem rätselhaften Gesichtsausdruck, den Adam nicht zu deuten wusste. »Wie mächtig sind Sie wirklich, Medizinmann? Was verschweigen Sie uns?«

Quinton tupfte sich das Gesicht ab und versuchte ein Lächeln. »Ich tue nur mein Möglichstes, werte Kollegin. Aber Sie haben recht in der Annahme, dass ich etwas verschweige. Allerdings nur, weil mir der letzte Beweis für meine Vermutungen fehlt.«

»Und wie können Sie diesen letzten Beweis erhalten?«, fragte die Hexe.

»Indem wir noch einmal in die Erinnerungen der Kreatur eintauchen. Sofort!«

* * *

Sie kamen an den Überresten eines großen Hauses vorbei. Das verwüstete, ehemals prunkvolle Äußere stand noch, aber das Innere war von den Flammen restlos zerstört worden.

Die Stadt hatte zwei Tage und zwei Nächte lang gebrannt. Noch immer hing der beißende Rauch über den Trümmern. Genährt von schwelenden Glutnestern in den Ruinen.

Vereinzelt sah man noch Menschen auf der Suche nach ihren Freunden und Verwandten. Bei manchen war es aber auch nur die Gier nach etwas Kostbarem, das man im nächsten Ort verhökern konnte.

Ein Windhauch wirbelte Ascheflocken durch die Luft. Ein Karren, gezogen von zwei Männern in verschmutzter Kleidung, näherte sich mit lautem Quietschen. Auf dem Karren hockte auf einem Stapel Hausrat ein kleines Mädchen mit strohblonden Haaren. Höchstens vier Jahre alt. Es hatte geweint. Das konnte man an den Spuren der Tränen im verschmutzten Gesicht sehen, und doch machte es den Eindruck, als würde es die Fahrt auf dem Karren genießen. Das Mädchen hielt sein Gesicht in den Wind und versuchte, die Ascheflocken mit den kleinen Händen zu fangen, als wäre es frischer Schnee, der vom Himmel fiel.

»Was mir an den Menschen am wenigsten gefällt, ist ihr sturer Überlebenswille«, sagte er zu seinem Begleiter Ce Arc.

»Auch der wird sie irgendwann verlassen. Sei dir da ganz sicher, Ta Un.«

Obwohl sie für die Menschen nicht sichtbar waren, reckte das Mädchen kurz den Kopf in ihre Richtung. Kinder, das wusste Ta Un, konnten ihre Gegenwart manchmal wahrnehmen. Weil sie noch über unverbrauchte Sinne verfügten. Die der Älteren waren meist abgestumpft durch das Joch des Alltags.

Dann waren da noch die Katzen. Diese selbst für Ta Un rätselhafte Spezies. Aber sie warnten die Menschen nicht, sondern suchten einfach nur das Weite.

Der Brand war ausgebrochen, als ein Mann versucht hatte, sich vor der Pest zu schützen. Er bildete in seiner Wohnstube einen Kreis aus eisernen Schalen, in denen er Feuer entfachte. In der Mitte des Kreises, so hoffte er, würde ihn die Seuche nicht erreichen. Leider hatte er den Funkenflug unterschätzt. Die Menschen standen sich trotz einiger guter Ideen immer wieder selbst im Wege.

Die wenigen Überlebenden gaben ihre Stadt auf, zogen fort und würden so die Pest immer weiter verbreiten. Irgendwann würde ihre Anzahl so gering sein, dass sie sich nicht länger als Herren der Welt aufspielen konnten.

Ta Un und sein Begleiter arbeiteten hart an der Dezimierung der Menschen. Als unsichtbare Pilger des Todes durchzogen sie die Lande.

Er überprüfte den aktuellen Bestand an verseuchten Flöhen. Sie bewahrten sie in kleinen hölzernen Schachteln auf. Noch genug, stellte er zufrieden fest.

»Gehen wir weiter«, sagte er zu seinem Begleiter. »Es gibt noch viel zu tun.«

Kapitel 19

Gen Norden

Die Rückkehr aus den Erinnerungen der Kreatur war beim zweiten Mal noch heftiger gewesen. Casablanca hatte erst nach Minuten wieder sprechen können, und Quintons linkes Auge war fast vollständig erblindet. Das schien ihn aber gar nicht weiter zu stören.

Während Quinton das Erlebte ausführlich schilderte, wuchs Adams Besorgnis immer mehr. Wie sollten sie jemals einen solchen Gegner besiegen? »Dann ist das Wesen also noch weitaus älter als zweihundert Jahre«, stellte er fest.

»Sehr viel älter«, bestätigte der Medizinmann. »Wir befanden uns nach meiner Schätzung im nördlichen Europa des 14. Jahrhunderts, als eine der großen Pestepidemien wütete. Es ist eigentlich unvorstellbar, aber ich fürchte, die Alte Rasse ist für die Ausbreitung der Pest mindestens mitverantwortlich. Offensichtlich benutzten sie schon damals Parasiten, die dazu beisteuern sollten, uns auszurotten.«

»Die Alte Rasse«, sagte Adam düster. »Was sind das für Wesen?«

»Uralten Überlieferungen zufolge existierte sie schon vor dem Menschen auf der Erde. Später sind die Menschen und die Alte Rasse dann auch aufeinandergetroffen. Das erklärt das Auftauchen dieser gehörnten Wesen in allen Kulturen und Religionen.«

»Sie hassen die Menschen«, mischte sich Casablanca ein. »Sie verbreiteten die Pest, und wer weiß, was sie noch alles anstellten, um uns zu schaden.«

»Arabische Ärzte gaben der Pest vor langer Zeit den Namen Ta Un«, bemerkte Quinton. »Es würde mich nicht wundern, wenn sie unserem Ta Un oder einem seiner Vorfahren begegnet sind. Bestimmt müssen Teile der Historie neu geschrieben werden.«

»Aber wo war die Alte Rasse in den letzten Jahrhunderten?«, fragte Adam.

Der Medizinmann stand auf und breitete die Arme aus. »Stell dir vor, das ist die Erde. Die Alte Rasse konnte über sie herrschen.« Langsam führte er die Handflächen zueinander. »Aber dann kamen wir, überfluteten den Planeten, entwickelten alle Arten von Technologie. Die Vertreter der Alten Rasse, von denen es wahrscheinlich im Vergleich zu uns Menschen gar nicht so viele gibt, wurden immer weiter zurückgedrängt. Wie Tiere, deren Wald von allen Seiten gerodet wird.« Quinton klatschte laut in die Hände. »Aber dann kommt es zur Katastrophe. Der Tambora bricht zum zweiten Mal aus. Der Vulkanausbruch geht einher mit Kriegen, Hungersnöten und neuen Seuchen. Die Menschheit wird fast vollständig ausgelöscht. Die Alte Rasse ist wieder obenauf. Unsere Zeit scheint abgelaufen.«

Die Ausweglosigkeit der Lage erschien Adam auf einmal ungeheuer deprimierend. In der Heimat nisteten sich widerwärtige Parasiten in den Körpern der Menschen ein. Er selbst befand sich auf einem Schiff ohne einsatzfähige Mannschaft. Unterwegs auf einem feindlich gewordenen Ozean. Nebenan steckte der leibhaftige Teufel in der Arrestzelle, und ihr Ziel, wenn sie es überhaupt erreichten, konnte die Hölle sein.

»Wir verlieren, oder?«

»Nicht, solange wir noch atmen, Adam!« Quinton schlug sich mit der flachen Hand gegen die Stirn. »Hey! Mein Auge funktioniert wieder! Wenn das nicht schon mal ein gutes Zeichen ist.«

Er holte eine kleine Ampulle aus seinem Umhang hervor. »Die habe ich bei Ta Un gefunden. Mit den Pillen darin kann man die Bewusstlosigkeit der Leute an Bord vorzeitig beenden. So, wie es Ta Un auch bei dir getan hat. Er schüttete den Inhalt der Ampulle auf seine Handfläche. Fünf bräunliche Pillen. »Mehr sind es leider nicht, und eine werde ich zur späteren Untersuchung behalten müssen. Ich muss mir also sehr gut überlegen, wen ich wecke. Kapitän Sagan und Virginia Zimunga können die Amatola schließlich nicht die ganze Zeit allein führen.«

* * *

Adam hatte nach Delani gesehen. Sein Freund lag schnarchend auf dem Kabinenboden. Er hatte ihn zugedeckt und anschließend einen Blick in Shawis Kabine riskiert. Das Betäubungsgas musste sie im Schlaf erreicht haben. Adam schaltete nicht die Kabinenbeleuchtung ein. Er fühlte sich auch so schon wie ein Eindringling in Shawis Privatsphäre. Der schwache Lichtschein vom Gang reichte aus, um ihm zu zeigen, dass sie in Sicherheit war.

Kurz darauf traf er auf Dr. Eyadema, den Schiffsarzt der Amatola. Er war von Quinton zuerst geweckt worden, damit er sich um die bewusstlose Besatzung kümmern konnte. Es war nicht auszuschließen, dass sich jemand verletzt hatte. Außer dem Arzt waren nun der leitende Ingenieur des Maschinenraums, der erste Offizier und der Steuermann wieder im Einsatz.

Adam stand an der Heckreling. Hinter der Amatola breitete sich das Kielwasser zu einem riesigen, schäumenden Fächer aus. Ein neuer Tag brach an. Der Atlantik lag unter einem blassgrauen Himmel. Im Südwesten schwollen gewaltige Kumuluswolken. Es war deutlich kälter geworden. Adam schlang die Arme um seinen Oberkörper.

Hinter seinem Rücken näherten sich Schritte. Es war Quinton. Pik folgte ihm wie ein treuer Hund. Die Spinne bewegte sich absolut lautlos.

»Kalt?«, fragte Quinton.

Adam nickte stumm.

»Wir mussten den Kurs ändern. Wir fahren nach Norden. Da werden uns die Brasilianer hoffentlich nicht vermuten.« Quinton suchte den Horizont ab. »Würde mich nicht wundern, wenn wir bald die ersten Eisberge sichten.«

»Falls mein Großvater tatsächlich für die brasilianische Militärdiktatur arbeitet, dann hat er sich doch auch mit diesen Teufeln eingelassen«, begann Adam.

»Kann sein«, erwiderte Quinton unbestimmt. »Aber Teufel und Diktatur passt doch ganz gut zusammen, findest du nicht?«

»Warum braucht die Alte Rasse die Brasilianer eigentlich?«

»Herrscher wollen Untergebene«, sagte Quinton. »Oder sagen wir besser Sklaven. Allerdings habe ich das Gefühl, dass das nicht der einzige Grund ist.«

»Hm.« Adam sah den Zauberer skeptisch an. »Gibt es da noch etwas, das ich wissen sollte?«

Der Medizinmann legte beide Hände auf Adams Schulter. »Ich beschwöre dich, Adam. Vertraue mir! Wenn ich wirklich noch etwas für mich behalte, dann nur zu unser aller Sicherheit.«

Der Schiffsarzt Dr. Eyadema eilte herbei, wobei er einen großen Bogen um die Spinne machte. »Die ersten Besatzungsmitglieder erwachen«, sagte er, ohne die Spinne aus den Augen zu lassen.

»Das ist nun wirklich mal eine hervorragende Nachricht.« Quinton rieb sich erfreut die Hände. »Danke, Doktor.«

Der Arzt ging die ersten Schritte rückwärts, als erwartete er, dass ihm die Spinne in den Rücken fallen würde.

Der Medizinmann schüttelte amüsiert den Kopf. »Spinnen

waren schon immer unsere Freunde. Obwohl sie uns Menschen für ausgesprochen hässlich halten.« Er tätschelte die braunen Borsten an Piks Körper. »Aber Spinnen geht es nicht ums Äußere.«

»Ich werde nach meinen Freunden sehen. Sie sind sicher ziemlich durcheinander«, sagte Adam.

»Eine gute Idee.« Quinton sah ihm nach. Von Adam hing so viel ab. Vielleicht sogar alles.

»Ich sterbe vor Hunger«, ertönte in dem Moment eine verschlafene Stimme, und Delanis Kopf tauchte in einiger Entfernung aus einer Luke auf. »Hast du noch so einen Dairy-Milk-Riegel?«, fragte er hoffnungsvoll, als Adam ihm entgegenging.

Lächelnd wandte sich Quinton um.

Ein Blitz zuckte über den Horizont. Er war gleißend und intensiv rot. Wie glühende Lava.

Ist das der Anfang vom Ende? Oder ein ganz neuer Anfang?

Julianna Baggott
MEMENTO - DIE ÜBERLEBENDEN
Aus dem amerikanischen Englisch von Axel Merz
464 Seiten
ISBN 978-3-8339-0113-3

Eine amerikanische Stadt, neun Jahre, nachdem die Bomben fielen. Majestätisch thront die Kuppel des Kapitols über den Trümmern - in ihr leben die Reinen. Sie wurden auserwählt, eine neue, bessere Menschheit zu begründen, wurden rechtzeitig in Sicherheit gebracht. Alle anderen kämpfen unten in der zerstörten Stadt täglich ums Überleben. Auch die 16-jährige Pressia hat es schwer, sich und ihren Großvater durchzubringen. Als sie Bradwell kennenlernt, fühlt sie sich irgendwie zu ihm hingezogen, außerdem hilft er ihr, unterzutauchen als es notwendig wird. Gemeinsam machen sie sich auf die Suche nach einer wahrscheinlich tödlichen Wahrheit ...

Glaube an das Gute und kämpfe dafür

Julianna Baggott
MEMENTO - DIE FEUERBLUME
Band 2
Aus dem amerikanischen Englisch von Ulrich Thiele
544 Seiten
ISBN 978-3-8339-0186-7

Die 16-jährige Pressia und ihre Freunde Bradwell und El Capitán haben die furchtbaren Bombenangriffe überlebt, die die Erde nahezu zerstört haben. Doch auch nach Jahren ist die Luft noch voller Asche und mutierte, zu Bestien gewordene Tiere und Pflanzen sind eine ständige Gefahr.
Eine kleine Elite hatte vor den Bombenangriffen einen sicheren Kuppelbau errichtet, in dem darauf wartet, dass die Erde wieder bewohnbar wird und das sogenannte Neue Enden seinen Anfang findet. Aber der Sohn des Anführers ist aus der schützenden Kuppel geflohen und versucht nun gemeinsam mit Pressia, die Welt vor weiteren Untaten der Mächtigen zu schützen ...

Manche werden sterben. Manche werden Leben. Verbunden sind alle.

Matt Dickinson
DIE MACHT DES SCHMETTERLINGS
Aus dem amerikanischen Englisch von Alan C. Lyne
352 Seiten
ISBN 978-3-8339-0169-0

Kann der Flügelschlag eines Schmetterlings in Brasilien einen Tornado in Texas auslösen? Der Chaostheorie zufolge ja.
Alles beginnt um 7:37 Uhr in einem kleinen Ort in England: Ein Schmetterling schlägt mit den Flügeln. Das führt dazu, dass ein Hase zwischen die Beine eines Pferdes gerät, das daraufhin stolpert und sich verletzt. Aus diesem Grund gewinnt ein anderes Pferd das wenig später stattfindende Pferderennen. Ein Mann namens Dean hatte auf diese Pferd gesetzt und kauft seiner Tochter, die Geburtstag hat, von dem Gewinn einen Haufen Luftballons. Doch das Mädchen lässt sie los. Sie steigen in den Himmel und geraten in die Triebwerke eines Flugzeugs ...

Baumhaus Verlag

E-Mails von Geisterhand

Lisa und Laura Roecker
DIE
LÜGENGESELLSCHAFT
Aus dem amerikanischen
Englisch von
Anja Hackländer
368 Seiten
ISBN 978-3-8339-0184-3

Efeuumrankte Mauern, alte Legenden und lateinische Inschriften prägen die Eliteschule, auf die auch die 15-jährige Kate geht. Doch Kate steht nicht mehr der Sinn danach, sich den elitären Anspüchen der Pemberley Brown Academy anzupassen. Seit ihre beste Freundin Grace ein Jahr zuvor ums Leben gekommen ist, hat sie pinke Haare und hält sich von ihren Mitschülern fern.
Doch eines Tages bekommt Kate Post. Und zwar von Grace. Sie schreibt, ihr Tod sei kein Unfall gewesen. Kate zweifelt an ihrem Verstand, lässt es sich aber nicht nehmen, die Spur aufzunehmen. Dabei stößt sie auf dunkle Geheimnisse, die sie besser hätte ruhen lassen ...

Baumhaus Verlag